KB272744

하루키의 인생, 하루키의 문학

하루키, 하루키

하루키의 인생, 하루키의 문학

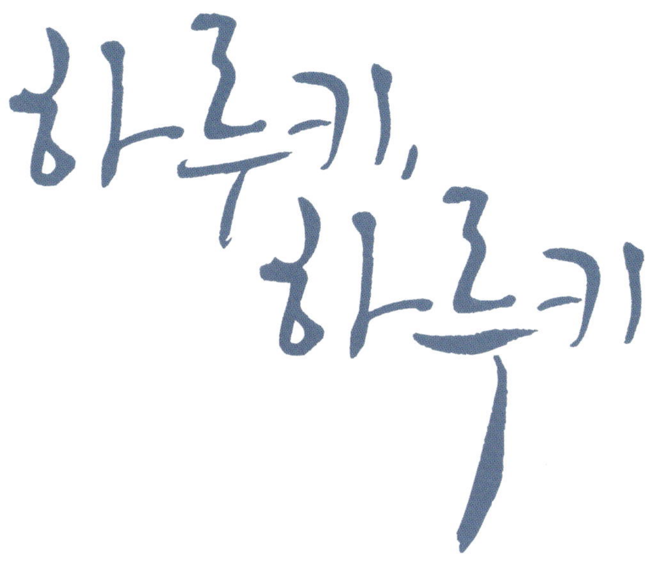

하루키, 하루키

글 히라노 요시노부　옮김 조주희

árbol

글 | 히라노 요시노부 平野芳信

　와세다 대학 교육학부 국어국문학과를 졸업했다. 칸사이 가쿠인 대학 대학원 일본문학과 박사 전기 과정을 수료했고, 동 박사 후기 과정을 중퇴했다. 야마나시에이와 전문대학 국문학과 전임강사 및 조교수를 거쳐, 현재 야마구치 대학 인문학부 교수 및 동아시아 연구과 교수직을 겸임하고 있다.

　저서에 『사람과 문학 – 무라카미 하루키』와 『최초의 남편이 죽는 이야기』가 있다.

옮김 | 조주희 趙桂喜

　성신 여자 대학교와 동 대학원 일어일문학과를 졸업하고 한국 외국어 대학교 대학원에서 일어일문학과 박사 과정을 수료(문학 박사)했다. 칸사이 대학 대학원에서 일본 현대문학으로 문학 박사학위를 받았고, 현재 성신 여자 대학교 인문과학연구소 연구원이자 한양 여자 대학교 일본어 통번역학과 겸임교수이다.

　저서로는 『무라카미 하루키 문학연구』가 있다. 『들국화 무덤』, 『고양이 비 이야기』 외 다수의 책을 번역했으며, 일본에서 출간된 『무라카미 하루키와 소설의 현재』의 공저자이다.

솔직히 말해서 이 책의 평전評傳, 이 책의 1부 '하루키의 인생' 부분이 무라카미 하루키라는 작가에게 제대로 접근하고 있는지 조금은 불안합니다. 현재 진행형으로 매일 창작을 계속하고 있는 예술가의 활동이란 마치 신기루 같은 것이어서, 출판되는 순간에 이미 과거의 환영이 되어 버리는 기분이 들기 때문입니다.

또 한 가지 마음에 걸리는 것은, 저의 능력 부족으로 번역가로서의 하루키에 대해서는 거의 언급할 수 없었다는 점입니다. 제가 무라카미 하루키라는 작가에게 흥미를 갖기 시작한 계기 중의 하나는 그가 꾸준히 미국 문학 작품을 번역해 왔기 때문이었습니다.

메이지明治 시대 이후의 작가에 한정해서 말한다면, 외국 문학에 흥미를 갖지 않고 크게 성공한 인물은 거의 없었다고 해도 과언이 아닙니다. 하지만 언제부터인가 일본 문학이 세계 어느 지역의 문학에 견주어도 뒤지지 않는다는 교만이라도 생긴 것인지, 요즘의 일본인들은 외국 문학에 흥미를 잃어버린 것 같은 느낌이 듭니다.

이런 분위기 속에서도 무라카미 하루키는, 그것을 통해 활력을 얻기라도 하려는 것처럼 꾸준히 미국 문학 작품을 번역하고 있습니다. 미국의 무명작가를 발굴하여 번역한다는 형태로 일본인에게 그 작품을, 용솟음치는 에너지를 쉼 없이 전하고 있는 것입니다. 그런 모습만으로도 앞으로 발표될 무라카미 하루키의 작품은 충분히 연구할 만한 가치가 있는 역작이 되지 않을까 하고 예감했던 기억이 납니다.

부족한 책을 내면서 변명 같은 말들만 늘어놓았습니다. 하지만 일찍이 무라카미 하루키가 그의 데뷔작 『바람의 노래를 들어라』의 첫머리에 써 놓은 "완벽한 문장 따위는 없어. 완벽한 절망이 존재하지 않는 것처럼 말이야."라는 말에 힘을 얻어, 이 책을 발표하고 평가를 구하려 합니다.

히라노 인시노부

　이번에 저의 책『사람과 문학 – 무라카미 하루키』가『하루키, 하루키』라는 이름으로 한국에서 출간되게 되었습니다. 제 책이 다른 나라 말로 번역된다는 것은 생각지도 못했던 일이기에, 한국의 독자 분들께 인사말을 쓰고 있는 지금도 믿기지 않는 기분입니다. 물론 한국의 독자들과 만나는 일은 기대 이상의 기쁨이자 제 생애에 가장 훌륭한 경험입니다.

　이 책은 일본의 중견 출판사인 벤세이출판勉誠出版의 〈일본의 작가 100인〉 시리즈 가운데 한 권으로 기획되었습니다. 평전이라 할 수 있는 '1부'와 작품 감상을 다루고 있는 '2부'로 구성되어 있는데, 집필에 어려움을 겪은 것은 평전 부분이었습니다. 여러 이유가 있겠지만, 무엇보다 이 책이 무라카미 하루키에 대한 첫 평전이기 때문이었습니다. 무라카미 하루키는 지금도 왕성하게 활동 중이고, 노벨 문학상에 가장 가까운 일본 작가이기도 합니다. 작가가 고집스러운 인품을 가졌다는 점 또한 붓끝을 더디게 하였습니다.

　작가의 프라이버시 문제를 건드리지 않으면서 이제까지의 행보行步를 밝혀낸다는 어려운 문제를 해결하기 위해, 이 책에서는 하루키 자신이 직접 말하도록 했습니다. 즉, 무라카미 하루키에 관한 모든 연구서 및 하루키의 소설, 에세이, 대담, 인터뷰 등을 그야말로 편지나 문서 조각까지 꼼꼼히 다시 읽고, 그 가운데 이야기가 자연스럽게 드러나도록 그려 내는 새로운 평전 스타일을 채택한 것입니다.

　뒷부분에는 무라카미 하루키의 예술 형성에 있어서 중요하다고 여겨지는 주요 작품의 '줄거리'와 '감상 포인트'를 덧붙였습니다. 마지막에는 '무라카미 하루키 연보'를 수록함으로써, 이 한 권으로 무라카미 하루키의 과거와 현재를 모두 살펴볼 수 있도록 했습니다.

　스스로 말하기는 좀 쑥스럽지만, 이 책의 가장 큰 성과는 하루키가 일본 신인 작가의 등용문인 아쿠타가와 상芥川賞에 데뷔작『바람의 노래를 들어라』와 두 번째 작품『1973년의 핀볼』이 후보로 올랐으면서도 두 번 모두 낙선되었고, 그 일이 하루키 자신에게 일종의 트라우마trauma로 남아 있다는 점을 밝혀낸 것이라 생각합니다.

　와세다 대학 교수인 이시하라 지아키石原千秋는 2011년 7월 22일자 〈슈칸도쿠쇼진週刊讀書人〉의 「2011년 상반기 수확으로부터」에서, '저자의 성과는 무라카미 하루키가 의외로 아쿠타가와 상에 연연하고 있었다는 것을 주변 자료를 통해 밝혀낸 데 있다.'고 말했습니다. 이시하라의 말을 좀 더 인용하자면, '이 책은 현재로서는 최고의 '전기'이다.'라는 칭찬도 있습니다만, 그것은 후세의 평가를 기다려야 하는 것이 아닐까 합니다.

　이 책이 한국에서 한 분이라도 더 많은 독자 분들에게 읽히기를 바라 마지않습니다.

2012년 2월 극한의 밤에
히라노 인시노부 드림

/ CONTENTS /

/ CONTENTS /

2부 하루키의 문학

하루키의 인생

아버지와 어머니

무라카미 하루키는 1949년 1월 12일 교토京都 부 교토 시 후시미伏見 구에서, 무라카미 지아키村上千秋와 미유키美幸 부부의 장남으로 태어났다.

하루키는 무라카미 류村上龍와의 대담에서, "정토종 주지인 아버지의 영향으로 어렸을 때부터 욕망을 버리고 살아야 한다는 사고방식이 자리 잡았어요. 아주 자연스럽게 말이에요. 아버지는 그럴 생각도 없었을 텐데."라고 한 적이 있다.

최근 들어 일본에서는 가족 이야기를 하지 않는 하루키지만, 무라카미 류와의 대담에서 볼 수 있듯이 등단 초기에는 그렇지만도 않았다. 하루키는 1983년 2월 〈슈칸겐다이週刊現代〉와의 인터뷰에서 아버지는 예순다섯 살, 어머니는 쉰아홉 살이라고 밝힌 바 있다. 여기에 따르면 아버지 지아키는

1918년생, 어머니 미유키는 1924년생인 것으로 보인다.

아버지 지아키는 지금의 교토 부 나가오카쿄^{長岡京} 시 아와오^{栗生}의 정토종 고묘지^{光明寺}의 주지 가문에서 태어나, 1937년 9월에 교토 대학 문학부 국문학과를 졸업하고, 곧바로 대학원에 진학했다. 졸업 논문은 근세의 하이쿠^{俳句, 5·7·5의 3구 17음절로 이루어진 일본 전통의 짧은 시가} 문학 연구였다.

어머니 미유키는 센바^{船場, 오사카大阪 시의 중심 업무 지구} 상인의 딸로, 딸만 셋인 집안의 장녀였다. 하루키가 '우리 부모는 모두 국문학과를 나왔으며 국어 교사였다.'고 밝힌 것으로 보아, 미유키는 남편과 마찬가지로 국어 교사였지만, 하루키가 태어날 때에는 이미 일을 그만둔 것으로 보인다.

최초의 기억

하루키가 태어난 직후, 지아키는 효고兵庫 현県 니시노미야西宮 시에 있는 사립 고요가쿠인甲陽學院 중학교의 국어 교사로 발령이 나, 가족이 모두 그곳으로 옮겨 가게 된다. 그 뒤 지아키는 고베神戶 시의 사립 중학교 교감까지 지냈다.

이노우에 요시오井上義夫의 조사에 따르면, 하루키는 니시노미야 시 가와조에川添 쵸町 58번지에서 1954년부터 1960년까지, 즉 네 살부터 열한 살까지 살았다고 한다.

그런데 이노우에는 하루키의 단편 「5월의 해안선」에 제시된 다음 장면에 주목했다.

>> 해안에는 일 년에 몇 번인가 익사체도 떠올랐다. …… 중략 …… 그중 하나는 내 친구였다. 아주 옛날, 여섯 살 적 일이다. 그는 집중 호

우로 물이 불어난 강에 휩쓸려 죽었다. 봄날 오후 그의 시체는 탁류와 함께 단숨에 앞바다로 쓸려 갔고, 사흘 뒤에 물 위를 떠다니는 나무와 함께 해안에 떠올랐다.

죽음의 냄새.
여섯 살 소년의 시체가 뜨거운 아궁이에서 태워지는 냄새.
4월의 흐린 하늘에 우뚝 솟은 화장터의 굴뚝, 그리고 회색 연기.
존재의 소멸.

이노우에는 『니시노미야 시의 역사』와 〈고베신문神戸新聞〉을 뒤져, 당시 지아키 동료의 아들하루키와 같은 나이로 서로 알고 있었을 가능성이 높다이 익사한 사실을 확인했다. 하루키가 어린 시절에 겪은 이 사건은 그에게 강렬한 '죽음의 냄새'를 남겼다. 아울러 이 장면은 〈쇼세츠신쵸小說新潮〉에 실린 하루키와의 인터뷰 중 '최초의 기억'에 대한 부분과도 맞물린다.

최초의 기억……. 음, 내가 두 살인가 세 살 때 강에 빠진 적이 있어요. 강에 빠져서 흘러가다가 지하 수로에 쓸려 들어갈 찰나에 구조됐는데, 그 지하 수로를 아직도 기억하고 있지요. 그게 최초의 기억입니다. 불쾌한 기억이죠.

이 최초의 기억에 대해서는 『어디 한번 무라카미 씨로 해볼까』에도 언급되어 있다.

이노우에는 하루키의 「5월의 해안선」이 아쿠타가와 류노스케의 『큰 강물』이나 나쓰메 소세키夏目漱石의 『꿈 열흘 밤』과 같은 위치에 있다는 것을 꿰뚫어 보았다. 「5월의 해안선」은 무라카미 하루키라는 작가의 본질이며, 어떤 의미에서는 모든 작품의 원천이 거기에서 확인된다고 보았던 것이다. 즉, 유년 시절에 맞이한 친구의 죽음과 그 사건이 일어난 장소에서 하루키 자신이 겪은 공포 체험이 그의 작품에 있어서 '우물'의 원형이 되고 있다는 지적이다.

또 다른 단편 「일곱 번째 남자」 역시 이러한 해석을 뒷받침한다. 그뿐만 아니라 다수의 하루키의 작품에는 확실히 '죽음'이, 혹은 '죽음과 그것에 얽힌 농후한 분위기'가 흘러넘친다. 물론 이러한 경향에 최초의 기억으로 인한 죽음의 공포가 얼마만큼 강렬한 영향을 끼쳤는지는 가늠하기 어렵다.

작품을 통해 확인할 수 있는 유년 시절의 또 다른 강렬한 기억은 친할아버지에 대한 것이다. 프랑스의 TV 정보지 〈텔레라마telerama〉에서는 다음과 같은 인터뷰 내용을 소개한 적이 있다.

하루키의 친할아버지도 교토에 있는 절의 승려였는데, 그가 가진 열띤 명랑함은 손자인 하루키의 마음에 깊이 새겨졌다. 그런데 이 인물에게는 유일한 단점이 있었으니, 그것은 바로 술을 좋아한다는 것이었다. 어느 날 밤 그는 만취해 선로 위에 누워 잠들어 버렸다. 결국 몸 위로 노면 전차가 지나갔고, 그는 몸이 둘로 절단되어 죽었다. 하루키의 주인공들이 언제나 반쪽을 찾고 있는 것은 그 사건 때문일까.

친할아버지에 얽힌 비극은, 가깝게는 단편「어디에서든 그것이 발견될 듯한 장소에서」, 멀게는『1973년의 핀볼』의 첫머리에서도 마주할 수 있다. 앞의 작품에서는 실종됐던 20일간의 기억을 잃어버린 승려가 만취한 채로 선로에서 자다가 노면 전차에 치여 죽게 된다는 에피소드로 등장하는 한편, 뒤의 작품에서는 우물 파는 사람이 억수같이 내리는 비와 찬 술과 난청 때문에 전철에 치어 몇 천 조각의 고깃점이 되어 들판으로 흩날렸다는 에피소드로 변주되어 있는 것이다.

두 번밖에 하지 않은 이사

하루키는 「이사 그라피티2」에서 "나는 철들고 나서 고등학교를 졸업할 때까지 두 번밖에 이사를 하지 않았다."고 술회하고 있다. 그는 니시노미야 시립 고로엔香櫨園 초등학교를 졸업할 즈음, 아시야芦屋 시 우치데打出 니시구라西蔵 쵸 79-1번지로 이사해서 아시야 시립 세도精道 중학교를 다녔다.

이 무렵 하루키는 외상으로 책을 살 수 있었고, 매달 집에서 정기 구독하고 있던 가와데쇼보河出書房의 〈세계문학전집〉과 쥬오고론샤中央公論社의 『세계의 역사』를 읽으며 십 대를 보냈다. 또 「누가 재즈를 죽였는가」『슬픈 외국어』에 수록된 에세이에서 "나는 재즈를 좋아해서 열세 살 때부터 지금까지 줄곧 레코드를 모아 왔다."고 밝힌 대로, 재즈를 즐기기 시작했다.

   그러다 1964년에 효고 현립 고베 고등학교에 입학할 무렵부터는 재즈에 '미치기' 시작해, 콜트레인John William Coltrane의 연주를 들으며 〈세계문학전집〉을 탐독했다. 2학년 때는 신문부 편집장이 되어 기사를 작성하면서 저널리스트를 꿈꾸기도 했다.

   우라즈미 아키라浦澄彬의 저서 『무라카미 하루키를 걷다』의 '고베 고등학교 탐방기' 부분을 보면, 하루키는 1학년 무렵부터 기사를 잘 썼다고 기록되어 있다. 실제로 하루키가 쓴 것으로 확인되는 것은 「달리Salvador Dalí 전을 보고1964년 12월 25일」, 「영화 소개 : 사운드 오브 뮤직Sound of music, 1965년 7월 20일」, 「감상석 : 베그 현악 4중주단Végh Quartet, 1965년 12월 25일」, 「감상석 : 영화 그리스인 조르바Zorba The Greek, 1966년 4월 11일」, 「감상석 :

어느 세일즈맨의 죽음Death of a salesman, 1966년 5월 2일」, 이렇게 다섯 편으로 모두 고베에서 열린 콘서트나 전람회에 대한 비평이었다.

이 가운데 「달리 전을 보고」, 「감상석 : 베그 현악 4중주단」, 「감상석 : 영화 그리스인 조르바」 세 기사에 대해, 우라즈미는 "조금 어설픈 데는 있지만, 훗날의 하루키의 에세이 같은 데서 보이는 이야기의 특징이 이미 나타나 있는 것을 확인할 수 있다. 글재주라는 점에서 보면 확실히 무라카미 하루키는 조숙했다고 할 수 있을 것이다."고 말하고 있다.

「감상석 : 영화 그리스인 조르바」의 일부를 소개해 보겠다.

》 얼마 전에 〈벌지 대작전Battle of the Bulge〉을 보았는데, 상당한 물량을 들인 영화임에도 불구하고 달랠 길 없는 공허함을 느꼈다. 반면 〈그리스인 조르바〉에는 〈벌지 대작전〉에서는 찾아볼 수 없는 인간성이 흘러넘치고 있었다. 고뇌를 겪으면서도 삶에 대한 정열을 갖고 있으며, 활력이 넘치고, 악에 분개하며, 인간에 대한 신뢰를 인생에서 배워 온 조르바. 우리 주변에도 실제로 이런 인간이 있을 것 같은 느낌이 들었다. 도시에서 자라 상식적인 것에 물들어 있는 우리들에게 조르바라는 인간은 견딜 수 없이 매력적이다. 조르바 역을 맡은 앤소니 퀸Anthony Quinn이 기막히게 훌륭했다. 이렇게 흑과 백이 아름답다고 여겨지는 영화는 처음이다. 《

와세다 대학으로

『슬픈 외국어』에는 '부모가 국립대학 진학을 원했는지, 국어·영어·세계사에다가, 재수 때에는 싫어하는 수학과 생물도 공부하라고 했다. 하지만 강요된 것에 대해서는 아무리 해도 진지하게 몰입하지 못하는 성격 탓에, 아시야 시립 도서관에서 1년간 하는 일 없이 보냈다.'는 이야기가 나온다.

하루키는 재수 끝에 1968년 봄, 와세다 대학 문학부에 입학하여 대학 북쪽에 있는 사실 기숙사 와케이주쿠和敬塾에 들어갔다. 이 기숙사는 원래 호소카와細川 영주의 저택이었던 곳에 지어진 건물로, 하루키가 머물렀던 곳은 서쪽 기숙사 427호실이었다.

이 기숙사가 배경으로 등장하는 『노르웨이의 숲』우리나라에서

는 『상실의 시대』로 널리 알려짐에서, 주인공 '나'는 3층짜리 동쪽 기숙사에 사는 것으로 설정되어 있는데, 실제로는 존재하지 않는 허구적인 공간이다. 이 작품 곳곳에는 하루키가 기숙사에 살면서 실제로 경험했던 일들이 녹아 있다. 예를 들면 '나가사와永沢'가 괄태충민달팽이을 먹는 장면은 지렁이를 먹도록 강요당했다는 자신의 체험을 바탕으로 한 것 같다는 증언이 있고, 룸메이트 '돌격대'는 실제 모델이 있는 인물이라고 하루키가 밝힌 바 있다.

하루키는 와케이주쿠에서 반년 정도 살다 쫓겨나, 네리마練馬의 하숙으로 이사했다. 그곳은 와세다 대학 학생과에서 찾아낸 가장 값싼 방으로, 다다미 세 장 크기에 4,500엔이었다. 게다가 간토關東 지방에서는 드물게도 보증금과 사례금이 없었다. 새로운 하숙은 세부신주쿠西武新宿 선 도리츠카세이都立家政 역에서 걸어서 15분 정도 거리에 있었고, 주위는 그림으로 그린 것 같은 무밭이었다.

하루키는 학교에는 거의 가지 않은 채, 신주쿠新宿에서 밤샘 아르바이트를 하고, 짬이 나면 가부키歌舞伎 쵸의 재즈 카페에 틀어박혀 살았다. 그런가 하면 극장에도 부지런히 드나들어서, 1년 동안 200편 이상의 영화를 보았다. 영화를 볼 돈이 떨어지면 와세다 대학 본부에 있는 연극 박물관에 가서 오래된 영화 잡지에 실려 있는 시나리오를 닥치는 대로 읽기도 했다.

1969년 봄이 되자 하루키는 미타카三鷹로 이사했다. 이번에는 다다미 여섯 장에 부엌이 딸린 아파트로, 집세는 7,000엔이었다.

같은 해 4월, 〈와세다〉 제9호에 「문제는 하나. 커뮤니케이션이 없는 거야! − 1968년의 영화군에서」가 실렸다. 그 일부를 인용해 본다.

>>　　영화 평론을 쓰라고 해서 하숙집에 앉아 이리저리 생각을 굴려보았지만, 담배를 세 개비나 피우는 동안에도 바보스러울 만치 아무것

도 나오지 않는다. …… 중략 …… 역시 재능의 한계다. 이대로 자 버려야겠다고 결심하고 마지막 담배에 불을 붙였는데, 그 순간 폴 뉴먼Paul Newman이 했던 대사가 떠올랐다.

"문제는 하나. 커뮤니케이션이 없는 거야!"

로젠버그Stuart Rosenberg의 〈폭력 탈옥Cool hand Luke〉의 라스트신이었다. 왜 갑자기 떠올랐는지 모르겠지만, 위스키가 적당히 퍼진 머리에는 어쨌든 찌릿하게 저려 오는 대사였다.

영화는 주인공 루크폴 뉴먼가 주차장 미터기를 망가뜨려 형무소에 들어가는 장면으로 시작된다. 형무소 안에서 루크는 삶은 달걀 먹기 시합을 하거나, 이길 리 없는 복싱 시합에 도전하기도 하지만, 두 번의 탈옥 실패 후 계속 고립되어 간다. 다카쿠라 겐高倉健, 일본을 대표하는 영화배우로 1965년에 아바시리 형무소를 배경으로 한 탈옥수 이야기 〈아바시리 번지 없는 땅〉의 주인공이 아바시리網走 형무소에서 발견한 공동체 커뮤니케이션이 루크에게는 없다. 그는 탈주를 시작한다. …… 중략 …… 그는 양손을 들고 교회에서 나오며 경관들을 향해 말한다. "문제는 하나. 커뮤니케이션이 없는 거야!" 그리고 총에 맞아 죽는다.　　《《

결혼

하루키의 미타카에서의 생활은 2년 정도 만에 막을 내린다. 1971년, 하루키는 스물두 살 동갑인 다카하시 요코高橋陽子와 결혼하여, 분쿄文京 구 센고쿠千石에 있는 그녀의 친정으로 들어간다.

제이 루빈Jay Rubin의 『하루키 문학은 언어의 음악이다』에 따르면, 다카하시 요코는 하루키보다 3개월 정도 빠른 1948년 10월생으로, 하루키와는 1968년 4월에 와세다 대학 강의실에서 처음 만났다. 만난 지 3년이 되자 두 사람은 진지하게 사귀게 되었고, 결혼을 의식하기 시작했다. 〈슈칸겐다이〉와의 인터뷰나 『무라카미 아사히도』〈슈칸아사히週刊朝日〉에 연재된 하루키의 에세이를 모아 출간한 책에 수록된 「남자에게 '이른 결혼'은 손해인가 이득인가」에서도 이러한 과정을 확인할 수 있다.

하루키는 자신의 이른 결혼에 대해, "나는 빨리 결혼하고 싶다는 생각이 강했어요. 제가 외아들이라서요. 집에는 언제나 부모님이나 어른들밖에 없어서 늘 종속적이었죠. 빨리 내 세계를 갖고 싶다고 생각하고 있었어요."라고 밝힌 적이 있다.

아내 요코와의 인연에 대해서는, "하지만 연애가 곧 결혼으로 이어진 것은 아니었어요. 나한테도 사귀던 여자가 있었고, 저쪽도 여러 사정이 있어서 결혼하게 되기까지는 몇 년이 걸렸죠. 그사이에 각자 좋아하는 일을 하면서 지내다가 점점 더 상대방이 좋아져서 나중에는 떨어지지 않게 되었다는 이야기죠. 2학년 정도까지는 그냥 친한 친구 같은 느낌으로 만났어요."라고 말하기도 했다.

양가 부모의 반응은 대조적이었다. 하루키의 부모는 달가워하지 않았다. 우선 아들이 교토나 오사카 출신이 아닌 사람과 결혼한다는 것이 마음에 들지 않았다. 그리고 무엇보다 '보통 그러하듯이' 대학을 나와 취직해서 자립할 때까지는 결혼하지 않았으면 했다. 여기에 반해 요코의 아버지는 "요코를 사랑하는 거지?"라고 물었을 뿐이었다.

그해 10월, 하루키와 요코는 구청에 혼인 신고를 하고, 부인과 사별한 장인이 혼자 살고 있던 요코의 친정으로 이사를 하게 되었다.

하루키는 훗날 장인 다카하시高橋의 인품에 대해 다음과 같이 말했다.

>> 아내의 아버지는 처음에는 "이런, 어디서 고양이는 끌고 와 가지고는. 진짜 웃기고 있어. 딴 데다 버리고 와."라며 노발대발하셨는데, 원래 고양이를 그 정도로 싫어하지는 않으셨던 듯, 얼마 지나지 않아 피터를 몰래 귀여워하게 되셨다. 내 앞에서는 무관심한 모습으로 걷어차시거나 해도, 아침 일찍 아무도 없을 때는 살그머니 머리를 쓰다듬고 먹이를 주시거나 했다. 피터가 혼례용 이불에 오줌을 쌌을 때에도 불평하지 않고 – 조금 한 것 같기도 하지만 – 잠자코 다시 만드셨다. 초등학교도 제대로 나오지 않으신 – 이건 결코 차별적인 표현이 아니다. 요즘 세상에 멋지지 않나 – 다소 괴팍하고 삐딱한 아저씨였지만, 토박이 도쿄東京 사람답게 깨끗이 단념하시는 부분도 있었다. <<

이러한 회상은 『무라카미 아사히도』에 수록된 에세이 「분쿄 구 센고쿠와 고양이 피터」에서도 찾아볼 수 있다. 어쩌면 하루키는 고양이 피터에 대한 회상을 통해 장인을 향한 애정과 존경심을 넌지시 털어놓고 싶었던 것이 아닐까.

재즈 카페 '피터 캣츠'

1974년, 하루키는 아내와 둘이서 낮에는 레코드 가게, 밤에는 카페에서 아르바이트를 하여 모은 돈으로, 고쿠분지國分寺 역 남쪽 출구에 재즈 카페 '피터 캣츠'를 개업했다.

한때 하루키는 취직을 하려고 연줄이 있는 텔레비전 방송국 같은 곳을 몇 군데 돌아다녔지만, 일의 내용을 납득할 수 없었다. 그런 까닭에 작은 가게라도 좋으니 자기 혼자서 제대로 된 일을 하고 싶었던 것 같다.

재즈 카페 개업은 하루키와 부모의 관계를 더 악화시켜 돌이킬 수 없게 만들었다고 한다. 평범한 중산층 가정을 꾸려 가던 부모의 기준에 재즈 카페는 이른바 '물장사'라고밖에 할 수 없었다. 물론 밤에는 술을 팔았지만, 그 당시의 재즈 카페나 재즈 바는 상당한 음량으로 틀어 놓은 음악을 즐기는 것이 일반적이었다. 말주변이 없는 하루키가 이 일을 선택한 것은 손님 상대를 그다지 하지 않아도 된다는 점 때문인 것 같다.

한 인터뷰에서 하루키는 피터 캣츠 개업 자금에 대해, "가게를 내는 데 빚을 졌습니다. 500만 엔 정도 돈이 필요했지요. 아내와 둘이서 아르바이트를 해서 200만 엔 정도는 가지고 있었고, 나머지는 은행에서 빌렸어요. 얼마였더라, 250만 엔 정도였나. 계산이 안 맞는데(웃음). 하지만 어쨌든 나머지는 빚을 졌어요."라고 말했다. 그런가 하면 제이 루빈과의 인터뷰에서는 "요코의 아버지는 흔쾌히 돈을 빌려 주었어요. 단, 돈을 빌려 주면서 이자도 꼬박꼬박 받겠다고 하셨어요. 그의 공평함에는 이런 일면이 있었지요."라고 말하기도 했다.

피터 캣츠는 비록 19평짜리 가게였지만 장사는 꽤 잘되어서, 하루키 부부는 개업 당시 진 빚을 불과 1년 반 만에 모두 갚을 수 있었다. 이곳은 재즈 마니아에게는 더할 나위 없는 가게였는지, 재즈를 좋아했던 나카가미 겐지中上健次. 46세에 요절한 일본 순문학의 거장도 이 가게에 종종 얼굴을 내밀었던 것 같다. 또한 당시에 무사시노武蔵野 대학 미대생이었던 무라카미 류도 단골손님 중 하나였다고 한다.

1975년 3월, 하루키는 와세다 대학 문학부 연극영화과를 7년 만에 졸업했다.(부인 요코는 5년 걸렸다고 한다.) 그의 졸업 논문「미국 영화에 있어서의 여행의 사상」은 서부 개척 시대의 〈역마차 Stagecoach, 1939〉로부터 〈우주여행 宇宙の旅〉에 이르는 작품을 동쪽에서 서쪽으로 대륙 횡단하는 확대 성장의 표현으로 파악하고, 그와 반대로 서쪽에서 동쪽으로 횡단하는 뉴시네마 〈이지 라이더 Easy Rider, 1969〉와 비교하여 논한 것이었다. 지도 교수 인나미 고이치 印南高一는 "자네, 소설을 써 보는 게 어떻겠나."라고 평가했다고 한다.

여기에 대해 하루키는 한 인터뷰에서 "졸업 논문을 썼더니 지도 교수가 칭찬하며 글 쓰는 일을 권유했을 정도입니다."라고 말하기도 했다. 이 지도 교수의 말이 의외로 하루키의 마음 어딘가에 남아 계속 영향을 끼쳤는지도 모른다.

등단 전야

1978년 봄이 되었을 때, 하루키는 갑자기 소설을 쓰겠다는 결심을 한다. 그는 데뷔작 『바람의 노래를 들어라』를 쓰게 된 경위에 대해, 다음과 같이 말하고 있다.

>> 전에도 밝힌 적이 있지만, 내가 갑자기 소설을 써야겠다고 결심한 것은 진구神宮 구장의 외야석에서였다. 23년 전의 시즌 개막 게임이었다. 선발이 야스다安田였던 것이 확실히 기억난다. 그해 10월 4일에 야쿠르트가 우승했다. 마스오카松岡가 선발로 나와 완투했다. 그때도 나는 구장에 있었다. 스왈로스 구단 창단 이래 29년째에 이르러 처음 거둔 우승이었는데, 나도 마침 스물아홉 살이었다. 그때 쓴 소설로 나는 문예지의 신인상을 받았다. «

》하루키가 소설을 쓰기로 결심한 도쿄 진구 구장의 외야석

'전에도 밝힌 적이 있지만'이라는 표현이 보여 주듯이, 하루키는 이 에피소드를 여러 번 반복해서 이야기했다. 혹시 하루키 자신이 이 이야기를 믿고 싶어 하는 건 아닌가 하고 생각될 정도이다. 그렇다고 해서 이것이 적당히 꾸며 낸 일이라든지 거짓말이라고 말하고 싶은 것은 아니다. 오히려 그 반대다.

그 무렵 하루키는 피터 캣츠를 경영하고 있었는데, 카페 영업이 끝나면 부엌 테이블에서 매일 밤 한 시간씩 맥주를 마시며 한 장chapter씩 소설을 써 나갔다고 한다. 『바람의 노래를 들어라』가 모두 40개의 짧은 장들로 이루어져 있는 이유 중의 하나는, 다른 데서는 찾아보기 어려운 이 집필 형태의 특수성 때문이라는 생각이 든다. 물론 이렇게 주장하는 것은 작가 특유의 자기 신격화라 볼 수도 있다. 쓰게 데루히코柏植光彦가 지적한 대로, 하루키는 '커트 보네거트Kurt Vonnegut, 미국의 수필가이자 소설가의 영향이라는 말은 듣고 싶지 않다. 이것은 나의 집필 사정 때문에 자연스럽게 생긴 나만의 방법이다.'라고 말하고 싶었던 것인지도 모른다.

하루키가 왜 갑자기 소설을 쓰게 되었는가라는 문제로 다시 돌아가 보자. 당연한 일이지만, 하루키가 이 일에 대해 매번 똑같은 내용만을 말하고 있는 것은 아니다. 특히 「청취록 : 무라카미 하루키 최근 10년(1979년~1988년)」에서는 지면에 여유가 있었던 탓인지, 한발 더 나아간 흥미로운 내용을 말하고 있다. 여기에서도 1978년 4월의 시즌 개막식 때 갑자기 소설을 쓰고 싶어졌다는 대목은 마찬가지이다. 거기에 '그해는 어쩔 도리가 없을 정도로 가게가 한가'해서 '시간만큼은 충분히 생겼기' 때문에, '마침 서른도 눈앞이고 뭔가 하지 않으면 안 된다고도 생각해서' 소설을 쓰기로 결심하고, '4월에 쓰기 시작해서 여름 정도에 완성'했다고 덧붙이고 있다.

이 인터뷰에서 하루키는 "맨 처음에는 일반적인 리얼리즘 문체의 소설을 썼는데, 도저히 납득할 수 없는 거예요. '소설이란 이런 것이다.'라는 문체가 있지 않습니까. 그렇게 쓰려고 했어요. 정말이지 지금의 『바람의 노래를 들어라』와 똑같은 줄거리였지요. 그런데 같은 줄거리를 리얼리즘 문체로 쓰자니 재미도 없고 그런 거예요. 지금도 나쁘진 않았다고 생각하고 있지만 별로 재미가 없어서. 그래서 엉터리로 해야겠다고 생각했고, 그러다 보니 확 바뀌어서 그런 문체가 되어 버린 거지요."하고 약간 변명 비슷하게 말했다. 그런 다음, 가게가 끝나고 나서 조금씩 써 나갔기 때문에 짧은 에피소드의 집적체가 되었다고 보충 설명을 했다.

같은 인터뷰에서 『1973년의 핀볼』에 대해서도, "사실을 말하자면 다음 작품은 리얼리즘으로 쓰고 싶었습니다. 그래서 리얼리즘으로 써야지 생각하고 쓰기 시작했는데, 그걸 도중에 그만둔 겁니다."라고 말하며, '리얼리즘 문체'에 꽤 집착을 보이고 있다.

최근 도코 코지都甲幸治는 「무라카미 하루키의 알려지지 않은 얼굴」에서, '하루키는 젊은 시절부터 외국 미디어에 푹 빠져 살았고, 스물두세 살쯤에는 소설가가 되려 했다. 하지만 그 꿈을 단념한 적이 있으며, 그 후에는 재즈와 미국 문학에 빠져 몇 년을 보냈다. 그러다 어느 날 밤 재즈를 들으며 울고 있는 흑인들의 모습을 보고서, 아무리 서양 문화를 사랑

해도 자신은 결코 그들만큼 의미를 느낄 수 없다는 것을 깨닫고, 다시 소설을 쓰기 시작했다.'라고 밝히기도 했다.

어쨌든 몇 번이나 스스로에게 들려주기라도 하는 것처럼 반복되는 야구장 에피소드 뒤에 도코의 이야기에 나오는 그런 사정이 있었다면, 여태까지 우리가 품어 왔던 무라카미 하루키의 이미지에는 약간의 정정이 필요할 것이다.

한 가지 단언할 수 있는 것은 하루키의 데뷔작은 『바람의 노래를 들어라』이고, 그것은 흔히 말하는 '리얼리즘 문체'로는 쓰이지 않았다는 점이다. 여기에 또 한 가지 덧붙여 말할 수 있는 것은, 하루키가 비로소 '리얼리즘'으로 장편을 쓸 수 있었던 것은 『노르웨이의 숲』에서였다는 사실이다.

하루키의 문단 데뷔작과 『노르웨이의 숲』에 대해 다케다 도루武田撤는 이렇게 평가하였다.

〉〉　　만약 무라카미가 『바람의 노래를 들어라』가 아니라 『노르웨이의 숲』으로 데뷔했다면 어떻게 되었을까? 가끔 나는 생각한다. 아마 감상적인 문학청년으로 간주되어 평론가들이 상대조차 안 해 주지 않았을까. 작가로서 적절한 데뷔작으로는 멋지게 계산된 수사적 애매함으로 독자들과 평론가들을 사로잡은 『바람의 노래를 들어라』 이외에는 있을 수 없었다.　　〈〈

무라카미 하루키는 행운이라고밖에 할 수 없는 우연의 연속으로 작가의 등용문을 무사히 통과한 것이다.

군조 신인 문학상

하루키의 데뷔작 『바람의 노래를 들어라』는 '미국 소설의 영향'과 함께 '경쾌함', '세련됨'을 키워드로 제22회 군조群像 신인 문학상 소설 부문의 당선작으로 뽑혔다. 사사키 기이치佐佐木基一, 사타 이네코佐多稲子, 시마오 도시오島尾敏雄, 마루야 사이이치丸谷才一, 요시유키 쥰노스케吉行淳之介, 다섯 명의 심사 위원은 하루키의 작품을 만장일치로 당선시켰다. 이들의 심사평 가운데 하루키와 관련된 부분만을 인용해 보자.

>> 하루키의 당선작이 수록된
잡지 〈군조〉의 표지

>> 사사키 기이치 '가볍지만 경박하지 않고'

이 작품을 뽑은 이유는 우선 술술 읽을 수 있고, 뒷맛이 상쾌했기 때문이다. 마루야 사이이치 씨가 미국 현대 소설에는 이런 작품들이 많이 있다고 했는데, 나는 전혀 읽지 못했다.

무라카미 하루키의 소설을 읽으며 팝 아트 같은 인상을 받았다. 더구나 그것이 단순히 유행을 좇는 게 아니라 꽤 익숙해진 형태로 완성되어 있는 것처럼 느꼈다. 대단히 가벼운 필체이지만, 이것은 꽤 의식적으로 만들어진 문체라서 가볍지만 경박하지 않고, 익살맞지만 거슬리지 않는다. 팝 아트를 현대 미술의 한 장르로 인정하는 것과 마찬가지로, 문학에서도 그 존재의 가치를 인정해야 한다고 나는 생각했다. 이런 작품은 꽤 공들여 만들지 않으면 경박해질 우려가 있다는 것을 작가가 항상 유념해 주기 바란다.

>> 사타 이네코 '심사평'

『바람의 노래를 들어라』를 두 번 읽었다. 처음 읽을 때 즐거웠다고 느껴져서, 내가 어떤 식으로 즐거웠는지를 다시 한 번 확인하고 싶었기 때문이다. 두 번째도 마찬가지로 즐거웠다. 그렇다면 설명은 필요 없지 하고 생각했다. 여기에서 들은 바람 소리가 즐거웠다고 하면 그걸로 충분하지 않을까? 젊은 날 여름의 한때를 정착시킨 이 작품은 지적인 서정가라고 할 수 있을 것이다.

작품에 나오는 '쥐'는 주인공의 분신이라고 요시유키 씨가 말한 바 있는데, 내 의견 역시 같다. 동일 인물이라는 인상에서 완전히 빠져나오지 못한 것이다. 하지만 관념 표백의 수단으로서 이야기하자면, 이 인물 설정은 대단히 효과적이다. 제이스 바의 '제이', 그 여름 만난 여자로서의 '그녀', 이 두 사람은 소설 속의 주인공이 그러하듯이 독자에게 호감을 주는, 세련된 영화 속에 등장할 것 같은 인물들이다.

이 소설의 초반부에는 작가의 망설임이 보이지만, 그것은 결국 소설 말미에 자긍심으로 바뀌어 나타나고 있다. 이 작품은 심사 위원들의 만장일치로 당선되었다.

》 시마오 도시오 '심사 후 감상'

마지막에 남은 무라카미 하루키의 『바람의 노래를 들어라』는 세련되고 스마트한 가벼움으로 내 어깨 결림을 풀리게 했다는 걸 먼저 말해 두고 싶다. 이 소설에는 간단한 그림의 세련된 티셔츠*까지 삽입되어 있었다. 사실 그 내용이 무엇이었는지 정확하게는 기억나지 않지만, 내용의 전개도, 등장인물의 행동이나 대화도 미국 어느 마을의 사건, 아니 그것을 그린 듯한 소설이었다. 그러한 부분이 다소 마음에 걸렸지만, 다른 네 분의 심사 위원들이 모두 입선을 수긍하였고, 나 역시 동의하였다.

*역자 주) 하루키는 작품 14장에 주인공이 방송국에서 받은 티셔츠 그림을 그려 넣었다.

》 마루야 사이이치 '새로운 미국 소설의 영향'

무라카미 하루키의 『바람의 노래를 들어라』는 현대 미국 소설의 강력한 영향 아래 완성된 것이다. 커트 보네거트나 리처드 브로티건

Richard Brautigan 같은 작가의 작풍을 대단히 열심히 본뜨고 있다. 하지만 그처럼 공부하는 자세는 정말 대단한 것이라고 할 수 있다. 어지간한 재능의 소유자가 아니고서는 이만큼 자기 것으로 체득할 수 없기 때문이다. 옛날식의 리얼리즘 소설에서 빠져나오려고 해도 빠져나오지 못하고 있는 것이 지금 일본 소설의 일반적인 경향이라 할 수 있다. 그러므로 설령 외국 양식이 느껴진다고 해도 이 정도로 자유롭게, 그리고 교묘하게 리얼리즘을 벗어난 작품이 있다는 것은 주목할 만한 성과라고 해야 할 것이다.

그러나 커트 보네거트의 소설은 폭소 뒤에 흘러넘칠 정도의 슬픔이 있고, 이로 인한 괴로움이 그 정취를 돋보이게 하는데, 『바람의 노래를 들어라』의 정취는 훨씬 단순하다. …… 중략 …… 이러한 방법에는 어쩐지 일본적 서정이라 불러야 할 듯한 정취가 있다. 물론 그것을 이 작가가 지닌 개성의 표출이라 해석해도 상관은 없지만 말이다. 이러한 특성을 잘 펼쳐 나가면 일본적 서정을 바탕으로 한 미국 풍의 소설이 무라카미 하루키라는 작가의 독창성으로 자리매김하게 될지도 모른다.

아무튼 무라카미 하루키는 상당한 문학적 재능을 가지고 있으며, 특히 소설의 흐름이 조금도 침체되어 있지 않다는 점이 훌륭하다. 스물아홉 살 청년이 이 정도의 소설을 쓴다는 것은, 지금의 일본 문학이 크게 변화하기 시작한 증거라고 생각된다. 이 신인의 등장은 하나의 사건일 뿐이지만, 그것이 강한 인상을 주는 것은 그의 배후에 있는 – 있다고 추정되는 – 문학계의 변혁 탓일 것이다. 이 작품이 다섯 명의 심사 위원 전원에게 지지를 받은 것도 흥미로운 현상이었다.

》요시유키 준노스케 '하나의 수확'

『바람의 노래를 들어라』는 몇 점이나 줄 수 있는 작품일까. 60점짜리일까, 아니면 85점이나 90점짜리일까? 아무래도 확신할 수가 없어서 다시 읽었다. 그 결과 이것은 좋은 작품이라고 확신했고, 감히 말하자면 최근 가장 눈에 띄는 수확이라고 할 수 있을 듯하다.

지금까지 우리나라 젊은이들의 작품 중에는 '스무 살 – 또는 열아홉 살 – 주변' 문학이라고 할 만한 작품이 종종 나타났다. 그런 관점에서 이 작품을 보면 다른 어떤 작품보다도 월등하다는 점을 알 수 있다. 메마른, 그리고 경쾌한 느낌의 밑바닥에는 내면을 향하는 눈이 있지만, 주인공은 눈을 곧바로 밖으로 돌려 무관심한 듯한 태도를 취한다. 그런 모습을 불쾌하지 않게 전달하는 것은 대단한 재주이다. 이것은 단순히 재주에만 기댄 것이 아니라 심지 굳은 작가의 인간성도 더해진 결과라는 생각이 든다. 나는 그러한 점을 높이 평가하였다.

'쥐'라는 청년은 결국은 주인공 – 작가 – 의 분신일 테지만, 전혀 다른 인물인 것처럼 그려져 있는 것만으로도 작가의 솜씨를 짐작할 수 있다. 한 줄 한 줄에 작가의 생각이 농밀하게 묻어나지는 않지만, 몇 줄 읽다 보면 미묘한 재미가 생긴다. 결국 무라카미 하루키라는 사람의 갈림길은 그 '재주' 쪽에 스스로가 함몰해 버리느냐, 그렇지 않느냐에 달려 있다고 할 수 있다.

　　이와 같은 심사평을 들은 신인상 수상에 대해 하루키는 다음과 같은 수상 소감을 남겼다.

》　　학교를 졸업한 이래 거의 펜을 잡은 일도 없어서 처음에는 글을 쓰는 데 상당한 시간이 걸렸다. '남과 다른 무언가를 이야기하고 싶다면 남과 다른 말로 이야기해라.'라는 스콧 피츠제럴드F. Scott Fitzgerald의 문구만이 내게 유일한 의지가 되었는데, 사실 그런 것이 말처럼 그리 간단히 될 리가 없었다. 그래도 마흔 살이 되면 조금은 나은 걸 쓸 수 있게 되겠지 하고 생각하며 썼다. 지금도 그렇게 생각하고 있다. 수상한 일은 대단히 기쁘지만, 형태가 있는 것에 구애받고 싶지 않고, 또 이제는 그럴 나이도 아니라고 생각한다. 《

　　소설가의 문단 데뷔로는 결코 빠르지 않은 스물아홉이라는 나이 때문일까? 대단히 냉정한 소감이다. 조금 더 기뻐한다고 해도 아무도 비난하지 않았을 텐데, 이 침착함이 바로 무라카미 하루키의 인품이 아닌가 하는 생각이 든다.

　　이 날을 기점으로 작가라는 직함을 손에 넣었음에도 불구하고 자신의 상황을 객관적으로 판단할 수 있었던 이유는, 어쩌면 그가 재즈 카페의 주인이었다는 이력에서 찾아볼 수 있을지도 모른다. 하루키는 등단이라는 인생의 전환기 뒤에도 재즈 카페를 계속 운영했다. 그러는 동안 약간의 소동을 겪은 적도 있었고, 여러 면에서 불쾌한 일을 적지 않게 겪었다. 그러나 하루키는 어쩔 수 없이 불쾌한 경험을 하게 될 것을 감수하면서도 재즈 카페 주인 자리를 내던지지 않고 두 가지 일을 계속한 것이다. 여기에서 그의 상상을 초월한 인내력과 냉정한 판단력의 일부를 엿볼 수 있다.

아쿠타가와 상 낙선

군조 신인 문학상 당선작이 된 『바람의 노래를 들어라』가 제81회 1979년도 상반기 아쿠타가와 상 후보로 올라간 일은 의외로 잘 알려져 있지 않다. 이때 다테마쓰 와헤이立松和平의 『닫힌 집』, 기타자와 미호北澤三保의 『물구나무선 개』, 마스다 미즈코增田みず子의 『두 개의 봄』, 아오노 소靑野聰의 『바보의 저녁』, 다마키 간玉貫寬의 『난초의 흔적』, 시게카네 요시코重兼芳子의 『산골짜기의 연기』, 요시카와 마코토吉川良의 『8월의 빛을 받아라』가 후보작으로 함께 올랐고, 심사 결과 『바보의 저녁』과 『산골짜기의 연기』 두 작품이 공동으로 아쿠타가와 상을 수상했다. 『바람의 노래를 들어라』는 다른 작품들과 함께 낙선의 고배를 마셨던 것이다.

심사 위원은 이노우에 야스시井上靖, 엔도 슈사쿠遠藤周作,

오에 겐자부로大江健三郎, 가이코 다케시開高健, 니와 후미오丹羽文雄, 마루야 사이이치, 야스오카 쇼타로安岡章太郎, 요시유키 준노스케, 다키이 고사쿠瀧井孝作, 나카무라 미쓰오中村光夫, 이렇게 열 명이었다. 이 가운데 다키이 고사쿠와 나카무라 미쓰오는 병 때문에 심사 위원으로는 출석하지 않고 서면으로 심사평을 보냈다.

심사 위원 각각의 심사평 가운데 『바람의 노래를 들어라』를 언급한 부분만 인용해 보자.

〉 마루야 사이이치 '4개의 작품'

무라카미 하루키의 『바람의 노래를 들어라』는 미국 소설의 영향을 통해 형성된 자신만의 개성을 표출하고 있다. 만약 이것이 단순한 모방에 불과한 것이라면 문장의 흐름이 이렇게 막힘없이 나갈 수는 없을 것이다. 이 작품은 확실히 탁월한 품격을 가지고 있다고 생각된다.

〉 다키이 고사쿠 '아오노 소를 추천한다'

무라카미 하루키의 『바람의 노래를 들어라』는 200여 장 남짓한 길이의 소설인데, 외국 번역 소설을 지나치게 많이 읽고 쓴 듯한 서구적인 작품이다. 이런 류의 창작물은 작품의 완성도가 높지 않으면 곤란한데, 이 작품은 요시노가미吉野紙, 요시노 지방에서 나는 닥나무로 만든 얇은 종이로, 귀중품을 보관하는 데 쓰임의 군데군데 고르지 못한 부분처럼 얇게

비쳐 보여 아쉬움을 남기는 부분이 있다. 하지만 그가 이색적인 면을 가진 작가라는 점은 분명하다. 나는 보다 긴 안목으로 그의 성장을 지켜보고 싶다.

>> 요시유키 준노스케 '마지못해'

이번 심사에서 내가 적극적으로 표를 던진 작품은 없었다. 굳이 말하자면 무라카미 하루키의 작품 정도인데, 나는 이 작품이 군조 신인 문학상에 당선되었을 때의 심사 위원 가운데 한 사람이다. 사실 아쿠타가와 상이란 신인을 몹시 시달리게 하는 상인데, 그 상을 감당할 만한 힘이 이 작품에는 없다. 이 작품의 강점은 그 소재가 10년간 발효된 후에 만들어졌다는 점이다. 그러나 이것 하나만으로 모든 것을 평가하여 수상작으로 결정하기에는 불안하다.

>> 엔도 슈사쿠 '수상 작가의 이후를 기대한다'

무라카미 하루키의 작품은 얄미울 만치 치밀하게 계산된 작품이다. 그러나 이 소설은 반소설反小說, 전통적인 소설의 형식이나 관습을 부정하고 새로운 수법을 시도한 소설이라고 해야 옳을 것이다. 현재 유행하고 있는, 소설 속에서 모든 의미를 없애는 수법에 능숙하면 능숙할수록, 나는 '정말로 그렇게 간단하게 의미를 없애도 되는 건가.' 하는 기분이 든다. 아마 무라카미 하루키는 이 심사평을 통해 내가 전하려는 뜻을 알 수 있으리라 생각한다. 다음 작품을 보지 않고서는 그의 진정한 힘을 알기 어렵다는 것이 지금 내가 내릴 수 있는 유일한 결론이다.

》 오에 겐자부로 '실력과 표현을 강하게 요하는 주제'

오늘날의 미국 소설을 능숙하게 모방한 작품도 있었다. 그러나 작가가 그것을 넘어서서 스스로의 독자적인 창조를 향해 훈련하지 못한다면, 그것은 작가 자신에게도 독자에게도 무익한 시도라고 여겨진다.

마루야 사이이치와 요시유키 준노스케는 둘 다 군조 신인 문학상의 심사 위원이었기 때문에, 그들의 평은 호감을 바탕으로 할 수밖에 없다는 것을 어느 정도 감안해서 읽을 필요가 있다. 엔도 슈사쿠와 오에 겐자부로는 부정적인 의견을 내놓았고, 다키이 고사쿠는 칭찬과 비평이 반반 섞인 평가를 내렸다. 나머지 다섯 명은 『바람의 노래를 들어라』에 대해서는 언급조차 하지 않았다. 평가할 가치도 없다는 입장이었던 것이다.

『1973년의 핀볼』

문단 데뷔 다음 해인 1980년 3월, 하루키는 〈군조〉에 『1973년의 핀볼』을 발표했다. 그리고 이 작품 또한 제83회 _{1980년 상반기} 아쿠타가와 상 후보가 되었다. 이때의 후보작은 요시카와 마코토의 『간다촌』, 무라카미 세쓰村上節의 『너구리』, 오츠지 가츠히코尾辻克彦의 『어둠의 헤르페스』, 이오 겐지飯尾憲士의 『서울의 위패』, 마루모토 요시오丸元淑生의 『날개 치다』, 기타자와 미호의 『사냥꾼들의 축연』, 무라카미 하루키의 『1973년의 핀볼』까지 총 일곱 편이었고, 심사 위원은 제81회 때와 같았다. 심사 위원들의 관심은 『어둠의 헤르페스』, 『날개 치다』, 『1973년의 핀볼』 세 작품에 집중되었는데, 심사 결과는 '해당작 없음'이었다. 결국 이 해에는 마루모토 요시오의 『날개 치다』가 가작佳作으로 당선된 것이 전부였다.

『1973년의 핀볼』에 대해 언급한 심사평은 다음과 같다.

마루야 사이이치 '문학적 에너지'

무라카미 하루키의 중편은 진부한 성실주의를 비웃으며, 자신이 경험한 청춘의 본질인 상실감과 허무감을 표현하고 있다. 상당히 잘 썼다고 감탄했지만, 중요한 소설적 장치인 핀볼의 기능이 아무래도 충분히 발휘되지 못했다는 생각이 든다. 쌍둥이 처녀들을 다루는 문제에 대해서도 조금만 더 고민했더라면 좋았을 것이라는 생각이다.

오에 겐자부로 '개성 있는 세 작가'

무라카미 하루키는 시적인 감각, 참신한 문장으로 신세대 스타일을 보여 주고 있지만, 소설가로서 가져야 할 내구성에 대해서는 불안감이 느껴진다. 앞선 작품에 이어 또다시 커트 보네거트의 직접적인 영향과 스콧 피츠제럴드의 간접적인 영향, 그리고 모방이 엿보인다. 그러나 남에게서 받아들인 것을 이만큼 자연스럽게 구사할 수 있다는 것은 분명히 확실한 재능이라고 해야 할 것이다.

요시유키 준노스케 '감상'

무라카미 하루키의 『一九七三년의 핀볼』에는 이 시대를 살아가는 스물네 살 청년의 감성과 지성이 잘 그려져 있다. 주인공은 쌍둥이 여자 둘과 동거하고 있는데, 이 쌍둥이의 존재감을 일부러 희박하게 그리는 식의 노련함에 힘입어 긴 원고를 지루하지 않게 읽을 수 있었다.

》 다키이 고사쿠 '이번에는 표가 분산돼서'

무라카미 하루키의 『一九七三년의 핀볼』은 줄거리가 없는 소설로, 말하자면 꿈과 같은 이야기이다. 소설 속 주인공이 영어와 프랑스어 번역 사무소를 차렸다고 설정되어 있지만, 정작 그의 생활에 대해서는 아무것도 쓰여 있지 않다. 주인공은 1970년경에 유행한 핀볼 기계에 빠진 남성으로, 핀볼의 유행이 꿈처럼 사라져 간 뒤, 1973년에 이르러 그 기계의 소재를 알게 되자 그것을 찾으러 간다. 이러한 장면들은 흥미롭지만, 결국 핀볼 기계를 보고도 어쩌지 못하고 그냥 돌아오는 부분은 미흡한 인상을 준다.

》 나카무라 미쓰오 '심사평'

독자를 조롱하고 있다는 느낌은 『一九七三년의 핀볼』도 마찬가지다. 혼자서 세련된 지식인인 척하며 까불고 있는 청년을, 그와 마찬가지로 우쭐대며 안이한 문체로 그리고 있지만, 그의 내면은 전혀 전달되지 않는다. 현대의 미국화된 풍속은 확실히 소설의 중요한 제재가 될 수 있을지도 모른다. 하지만 그것을 단편적으로밖에 받아들이지 못하는 천박한 안목만 가지고서는 제대로 된 문학이 태어날 수 없다. 재능은 있다고 판단되지만 아쉬움이 남는다.

〉〉 이노우에 야스시 '촌평'

『一九七三년의 핀볼』은 새로운 문학 분야를 개척하려는 의도가 엿보이는 유일한 작품이다. 부분적으로는 훌륭한 데도 있고 신선하다고 느껴진다. 그러나 총체적으로 보자면 감성이 헛돌고 있는 부분이 많아서 잘 쓴 작품이라고 말하기는 어렵다.

엔도 슈사쿠, 니와 후미오, 가이코 다케시, 야스오카 쇼타로 네 명의 심사 위원은 하루키를 무시하기로 마음먹은 듯하다. 호의적인 평가를 내리고 있는 것은 요시유키 준노스케뿐이고, 나머지 다섯 명은 절반의 긍정과 함께 의구심과 부정을 내비쳤다. 이들의 반응 이상으로 인상적인 것은 『1973년의 핀볼』이라는 제목이 심사평에서는 모두 『一九七三년의 핀볼』로 표기되어 있다는 점이다. 여기에 의미를 부여하자면, 세로쓰기 문화였던 일본 문학계에 하루키가 가져온 가로쓰기의 의미를, 심사 위원들 모두가 전혀 받아들이지 못한 것이라고 할 수 있다.

오랫동안 하루키는 자신의 아쿠타가와 상 낙선에 대해 거의 아무 말도 하지 않았다. 그 무거운 입이 열린 것은 대략 사반세기가 지나고 나서였다. 하루키는 2007년에 간행된 에세이집 『달리기를 말할 때 내가 하고 싶은 이야기』에서 다음과 같이 회상하고 있다.

〉〉　『바람의 노래를 들어라』와 『1973년의 핀볼』은 아쿠타가와 상 후보에 올랐고, 둘 다 유력한 후보라고 했는데도 상은 결국 받지 못했다. 하지만 나로서는 솔직히 말해 아무래도 상관없다고 생각했다. 받으면 받는 대로 취재며 집필 의뢰가 계속해서 들어올 것이고, 그렇게 되면 분명히 가게 영업에 지장이 생길 텐데 그쪽이 오히려 걱정이었다.　〈〈

공식적으로는 이렇게 말했지만, 하루키가 결코 '아무래도 상관없어.'라고 생각하고 있었던 것은 아닌 것 같다. 2000년 2월에 간행된 『신의 아이들은 모두 춤춘다』에 실려 있는 「벌꿀 파이」에는 네 번이나 아쿠타가와 상 후보에 오르지만, 결국에는 한 번도 수상하지 못하고 만년 유력 후보로 끝나 버리는 '준페이淳平'라는 인물이 등장한다. 그 인물이 받은 심사평은 바로 하루키가 받은 것 그 자체였다.

〉〉　이 나이의 신인치고는 문장의 질도 높고, 정취나 풍경 묘사도 볼 만한 데가 많지만, 군데군데 감상적으로 흐르는 경향이 있고, 신선함과 소설적 전망이 결여되어 있다.'는 것이 대표적인 심사평이었다.　〈〈

이와 같은 인물 설정에는 아쿠타가와 상에 대한, 그리고 낙선에 대한 하루키의 심리가 어느 정도 반영되어 있다고 볼 수밖에 없다. 게다가 『무라카미 아사히도의 역습』에 실려 있었으나 단행본이 문고화되면서 삭제되었던 「아쿠타가와 상에 대해 기억하고 있는 몇 가지 사항」이라는 글은 이러한 심증을 더욱 확신케 만든다. 그 내용의 골자는 다음과 같다.

　　아쿠타가와 상은 순문학 영역의 유망한 신인에게 주는 상인데, 순문학과 마찬가지로 이 '신인'에 대한 기준이 애매하다. 아쿠타가와 상이란 결국 귀찮은 것이어서, 나는 두 번 후보에 올랐지만 두 번 다 받지 않았다. ― 못 받았다고 해야 맞겠지, 솔직히. ― 이 상에는 업계의 의리로, 수상을 주관하는 분게이슌주 文藝春秋 계열의 잡지에 작품을 발표해야 한다는 불문율이 있다. 그리고 후보작이 되면 텔레비전이나 신문사와의 번거로운 문제가 벌어지는데, 수상 발표 날 저녁에는 그런 종류의 귀찮음이 절정에 이른다. 첫 번째 때는 언제나와 마찬가지로 가게에 있었는데, 가게에 편집자가 들이닥쳐 도저히 일을 할 수가 없었다. 그래서 두 번째 때는 편집자와 마작을 하면서 발표를 기다렸다. 이 날은 낙선한 데다가 돈도 15,000엔이나 잃었다.　　《

이 에세이는 '귀찮은 일이란 시간이 지나면 의외로 좋은 추억으로 남는 것 같다.'라는 내용으로 마무리되고 있다. 그러나 유독 이 에세이만 문고본에서 누락되었다는 사실은, 하루키가 아쿠타가와 상에 대해 뭔가 복잡한 심경을 가지고 있었던 것은 아닐까 하고 추측하게 만든다.

의미 있는 실패작
「거리와, 그 불확실한 벽」

　1980년 9월 〈군조〉에 발표된 「거리와, 그 불확실한 벽」은 단편과 중편의 중간 정도에 해당하는 작품으로, 이후 하루키의 문학 세계를 살펴보는 데 있어 대단히 중요한 위치를 차지한다.

　가장 중요한 것은 이 작품이 나중에 발표된 『세계의 끝과 하드보일드 원더랜드』의 원형이 되는 이야기라는 점이다. 『세계의 끝과 하드보일드 원더랜드』는 평행하는 두 이야기인 '하드보일드 원더랜드'와 '세계의 끝'이 홀수 장과 짝수 장으로 나뉘어 병렬적으로 구성되어 있는 작품이다. 「거리와, 그 불확실한 벽」은 기본적으로 '세계의 끝'과 같은 내용이다.

　그러나 결말은 정반대라 해도 좋을 만큼 다르다. 「거리와,

그 불확실한 벽」에서 ‘나’와 ‘그림자’는 손을 잡고 닫힌 거리에서 함께 탈출하는 선택을 한다. 그런데 ‘세계의 끝’에서 ‘나’는 그림자와 헤어져 거리에 남고, 그림자만 탈출한다.

『세계의 끝과 하드보일드 원더랜드』를 발표한 후에, 하루키는 인터뷰에서 다음과 같이 밝힌 적이 있다.

>>   소설의 마지막을 어떻게 할지 상당히 망설였습니다. ‘그림자’가 탈출하죠. ‘나’도 같이 탈출해야 할지, 아니면 남아야 할지 꽤 고민했습니다. 그것은 도덕적인 의미에서의 망설임이었습니다. ‘나’라고 하는 인물이 거기에서 도망치는 것은 일종의 도피가 아닌가 하는 생각을 한 겁니다. 독자들 중에는 허구의 세계에 남는 것이 오히려 도피가 아니냐 하는 사람도 있겠지만, ‘나’는 역시 버림받지 않았다는 느낌이 꽤 강합니다. 이것은 결코 도피가 아니라고 생각합니다. 허구 속의 허구로 숨어들어 간다고 할까, 재돌입함으로써 자기 자신을 이중 부정하고 있는 행위이기 때문입니다.   <<

더욱 흥미로운 것은 「거리와, 그 불확실한 벽」은 작가 자신에게 실패작으로 낙인찍힌 거의 유일한 작품이라는 점이다. ‘자작을 말한다 – 첫 신작 소설’〈무라카미 하루키 전집(1979~1989) ④〉에서 하루키는 다음과 같이 말하고 있다.

》 　　　나는 이 「거리와 그 불확실한 벽」이라는 소설을 『1973년의 핀볼』 다음에 썼는데, 이 테마로 글을 쓴다는 것은 역시 시기상조였다. 그 정도의 글을 쓸 능력이 아직 내게는 갖춰져 있지 않았던 것이다. 그 점은 작품이 완성된 시점에 나 자신도 알았다. 나는 스스로 해 버린 일에 대해서는 그다지 후회하지 않는 편인데, 이 소설을 활자화한 것에 대해서는 지금도 적지 않게 후회하고 있다. 발표하지 말았어야 하는 게 아니었나 하고 생각하는 것이다. …… 중략 …… 이번에 전집 간행에 즈음하여 출판사 측에서 「거리와 그 불확실한 벽」을 전집에 싣고 싶다는 요청을 해 왔는데, 나로서는 내키지 않았다. 설령 그것이 의미가 있는 실패작이라 해도, ― 그러기를 바라고 있다 ― 실패작은 실패작이고 그것을 새삼 남들 앞에 드러내 보이고 싶지는 않다. 《

가토 노리히로加藤典洋는 하루키가 「거리와, 그 불확실한 벽」을 실패작이라 느끼고 있는 배경에는 작가 자신의 경험 부족과 함께, 일본의 문예 저널리즘의 발표 형태라는 특수성이 자리하고 있다고 지적한다.

즉, 매달 발매되는 잡지에 작품을 발표하면 게재 때마다 원고료는 받지만, 동시에 '스스로 납득하지 못한 채 활자화되어 버리는 경우'도 자주 생긴다. 「거리와, 그 불확실한 벽」이 그에 해당하는 작품이 되어 버린 것이 아닐까 하는 것이다. 하루키가 「거리와, 그 불확실한 벽」 발표를 기점으로 하여 집필 체제를 잡지 연재가 아닌 단행본 중심으로 바꾼 사실을 고려한다면, 이것은 충분히 타당성이 있는 의견이라고 볼 수 있다.

게다가 「거리와, 그 불확실한 벽」이 발표된 시점인 1980년 9월에 제83회 아쿠타가와 상 발표가 있었다. 즉, 이 작품은 『1973년의 핀볼』이 아쿠타가와 상에 낙선했을 즈음에 발표되었다. 실제 원고 작업은 그 수개월 전에 이뤄졌겠지만, 하루키는 「거리와, 그 불확실한 벽」을 집필하고 잡지에 발표한 것과 거의 동시에, 두 번째 아쿠타가와 상 후보로서의 흥분과 낙선에 따른 환멸을 경험한 것이다. 이런 흐름을 바탕으로 한다면, 「거리와, 그 불확실한 벽」을 작가 스스로가 실패작이라고 인식하는 배경에는 초기 두 작품을 말살하고 싶어하는 것과 같은 부정적인 심리가 작용하고 있다고 보아도 무리가 없을 듯하다. 다시 말해 「아쿠타가와 상에 대해 기억하고 있는 몇 가지 사항」이라는 에세이를 문고판에서 삭제한 것과 같은 심리라고 해도 좋을 것이다.

덧붙이자면, 미국을 포함한 영어권에서는 하루키가 초기에 쓴 두 작품, 『바람의 노래를 들어라』와 『1973년의 핀볼』의 번역본이 고단샤講談社 영어 문고판밖에 출판되어 있지 않을 뿐만 아니라, 작품의 존재 자체도 거의 알려져 있지 않다. 이 같은 상황을 근거로 해서, 도코 코지는 작가가 '의도적으로 저작을 말살'하려 한 것은 아닐까 하는 의문을 던지고 있다. 도코의 지적대로, 하루키가 정말『바람의 노래를 들어라』와『1973년의 핀볼』에 대해 부정적인 감정을 품고 있었다고 한다면, 거기에는 이 작품들로 아쿠타가와 상 후보에 올랐으면서도 두 번 모두 낙선했다는 쓰라린 경험이 그림자를 드리우고 있는 것은 아닐까?

여기에서 다시 중요한 사실은, 하루키가 왜「거리와, 그 불확실한 벽」을 실패작이라고 인식했는가, 그것이 무엇을 시사하는가 하는 점이다. 비슷한 예로, 우리는 다니자키 준이치로谷崎潤一郎가 젊은 날에 썼지만, 스스로 실패작으로 봉인하고 단행본이나 전집에 한 번도 수록하려 하지 않았던「금색의 죽음」을 떠올려 볼 수 있다. 일찍이 미시마 유키오三島由紀夫는 이 작품을 통해, 다니자키 문학의 핵심에 요절의 미학이라 표현할 수밖에 없는 어떤 본질적인 충동이 숨겨져 있다는 것을 멋지게 밝혀낸 일이 있다.

미시마 유키오의 천재적인 안목을 감히 따라갈 수는 없지만, 나 역시 실패작이라는「거리와, 그 불확실한 벽」에 강하게 끌리는 느낌이다. 예를 들자면, 앞서 인용한 '자작을 말한다 – 첫 신작 소설'〈무라카미 하루키 전집(1979~1989)④〉 속에서 하루키 자신이 「거리와, 그 불확실한 벽」이 아니라 「거리와 그 불확실한 벽」이라고 제목을 잘못 쓰고 있다는 점은 대단히 흥미롭다. 굳이 프로이트G. Freud의 이름을 들먹일 필요도 없이, 여기에 이 작품에 대한 그의 복잡한 심정이 그대로 드러나고 있다고 여겨진다.

『양을 둘러싼 모험』이라는
이름의 모험

1981년이 되자, 하루키는 갑자기 재즈 카페를 다른 사람에게 넘기고 전업 작가가 되기로 결심한다.

이 무렵의 심경에 대해 하루키는 '더 몸집이 크고 단단한 내용의 소설을 쓰고 싶다는 기분이 점점 강해져 갔다.'고 밝혔다. 하지만 한편으로는 '그 시점에서는 소설가로서의 수입보다는 가게 수입 쪽이 컸지만, 그건 과감히 포기할 수밖에 없었다. 주변 사람들 대부분이 내 결정에 반대했다. 혹은 고개를 아주 크게 갸우뚱거리기도 했다. …… 중략 …… 아마 당시에 그들은 내가 전업 작가로 살아갈 수 있으리라고는 생각지도 못했을 것이다. 하지만 모두의 충고를 따를 수는 없었다.'라고 말하기도 했다.

냉정하고 신중한 성격의 하루키답지 않게 좀 무모하다고

여겨지는 이 선택의 배경에도, 어쩌면 두 작품이 잇달아 아쿠타가와 상에 낙선했던 일이 영향을 주었는지도 모른다.

아무튼 재즈 카페까지 접은 뒤, 문자 그대로 배수진 속에서 태어난 작품이 바로 『양을 둘러싼 모험』현재 우리나라에는 『양을 쫓는 모험』으로 출간되어 있다.이다. 뒷날 하루키는 이렇게 회상했다.

>>　　『양을 둘러싼 모험』은 내게 있어 여러 가지 의미에서 기념할 만한 작품이었다. 우선 소설 자체의 스타일이 이제까지와는 크게 달라졌다. 앞의 두 작품에 비해 스토리텔링적인 요소가 한층 강해졌고, 그 때문에 길이도 훨씬 길어졌다. 그런 의미에서 이 소설 자체가 내게 있어서는 이른바 새로운 '모험'이었던 것이다.　　《

이렇게 해서 1982년 8월에는 만반의 준비를 마친 장편 『양을 둘러싼 모험』이 〈군조〉에 한꺼번에 게재되었다.

『양을 둘러싼 모험』을 발표한 뒤, 작품에 대한 비평이 거의 다 나왔을 무렵의 인터뷰에서, 하루키는 '신문 등의 문예 시평에서는 전면 부정도 하지 않지만 전면 긍정도 하지 않는 것 같다. 어떤가?' 하는 질문을 받고는 다음과 같이 대답했다.

이제는 흔히 말하는 순문학적인 어휘라든지 개념 같은 것에 얽매여서는 소설을 쓸 수 없다고 생각해요. 문예 평론가에게 인기가 있는 것을 쓰겠다고 마음먹는다면 쓸 수는 있겠지요. 그것에 대한 준비는 다 되어 있으니까요. 학예회 연극하고 마찬가지라서, 이렇다 할 줄거리도 없으면서 어떤 부조리가 있어서 현대의 사랑이 어쩌구 하면, (웃음) 문예 평론가한테 칭찬받죠. 하지만 그런 건 쓸모가 없다고 생각해요. 내 경우는 알기 쉽게 말하자면, 대중 소설적인 방법을 빌려 순문학적인 것을 이야기하고 싶다고 하는 – 너무 쉽게 말해 불쾌해지지만 – 그런 방법론에 흥미가 있어요.

하루키치고는 조금 감정적이라고 생각되는 발언이다. 그 배경에는 역시 아쿠타가와 상에 낙선한 경험이 간접적으로 영향을 끼친 듯하며, 보다 직접적으로는 다음과 같은 사정이 작용한 것이 아닐까 하는 생각이 든다.

이 작품은 〈군조〉에 일괄 게재 형태로 발표됐는데, 쓰고 있는 도중에 담당 편집자가 교체되고 편집부 방침도 크게 바뀌고 해서, 겨우 작품이 완성됐지만 작품의 입장도 내 입장도 솔직히 말해 그다지 마음 편하다고는 할 수 없었던 것으로 기억한다. 왠지 잘못 만든 못생긴 새끼를 낳아 버린 엄마 거위 같은 기분이었다.

'자작을 말한다 - 새로운 출발'〈무라카미 하루키 전집(1979~1989)②〉에서 고백한 내용이다.

그러나 결과적으로 『양을 둘러싼 모험』은 출간 첫해 반년 만에 10만 부 이상이 팔렸고, 하루키는 이 작품으로 제4회 노마野間 문예 신인상을 수상하였다.

제4회 노마 문예 신인상을 선정한 심사 위원은 아키야마 슌秋山駿, 우에다 미요지上田三四二, 오오카 마코토大岡信, 가와무라 지로川村二郎, 사에키 쇼이치佐伯彰一— 다섯 명이었다. 당시 『양을 둘러싼 모험』 외의 후보작은 나카자와 케이中沢けい의 『여자 친구들』, 마스다 미즈코의 『보리피리』, 메이오 마사코冥王まさ子의 『눈맞이』, 그리고 제목이 확실치 않은 아오노 소의 작품 등 네 편이었던 것 같다. 그 가운데 하루키와 관련된 심사평을 인용해 보겠다.

>> 아키야마 순 **'심사평'**

무라카미 하루키의 『양을 둘러싼 모험』은 특유의 세련된, 그러나 가끔은 거슬리는 데도 있는 화법을 마음껏 구사한 것으로, 어쨌든 읽는 재미가 있었다. 이 작품은 특별한 양 한 마리를 찾으러 나서는 여정을 중심으로 구성되어 있다. 이런 화법의 스타일로도 장편을 쓸 수 있다는 점이 색다르게 다가왔으며, 작가가 자신의 소설 세계를 확실하게 지배하고 있다는 것이 느껴졌다.

》 우에다 미요지 '한층 뛰어나다'

역량 있는 작품이 나란히 서서 어디 한번 골라 보라는 듯한 양상을 보였음에도 불구하고, 간단하게 『양을 둘러싼 모험』을 선정한 것은 역시 당연한 결과였다고 생각한다.

무라카미 하루키는 신인이라기보다는 이미 완전히 완성된 느낌이다. 처음부터 위태로움은 없었는데, 이 작품은 『바람의 노래를 들어라』, 『1973년의 핀볼』의 주제를 이어 나가면서도 그보다 한층 성장해 있다.

어쩌면 서툴게 숙달되어 있는 점도 있을지 모르지만, 독자에게 던지는 수수께끼가 있고 세부적인 것도 훌륭해서 상당한 길이를 재미있게 읽어 내려갔다. 중간쯤에서는 왠지 적당히 전개되고 있다는 느낌을 받고 김이 새기도 했지만, 이내 새 기분으로 흥미롭게 읽었다. 다 읽고 나서도 '양'이라는 시니컬한 심볼의 의미를 충분히 파악할 수 있었다고는 생각하지 않는다. 그러나 주인공의 친구 '쥐'가 '완전히 무질서한 관념의 왕국이야. 거기에선 모든 대립이 일체화되는 거야. 그 중심에 나와 양이 있어.'라고 했던 말은, 이 작품을 이해하는 하나의 실마리가 될 것이다. 그렇게 말했던 쥐가 사실은 귀신이었다는 데에 작가의 깊이가 있다. 동시에 쥐를 위해 '나'가 강어귀의 모래사장에서 울다가 떠나가는 마지막 한 줄에서는 친구쥐를 상실한 '나'가 치유되기를 바라는 작가의 절실함이 엿보인다.

›› 오오카 마코토 '알맞은 꽃이 피었다'

무라카미 하루키의 『양을 둘러싼 모험』에는 꽃이 있다고 생각했다. 제아미世阿彌, 일본의 전통 가무 악극인 노를 완성한 예술인가 말한 '알맞은 꽃'이라는 말을 빌리자면, 이 나이가 아니고서는 피울 수 없는 알맞은 꽃이 여기에 피어 있다. 그것은 의심할 여지없는 재능의 발현으로, 이 사람에게 이런 시기에 신인상이라는 것이 주어지지 않는다면, 신인상에는 아무 의미가 없다. 무라카미 하루키 개인의 필력으로 말하자면, 앞선 작품 『1973년의 핀볼』에 비해 현저하게 작풍이 충실해졌다. 나는 이전 작품에 대해서 냉담했었기 때문에 이번 작품을 만들어 낸 작가의 노력에 경의를 표한다. 작품의 구상을 면밀하게 논하자면, 어느 정도의 의문도 있고 부족한 부분도 있다. 그러나 그것을 넘어 작가의 알맞은 꽃이 때를 만나 피었다는 진기함에 감명을 받았다.

›› 가와무라 지로 '뛰어난 완성도'

무라카미 하루키의 『양을 둘러싼 모험』은 괴상한 공상을 일관된 분위기로 시종일관 침체되는 일 없이 풀어 나가고 있다. 그 때문에 완성도가 한층 뛰어나게 여겨졌다.

›› 사에키 쇼이치 '불신의 시대의 기수'

무라카미 하루키는 시원시원하고 씩씩한 문체로 '이상한 양 찾기 모험담'이라는 황당한 이야기를 막힘없이 풀어내 보여 주었다. 여기에

비해 최종 후보로 함께 거론되었던 마스다의 『보리피리』는 지적 장애인 수용 시설이라는 구체적인 장소를 설정하고 끈질기게 인간관계의 그물망을 짜려 노력했다. 두 작품의 주인공들에게는 모두 1960년대 말의 대학 분쟁기가 짙게 그림자를 드리우고 있다. 더구나 열띤 정치 참여에 환멸을 느끼게 되는 상투적인 도식이 아니라, 정치적 흥분 속에서도 오히려 건조하게 거리를 두었던 인식의 눈이 그대로 분쟁 이후에까지 넘어가 잘 다듬어지는 내용이 흥미롭다. 정치 불신, 신념 부재의 시대적 산물이라 할까? 문체부터 소설적 구상까지 너무나도 대조적인 두 작품, 이 두 작품은 서로 마주 보는 거울처럼 시대의 열병을 떠올리게 한다. 그래서 나는 공동 수상을 주장했지만, 불신의 시대에는 역시 씩씩한 기사의 등장이 잘 어울릴 듯하다.

하루키는 수상 소감을 통해, 전업 작가가 된 뒤 처음 맛본 성취에 대해 간결하게 기쁨을 드러냈다.

〉〉 스물아홉에 처녀작 『바람의 노래를 들어라』를 발표하며 소설을 쓰기 시작해, 지금은 서른셋이 되었다. 앞으로 며칠 후면 서른넷이 된다. 어차피 앞날은 아직 길고 페이스를 망치지 않도록 세심하게 일하고 싶다. 상은 작품이 받는 것이므로, 내가 이러니저러니 말할 처지는 못 된다. 다만 지금까지 여러모로 신세를 진 분들에 대한 감사의 마음을 상이라는 구체적인 형태로 표현할 수 있다는 것은 역시 기쁘게 생각한다. 〈〈

'양'을 둘러싸고

하루키는 1982년 6월부터 11월까지 5개월에 걸쳐 비매용 잡지 〈트레플trefle〉에 「도서관 기담」이라는 작품을 연재했다. 『양을 둘러싼 모험』의 발표와 거의 때를 같이한 작품이다.

「도서관 기담」의 내용을 간단히 요약하면, 도서관 지하에 펼쳐진 미로의 세계에 갇힌 '나'가 '양 사나이'와 말 못하는 여자아이를 만나 함께 탈출하는 과정에 대한 이야기라고 할 수 있다. 이렇게 볼 때 이 작품은 『세계의 끝과 하드보일드 원더랜드』와 「거리와, 그 불확실한 벽」과도 유사하다고 할 수 있다.

「도서관 기담」의 도서관 지하에는 양 사나이가 있다. 한편 『양을 둘러싼 모험』에 등장하는 '양 사나이'는 거울에 모습이 비치지 않는 존재이다. 쥐의 망령이었기 때문이다. 그런데 쥐는 『바람의 노래를 들어라』와 『1973년의 핀볼』에서 화자인 '나'의 파트너로 등장하던 바로 그 쥐이기도 하다. 앞서 하루키가 두 작품을 말살하고 싶어 했다고 말한 적 있는데, 이전 작품의 쥐가 죽어 새로운 작품에서 양 사나이로 재등장한 것은 하루키의 작품 세계에서 꽤나 의미심장한 대목으로 읽힌다.

『양을 둘러싼 모험』이 〈군조〉에 일괄 게재라는 형태로 발표된 것은 1982년 8월의 일이었다. 「도서관 기담」은 같은 해 6월부터 11월까지 잡지에 연재되었다. 다시 말해 『양을 둘러싼 모험』의 다른 쪽 세계에서의 '나'는 도서관에서 양 사나이를 만나고 있었던 것이다. 자살한 쥐와 재회한다는 단순한 이야기가 '양을 둘러싼 모험'으로 이름 붙여지기까지의 진상

>> 「도서관 기담」이 수록되어 있는 단편집(문학사상, 임홍빈 옮김, 2009년 11월)

이 여기에 드러나 있으며, 하루키가 이러한 과정을 토대로 하여 장편 작가로서의 길을 모색할 수 있었다고 하면 지나친 말이 될까.

'양 사나이란 무엇인가'라는 질문에 대해서는 〈겐소분가쿠 幻想文學〉에 실린 인터뷰를 참고할 수 있다. 여기서 하루키는

양 사나이와 관련하여 땅속에 사는 정령 같은 것을 이미지화하여 썼다고 밝혔다. '양'에 대한 하루키의 보다 구체적인 설명은 다음과 같다.

>> 아무리 도망쳐도 완전히 도망칠 수 없는 문제, 어디까지고 쫓아오는 자아의 그림자 같은 것입니다. 그러니까 주인공인 '나'는 모든 것에서 자유로워지고 싶다고 생각하며 살아가지만, 아무리 도망치려 해도 완전히 도망칠 수 없는 그림자 같은 것, 그것이 바로 양입니다. <<

하지만 존 어빙John Irving의 『뉴햄프셔 호텔』에 등장하는 '수지susie'라는 인물에 영향을 받은 캐릭터가 아닐까 하는 지적이 하루키의 간결한 설명보다 매력적으로 느껴진다. 수지는 어떤 트라우마로 인해 곰 의상을 뒤집어쓰고 살 수밖에 없는 인물이다.

군조 신인 문학상 심사 당시, 요시유키 준노스케는 『바람의 노래를 들어라』의 쥐가 '나'의 분신이라는 점을 이미 간파하고 있었다. 그것은 작가 자신이 고백하듯 '자아의 그림자'였던 것이다. 그리고 『바람의 노래를 들어라』에서 「도서관 기담」까지의 여정을 통해 『세계의 끝과 하드보일드 원더랜드』의 집필 무대가 드디어 갖춰졌다.

출세작 『세계의 끝과 하드보일드 원더랜드』

1985년 6월, 하루키는 신쵸샤新潮社에서 『세계의 끝과 하드보일드 원더랜드』를 신작 장편 시리즈 제1권으로 내놓았다. 그리고 이 작품으로 제21회 다니자키 준이치로 상을 수상하였다.

1985년도 다니자키 준이치로 상의 심사 위원은 니와 후미오, 엔치 후미코円地文子, 엔도 슈사쿠, 요시유키 쥰노스케, 마루야 사이이치, 오에 겐자부로까지 여섯 명이었다. 그리고 최종 후보작은 오사베 히데오長部日出雄의 『영화감독』, 미우라 데츠오三浦哲郎의 『백야를 여행하는 사람들』, 히노 게이조日野啓三의 『꿈의 섬』에 하루키의 『세계의 끝과 하드보일드 원더랜드』를 더한 네 편이었다.

심사평 중에서 하루키의 수상과 관련된 언급을 살펴보자.

아쿠타가와 상 심사 때와 마찬가지로 니와 후미오는 수상작임에도 불구하고 하루키에 대한 언급을 전혀 하지 않았고, 엔치 후미코는 병이 나서 심사평을 내지 못했다.

›› 엔도 슈사쿠 '심사평'

무라카미 하루키의 작품이 수상하게 되었지만, 심사 위원 전원이 동의한 결과는 아니다. 나는 이 작품의 결점을 들어 수상에 반대했다. 내가 판단한 이 작품의 결점은 다음 세 가지이다.

첫째, 두 개의 병행된 이야기의 인물 – 예를 들면 여성 – 이 완전히 같은 형태이고, 대비나 대립이 나타나지 않는다. 따라서 두 개의 이야기를 왜 굳이 병행시킨 것인지 이해할 수 없다.

둘째, 하루키의 중편이 본래 지니고 있던 '쓸쓸함'과 같은, 독자의 마음에 와 닿는 무언가가 이 장편에서는 전혀 나타나지 않는다. 그것은 이야기를 지나치게 확대하는 과정에서 모든 것이 흩어져 버린 탓이라 생각된다. 나는 독자의 마음에 와 닿는 무언가가 없다면 문학 작품은 성립될 수 없다고 생각한다. 독자가 가진 무의식의 원형을 자극하지 못하는 작품은 문학 작품으로 볼 수 없다는 것이다.

셋째, 하루키의 중편에 있던 '쓸쓸함'이 결여되어 있기 때문에, 상대적으로 주인공의 일상생활에 대한 묘사가 두드러지게 나타나고 있다.

이 같은 이유로 나는 이 작품을 추천할 기분이 도저히 들지 않았다. 작가의 재능이나 역량을 평가해 볼 때, 이 작품은 실패작이 아닌가 하는 생각이 든다.

>> 요시유키 준노스케 '감상'

『세계의 끝과 하드보일드 원더랜드』에 대해 말하자면, 꽤 괜찮았다고 할 수 있다. 다만 무라카미 방송은 때로 여러 종류의 전파를 동시에 보내기도 해서, 그 전파들끼리의 혼선으로 독자의 수신이 종종 불가능해진다는 단점도 있다.

소설의 구성은 매우 흥미롭다. 번갈아 전개되는 두 이야기의 주인공 '나'가 서로 교차되기 시작해서 '세계의 끝'의 '나' = '하드보일드 원더랜드'의 '나'라는 것을 알게 되고, 두 세계의 이야기가 맞물려 동시에 진행되다가, 마지막에는 두 명의 '나'가 모두 사라져 버린다. 다만 한 가지 아쉬운 점은, 두 세계를 그리는 문체는 다르지만 그 정취는 서로 비슷하다는 것이다. 그 때문인지 작품이 필요 이상 길게 느껴지기도 한다. 그래서 나 역시 이 작품의 수상에 대해 소극적이었다.

>> 마루야 사이이치 '무언가의 시작'

무라카미 하루키의 『세계의 끝과 하드보일드 원더랜드』가 우아한 서정적 세계를 장편이라는 형태로 거의 완벽하게 구축하고 있다는 점은 큰 공로이다. 소설이 리얼리즘에서 탈출하지 않으면 안 된다는 것은 많은 작가가 이미 느끼고 있는 일이지만, 무리하게 리얼리즘에서 벗어나려다가 자칫 엉망이 되어 버리는 경향이 있었다. 그러나 무라카미는 리얼리즘을 버리면서도 논리적으로 쓰고 있다. 특유의 참신한 풍취는 바로 거기에서 생겨나는 것이다.

이 감미로운 우수의 밑바닥에는 참으로 뻔뻔스러운 현실에 대한 태도가 있다. 이 작가는 세계로부터 확실히 거리를 둠으로써 오히려 세계를 창조한다. 그는 도피가 하나의 과감한 모험이라는 것을 수줍어하면서도 분명히 보여 준다. 그는 무無로서의 메시지 전달자인 척하며 살아가는 것을 탐구한다고 해도 좋을 듯하다.

무라카미의 수상이 기쁘다.

》 오에 겐자부로 '꼼꼼한 탐험가'

무라카미 하루키의 『세계의 끝과 하드보일드 원더랜드』에 대해 나라면 어떻게 했을까 하는 생각을 했다. 나라면 작품 속에 그려진 두 개의 세계 중 한쪽은 좀 더 현실감 있게 만들어, 양쪽의 차이를 확실히 보여 주었을 것이다. 그러나 무라카미는 파스텔 톤으로 그린 두 장의 셀룰로이드 그림을 겹치듯 하여 미묘한 기분을 빚어내려 한 것이고, 젊은 독자들은 아마 그 색조와 그늘을 명확히 알아챌 것이다.

모험적인 시도를 꼼꼼히 완성한 젊은 무라카미 하루키가 상을 받게 되어 상쾌한 기분이 든다. 다니자키 준이치로에 견주어 여기에서 또 하나의 새로운 「음영 예찬陰翳禮讚, 아직 전등이 없던 시절 일본의 미적 감각을 논한 수필. 일본에서는 어둠을 인정하고 이용함으로써 어둠 속에서 예술을 만들어 냈다는 논리로, 이것이 일본 전통 예술의 특징이라 주장했음」을 읽어 낼 수 있었다고 말하고 싶은 기분이다.

다니자키 준이치로 상 수상에 대해 하루키는 확실한 수상 소감을 밝히는 대신, 「문학적 근황 : 불만의 편지 – 그 밖의 편지」라는 제목의 글을 한 편 썼다. '나는 불만 편지라는 것을 자주 쓴다.'로 시작되는 이 글은 아래와 같이 전개된다.

》　나 자신이 오랫동안 장사를 해 봐서 알지만, 불만이라는 것은 안 듣는 것보다는 듣는 편이 좋다. 장사하는 데 있어 가장 곤란한 손님은 화가 나거나 열 받은 상태 그대로 아무 말도 안 하고 있다가 두 번 다시 오지 않는 손님이다. 《

이렇게 못 박은 뒤에는, 다음과 같이 덧붙인다.

》　하기야 그런 불만 중에는 단순한 트집이라고밖에 여겨지지 않는 것도 있고, 억지인 경우도 있고, 고칠 수 없는 근본적인 견해나 자세의 차이인 경우도 있다. – 이런 것은 문예 평론과 아주 닮았다 – 그런 것은 묵살할 수밖에 없지만, 그래도 그중에는 도움이 되는 건설적인 종류의 것도 분명히 있다. 그래서 나도 가능한 한 유용하고 건설적인 종류의 불만 편지를 쓰도록 노력하고 있다. 《

정확한 의도를 드러내고 있지는 않지만, 불만 편지를 문예 평론과 비교하는 대목에서는 숨길 수 없는 하루키의 본심이 드러나 있다는 생각이 든다. 그가 왜 다니자키 준이치로 상 수상 이후에 이런 글을 썼는지에 대해서는 다음과 같은 야스하라 켄安原顯의 증언도 참고할 만하다.

>> 다니자키 상으로 다시 한 번 생각나는 것은 무라카미 하루키의 『세계의 끝과 하드보일드 원더랜드』 때의 일이다. 그 무렵 나는 본인에게 이번에는 무리라고 단언했는데, 결국은 그가 수상했다. 미우라 데쓰오의 『백야를 여행하는 사람들』이 가장 유력했다. 그런데 다니자키 상 이전에 '오사라기 지로大佛次郎 상' 수상이 이미 결정되었기 때문에, 무라카미 하루키가 '차선작 당선'이 되었던 것이다. …… 중략 …… 그 당시 문단에서 무라카미에 대한 평가는 사실 낮은 편이었다. 애초에 무라카미의 작품을 이해할 수 있는 심사 위원 같은 건 없었던 것이다. <<

이 증언은 『세계의 끝과 하드보일드 원더랜드』가 수상작임을 무시한 심사 위원 니와 후미오의 심사평 '올해의 감상'의 내용과도 들어맞는다.

>> 나는 올해 다니자키 상 후보 작품을 가루이자와軽井沢에서 읽었다. 딱 한 편 감동받은 작품이 있었다. 마지막 심사가 진행되기 나흘 전에 그 작품이 어느 회사의 금년도 문학상으로 결정되었다는 사실을 통보받았다. …… 중략 …… 그래서 나는 올해는 다니자키 상 수상작이 없다고 생각하고 있었다. <<

어쨌든 하루키는 다니자키 준이치로 상을 수상했다. 이제까지 받은 상이 군조 신인 문학상과 노마 문예 신인상이라는 '신인상'이었던 것에 반해, 다니자키 준이치로 상은 그렇지 않다는 점에 이 수상의 의미가 있다. 이것은 하루키가 일본 문단 중견 작가의 한 사람으로 그 위치를 인정받았다고 해석할 수 있는 사건이기 때문이다.

물론 무라카미 하루키라는 작가에게 있어서 『세계의 끝과 하드보일드 원더랜드』는 그 이상의 의미를 갖는 작품이다. '자작을 말한다 – 첫 신작 소설'〈무라카미 하루키 전집(1979~1989)(4)〉에서 하루키는 이 작품에 대해 다음과 같이 말하고 있다.

>> 이 소설은 스스로에게 꽤 중요한 위치를 차지하고 있다. 나는 이 소설을 나름의 긴장감을 갖고 쓰기 시작했고, 있는 힘을 다해 썼으며, 마침내 완성했을 때에는 보람을 느꼈다. 그 보람, 뭔가를 잡았다는 감촉은 지금도 내 몸 안에 남아 있다. 하지만 그 일이 작품으로서의 『세계의 끝과 하드보일드 원더랜드』의 완성도와 반드시 직결되는 것은 아니다. 지금 다시 읽어 보아도 이 작품은 내가 쓴 것보다 훨씬 더 높은 완성도를 요구한다고 느낀다. 그런 의미에서 『세계의 끝과 하드보일드 원더랜드』는 「거리와 그 불확실한 벽」이 가진 '의미 있는 실패작'이라는 꼬리표의 흔적을 아직도 가지고 있다. 그럼에도 불구하고 나는 이 작품을 써서 좋았다고 생각한다. 『세계의 끝과 하드보일드 원더랜드』

의 미완성성은 「거리와 그 불확실한 벽」의 미완성성과는 전혀 다른 것이다. 그래서 나는 이 작품을 다시 한 번 고쳐 쓰고 싶다는 생각은 하지 않는다. 이 작품은 이것으로 종결되었기 때문이다.

두말할 것도 없이, 『세계의 끝과 하드보일드 원더랜드』야말로 하루키 문학의 장편 스타일을 확립한 대표작이라는 것은 분명한 사실이다.

일본에서 멀리 떨어져

『양을 둘러싼 모험』이 완성되고 1년 뒤인 1983년에 하루키는 첫 해외여행을 떠났다. 제이 루빈의『하루키 문학은 언어의 음악이다』에 따르면, 하루키는 이때 아테네 마라톤 코스를 혼자 달렸으며, 얼마 후 호놀룰루에서 처음으로 마라톤 경기에 출전했다고 한다.

다음 해 1984년 여름, 하루키는 국무성 초대로 미국을 약 6주간 여행했다. 이 여행에서 그는 존 어빙, 레이먼드 카버 Raymond Carver를 만나고, 스콧 피츠제럴드와 관련된 지역과 사람들을 방문했으며, 프린스턴 대학에도 들렀다.

하루키는 일본을 떠나 해외에서 창작 활동을 하게 된 이유를 다음과 같이 말하고 있다.

》 　다음 해1986년부터 유럽에 갔는데, 그 이유는 두 가지였습니다. 하나는 일본 출판계의 상황과 문단이라는 것이 내게는 숨이 막혔다는 것입니다. …… 중략 …… 그 무렵부터 나는 신작 단행본 중심으로 일을 하는 사이클을 스스로 만들기 시작했습니다. …… 중략 …… 가게를 판 돈을 기반으로 어떻게든 해 나가야겠다고 생각했습니다. …… 중략 …… 그러고 나서 『양을 둘러싼 모험』을 썼고, 어느 정도 책이 팔려서 먹고 살 수 있게 되었습니다. 『세계의 끝과 하드보일드 원더랜드』도 마찬가지 사이클로 썼습니다. 그러다 보니 어차피 작품을 쓰는 동안에는 자잘한 일은 전혀 하지 않으니 일본에 없어도 되지 않나 하는 생각이 강해졌습니다. 게다가 당시는 일본의 경기가 좋아 엔고 추세였고, 그리스는 물가가 아주 싸서 비행기값을 보태도 일본에 있을 때보다 생활비가 훨씬 적게 들었습니다. 그래서 그리스에 가서 소박한 생활을 하면서 소설을 써야겠다고 생각한 것입니다. …… 중략 ……

　일본을 떠난 또 하나의 이유는, 신인상 수상 소감에서 밝힌 적이 있는데, 글을 쓰기 시작한 지 10년이 지나면서 좀 더 제대로 된 것을 쓰고 싶다고 생각했기 때문입니다. …… 중략 …… 『세계의 끝과 하드보일드 원더랜드』는 마음에 드는 장편이기는 하지만, 한 단계 더 도약해야 한다는 기분이 들었습니다. …… 중략 …… 미국을 택하지 않은 것은 소설을 쓰기에는 어수선하고 바쁜 미국보다도, 뭔가 조용하고 안정감 있는 유럽이 더 좋을 것 같다고 생각했기 때문입니다. 《

　앞에서 말했지만, 첫 번째 이유로 들었던 것에 대해서는

아무래도 아쿠타가와 상 낙선으로 인한 마음의 응어리 때문
이 아니었을까 하는 생각이 든다.

　1986년 10월, 일본을 탈출한 직후의 일기라고 할 만한『먼
북소리』에서, 하루키는 다음과 같이 쓰고 있다.

　'그들'이 어떤 사람을 의미하는지는 확실하다. 오카자키
다케시岡崎武志에 따르면, 1982년 5월에 발행된 잡지 〈타이요
太陽〉에는「특집 지도로 놀다」라는 제목 아래, 하루키가 가부
키 쵸에서 신주쿠교엔新宿御苑까지 걸으며 취재한 기사가 사
진과 함께 실려 있다. 또한 1983년 2월자 〈스튜디오 보이스

Sudio Voice〉에서는 『양을 둘러싼 모험』을 본뜬 「얼음을 둘러싼 모험」이라는 기사가 실렸다. 인터뷰 기사에는 여러 가지 자세로 얼음을 들고 있는 하루키의 사진이 열두 쪽에 걸쳐 제시되었고, 표지 또한 하루키가 얼음을 이고 있는 사진이었다.

일본에서 이런 식으로 시달리는 것에 질려 버린 차에, 해외에 나가기만 하면 이런 굴레에서 자연스럽게 해방될 수 있다는 것을 경험한 하루키는 본격적으로 일본을 멀리 떠날 결심을 했던 것 같다.

하루키가 말하는 '그들'이 실제로 작가 무라카미 하루키를 어떻게 보고 있었는가에 대해서는 이안 부루마Ian Buruma의 다음과 같은 서술을 참고할 만하다.

》 가장 나이가 많은 편집자는 무라카미의 상상 세계가 너무 좁고 현실감이 결여되어 있다는 의견을 피력했다. 다른 편집자들은 그보다는 높이 평가하고 있었다. 하지만 무라카미가 완고하고 고고하다는 점에 있어서는 모두의 의견이 일치했다. …… 중략 …… 다른 편집자는 무라카미가 업계의 구조를 모른다며, 다음과 같이 말했다. "편집자가 자기편이라는 것을 모르면 안 되죠. 일본 작가는 세계에서 가장 응석받이인걸요." 《

이 같은 경위로 하루키의 해외 망명 생활 – 그가 '지표 없는 악몽'『언더그라운드』에서 한 표현을 빌리자면 '고향 이탈exile' – 이 1986년 10월의 이탈리아 로마에서 시작되었다. 이후 유럽 각지를 전전하게 된 그는 거기에서 멈추지 않고, 1990년 1월부터 1991년 1월까지는 일본 국내에서 거처도 정하지 않은 채 1년을 보낸 다음, '어수선하고 바쁜 미국'에서 1995년 7월 중순까지 머무르게 된다. 외국과 일본을 왕래하며 생활했던 이 10년이라는 시간은, '편력' 또는 '방황'이라는 의미에서는 오래전부터 하루키의 삶에서 행해지고 있었던 것인지도 모른다.

와세다 대학에 입학하기 위해 상경한 뒤에 하루키는 메지로目白, 센고쿠, 고쿠분지, 센다가야千駄ヶ谷로 계속해서 이사를 했다. 전업 작가가 된 1981년에는 지바千葉 현 후나바시船橋 시, 1984년 10월에는 가나가와神奈川 현 후지사와藤沢 시, 1986년 2월에는 가나가와 현 오이소大磯 쵸로 계속해서 옮겨 다녔다.

하루키는 스스로 이사를 좋아한다며, '이사의 좋은 점은 뭐든지 '적당히' 된다는 것이다.'라고 이야기한 적이 있다. 간단하게 모든 것을 다시 시작할 수 있다는 의미일 것이다. 이것은 하루키 특유의 '디태치먼트detachment'의 원천이 어디에 있는지를 고찰하는 데 있어 시사하는 바가 적지 않다. '디태치먼트'는 무심함이나 거리 두기를 의미하는데, 그의 디태치먼트적인 태도에는 '편력'과 '방황'의 경험이 짙게 깔려 있음을 알 수 있다.

분수령으로서의
『노르웨이의 숲』

전 세계 33개 언어로 번역 출간되었고 지금까지도 잘 팔리고 있는 『노르웨이의 숲』은 상·하권으로 나뉜 장편 소설로, 1987년 9월에 고단샤에서 발행되었다. 2009년 8월 5일자 〈아사히신문朝日新聞〉에 따르면 그 당시 이미 천만 부를 넘겼다고 한다.

하루키의 작품으로는 이례적으로 여기에는 '후기'가 있다. 단, 이 후기는 문고판으로 만들어질 때도 전집에 실릴 때도 모두 삭제되었다.

» 나는 원칙적으로 소설에 후기를 쓰는 것을 좋아하지 않지만, 아마 이 소설만큼은 그것을 필요로 할 것이라 생각한다.

첫 번째로 이 소설은 내가 5년 정도 전에 쓴 「반딧불이」라는 단편이 축을 이루고 있다.

두 번째, 이 소설은 지극히 개인적인 소설이다. 『세계의 끝과 하드보일드 원더랜드』가 자전적이라는 것과 같은 의미로, 스콧 피츠제럴드의 『밤은 부드러워』와 『위대한 개츠비』가 내게 있어 개인적인 소설이라는 것과 같은 의미로 개인적인 소설이다. 아마 그것은 일종의 정서적 문제일 것이다 …… 중략 ……

세 번째, 이 소설은 남유럽에서 썼다. 1986년 12월 21일에 그리스 미코노스 섬의 빌라에서 쓰기 시작해서, 1987년 3월 27일에 로마 교외의 아파트를 렌탈해 완성했다. …… 중략 ……

네 번째, 이 소설은 죽은 내 친구 몇 명과 살아 있는 몇 명인가의 친구에게 바친다.

데뷔작 『바람의 노래를 들어라』의 '후기'에서 데릭 하트필드라는 가공의 작가에 대한 헌사를 기록하며 농담과 냉소로 일관했던 작가가 오래간만에 작품의 말미에 쓴 글이다. 그런데 이것은 진정한 후기라고 하기에는 너무 복잡하고 견고한 도피와 은폐의 갑옷으로 둘러싸여 있다.

이 '후기'라고 부르는 글에서 독자들이 조금의 의문도 없이 이해할 수 있는 것은, 「반딧불이」라는 단편이 이 장편의 축이 되고 있다는 부분이다. 단편 「반딧불이」는 1983년 1월 〈쥬오고론中央公論〉에 발표되었다.

　『노르웨이의 숲』은 상·하권을 합쳐 11장으로 구성되어 있는데, 상권 제2장과 제3장은 「반딧불이」와 거의 똑같다고 해도 지나치지 않을 정도다. 다만 장편으로 되살려지면서 「반딧불이」의 단계에서는 아직 이름을 갖지 못했던 주인공 '나'의 친구에게는 '기즈키ギズキ', 그 연인인 '그녀'에게는 '나오코直子'라는 이름이 주어졌을 뿐이다.

　여기서 잠시 『먼 북소리』로 가 보자. 이 글은 『노르웨이의 숲』, 『댄스 댄스 댄스』와 거의 나란히 쓰인 여행기이다. 그러나 하루키는 이 글을 여행기라고 부르는 것을 보류하고 있다.

》　　　처음에 나는 일기를 쓰는 것과 마찬가지로, 무슨 일이 있어도 일정한 페이스를 유지하면서 이런 스케치를 일주일에 한 편은 써 나가려고 계획하고 있었는데, 좀처럼 잘되지 않았다. 장편을 쓰고 있을 때는 소설 이외의 문장을 쓸 여유가 없었기 때문이었다. 그런 이유로 군데군데 몇 개월이나 완전한 공백이 생기고 있다. 구체적으로 말하자면 집중해서 소설을 쓰고 있었던 미코노스와 시실리에 관해서는 거의 아무것도 쓰지 못했다. 간단한 일지 정도는 쓰고 있었기 때문에 나중에 기억을 더듬어 쓸 수도 있었지만, 엄밀하게는 리얼타임의 기술은 아니고, 또 분량도 적다. 그런 의미에서 이 책을 여행기라고 부르기는 어렵다고 생각한다.　《

그렇다면 『먼 북소리』의 목차와 쪽수를 확인해 보자. 이것은 단행본이 아니라 문고판*의 쪽수를 기준으로 한 것이다.

*편집자 주) 여기서 기준 삼은 것은 일본의 문고판 도서이다. 우리나라에서는 문학사상에서 2004년 단행본으로 번역·출판한 바 있다.

확실히 ‘미코노스’와 ‘시실리’의 분량이 적다. 그러나 그보다 먼저 눈에 띄는 것은 ‘1988년, 공백의 해’, ‘1989년, 회복의 해’, 이 두 장의 제목이다. 다른 제목이 ‘로마’, ‘봄의 그리스로’, ‘이탈리아의 몇 가지 얼굴’ 같은 기행적 요소를 담고 있는 데 비해, ‘1988년, 공백의 해’와 ‘1989년, 회복의 해’는 이러한 범주에서 벗어나 있다.

이 가운데 ‘카나리나 씨의 아파트’, ‘로마의 주차장 사정’ 등의 7개 부분으로 구성되어 있는 ‘1989년, 회복의 해’에는 여행기라고 부를 만한 내용이 포함되어 있다. 그런데 다른 하나인 ‘1988년, 공백의 해’는 그 내용의 기묘함이 두드러지게 눈에 띄는 데다가, 분량도 이상하리만치 적다. ‘머리말’에서 작가 자신이 언급한 '시실리에서 로마로'보다도 더 짧은 8쪽에 불과하다.

>>   되돌아보면 이 해는 우리 두 사람에게는 그다지 좋은 시기가 아니었던 것 같다. 일본에 돌아가 보니 『노르웨이의 숲』은 베스트셀러가 되어 있었다. …… 중략 ……

하지만 – 이런 말이 주제넘는 것처럼 보이거나 교만하게 여겨질 수 있다는 것은 알고 있지만, 그래도 – 나는 아무리 해도 어떤 쓸쓸함 같은 것에서 벗어날 수 없었다. …… 중략 ……

아주 이상한 일이지만, 소설이 10만 부 팔렸을 때, 나는 많은 사람들에게 사랑받고 지지받고 있다고 느꼈다. 하지만 『노르웨이의 숲』이 백몇 십만 부나 팔리게 되자, 나는 아주 고독해졌다. 그리고 내가 많은 사람들에게 미움을 받는 혐오의 대상이 된 것처럼 느껴졌다. 왜일까? 표면적으로는 모든 것이 잘되어 가는 것처럼 보였지만, 실제로는 내게 있어 정신적으로 가장 힘든 시기였다. …… 중략 ……

그 시기 나는 피로하고 혼란스러웠고, 아내는 건강이 나빠졌다. 《

'우리 두 사람에게는'과 '나는 피로하고 혼란스러웠고, 아내는 건강이 나빠졌다.'라는 서술에 주목해 보자. 물론 이것은 무라카미 하루키 부부의 각별함을 보여 준다고 할 수도 있다. 요코는 하루키 작품의 첫 번째 독자이자 충고자로서

각별한 존재이다. 하루키처럼 아내의 각별함을 스스럼없이 말하는 작가는 일본 문단에 흔치 않다.

우라즈미 아키라는 「고베 고등학교 탐방기」에서 『노르웨이의 숲』에 등장하는 나오코의 모델로 하루키의 고등학교 시절 여자 친구의 존재를 시사하고 있다. 그 K라는 여성은 하루키가 소속되어 있던 신문부의 동기생이었는데, 두 사람 모두 어두운 이미지의 커플이었다고 한다. K는 고등학교를 졸업한 후에 ICU국제 기독교 대학에 진학했고, 1년 후 하루키도 뒤를 이어 상경해서 와세다 대학에 입학했다. 여기에서 한 발 더 나아가 우라즈미는 『노르웨이의 숲』에 등장하는 '미도리緑'의 실제 모델이 바로 하루키의 부인 요코라고 주장하였다. '이렇게 보면 『노르웨이의 숲』이라는 소설은 무라카미 하루키에게 있어 정말로 '개인적인 소설'이었음을 알 수 있다.'는 우라즈미의 결론이 크게 틀린 것 같지 않다.

이런 점을 토대로, 『노르웨이의 숲』이 대히트를 기록할수록 무라카미 부부가 점점 더 정신적, 육체적인 면에서 피폐하고 초췌해진 이유를 사소설私小說, 작가 자신을 일인칭 주인공으로 하여 체험, 심경을 고백하는 형태의 소설적인 측면에서 검토해 볼 필요성을 느끼게 된다.

하루키는 부인 요코와의 만남과 결혼에 대해, "첫 수업에서 옆자리에 앉은 것을 계기로 사귀게 되었고, 대학 3학년이 되면서 함께 살게 되었는데, 그렇다면 당연히 결혼해야지 하고 호적에 올렸습니다. 상당히 고루한 생각이죠."라고 말한 적이 있다. 또 앞서 보았듯이 "나한테도 사귀던 여자가 있었고, 저쪽도 여러 사정이 있어서 결혼하게 되기까지는 몇 년이나 걸렸죠."라고 말하기도 했다.

이런 하루키의 이야기는 『노르웨이의 숲』의 주인공이 대학 1학년일 때 동급생 미도리를 만난 사건과 시기 면에서 딱 들어맞고, 이야기의 골격도 기본적으로는 일치한다. 또 요코는 도쿄 요쓰야四ッ谷에 있는 가톨릭 계통의 중·고 통합 학교인 후타바双葉 학원이라는 여학교 출신인데, 이것은 미도리가 미션 스쿨 계열의 여고 출신이라는 설정과도 상당히 가깝다. 하지만 요코의 친정이 센고쿠에서 침구점을 운영하고 있었던 것과는 달리, 작품 속 미도리의 집은 오쓰카大塚의 서점이다. 비슷하기는 하지만 완전히 똑같다고 말할 수는 없다.

『노르웨이의 숲』이 베스트셀러가 된 뒤, 하루키는 『노르웨이의 숲』의 비밀」이라는 인터뷰 가운데 '미도리는 부인입니까?'라는 질문에 대해, "그렇게 연상하는 사람이 많을 겁니다. 하지만 완전히 다릅니다 그건." 하고 부정했다. 그러나 이 인터뷰 바로 직전에 하루키는, 보통은 첫 번째 독자로 여러 가지 코멘트나 충고를 하는 요코가 『노르웨이의 숲』에 대해서는 아무런 이의를 제기하지 않았다고 밝혔다. 그리고 그 점에 대해 하루키 자신도 "『노르웨이의 숲』이란 그런 소설이 아닙니다. 그걸로 이미 완성된 소설입니다. 그러니까 아내도 읽고 나서 아무 말도 하지 않았던 겁니다."라고 의미심장한 발언을 한 적이 있다.

그런가 하면 그 후에 발표한 「벌꿀 파이」의 주인공 준페이는 효고 현 니시노미야 시 태생이며, 와세다 대학 문학부를 졸업한 단편 소설 작가로, 아쿠타가와 상 만년 후보였다고 되어 있다. 또 준페이가 자신이 찾고 있던 여성이라고 확신하는 '사요코小夜子'는 아사쿠사浅草 태생으로, 아버지가 일본 의상 소품점을 경영하며, 도요에이와東洋英和 여학원 고등학부를 나와 와세다 대학 문학부에 진학한다고 설정되어 있다. 현실의 무라카미 하루키 부부와 비교해 보면 미묘하게 일치하면서도 빗나가고 있다고 할 수 있을 것이다.

이와 마찬가지로 『노르웨이의 숲』의 등장인물에 실제 모델이 있다고 해도, 비슷하게 흉내 내면서 조금씩 바꾸어 놓았던 것은 아닐까?

사소설을 멀리 떠나

이쯤에서 오해를 피하기 위해서라도 한번은 정리하고 넘어가야 할 문제가 있다. '무라카미 하루키의 매력'이라는 좌담회에서, 스즈무라 가즈나리鈴村和成는 '무라카미 하루키의 등장으로 그때까지 엄연히 존재했던 '순문학'과 '대중 문학' 사이의 경계가 모호해지고 용해되어 버렸다.'는 문제를 제기했다. 또한 '지금 전 세계에서 계속 읽히고 있는 『노르웨이의 숲』조차도 대중 문학으로서 소비되고 있는데, 그 이유는 사소설적인 면을 허구로 전환해 가짜 자서전이라고 해도 좋을 만한 것을 쓰고 있기 때문은 아닌가.' 하는 의문을 표시했다.

사소설이란 원래 독일의 '이히 로망Ich-Roman'이라는 소설 형식의 영향을 받아 순식간에 퍼지게 된 것이다. 그때까지 일본 문학에서는 결코 화자話者가 등장인물이 될 수 없었는데, 그것이 1인칭 과거 회상 형식으로 리얼리즘을 추구하는 새로운 방법론으로서 받아들여졌던 것이다.

가라타니 고진柄谷行人 등에 따르면, 리얼리즘의 추구라는 측면에서는 최선의 방법이라고 평가할 만한 장점도 있다지만, 일반적으로 사소설에 대한 평가는 그다지 긍정적이지 않다. 지극히 일본적이며, 실제로 일어난 일을 단지 있었던 그대로 재현할 뿐인 지루한 형식이라는 해석이 정설처럼 여겨지고 있다. 이와 동시에 일본 문학이 사소설에 대한 문제를 극복하지 못한다면 세계적인 수준에 도달할 수 없을 것이라는 전망이 지배적이었다. 이러한 점에서 하루키는 이 난제를 극복한 작가라고 해야 할지도 모른다. 그러나 구체적으로 극복의 방법이 어떤 것이었는가에 대해서는 아직 충분히 연구되고 있지 않은 듯하다.

이 방법론에 대해 진지하게 고민했던 거의 유일한 사람이 아주마 히로키東広紀다. 그는 하루키가 등장인물에 이름을 붙이는 대신 의미가 박탈된 숫자나 기호를 통해 대상을 제시하다가, 『노르웨이의 숲』이라는 전기적인 색채가 짙은 작품에서 갑자기 이름을 사용한 방법론적 전환에 대해 이렇게 분석하고 있다.

》   이것은 결코 추상적이고 기호적인 소비 사회의 묘사에서 구체적인 감촉이 있는 사소설로 돌아갔다는 것을 의미하는 것이 아니다. 오히려 그때까지의 하루키가 일종의 트라우마를 회피하기 위해 기호를 억지로 끼워 넣었다고 한다면, 『노르웨이의 숲』 이후의 하루키는 트라우마조차 기호가 되어 버린 것 같은, 철저하게 데이터베이스화된 세계를 살아간다는 것을 의미한다. 자신이 구해 주지도 못한 채 사랑하는 사람이 죽어 버린다. 그 비극을 상투적인 순애보로 꾸며 내 버리는, 그것밖에 없는 거라는 체념에는 예사롭지 않은 박력이 있다.   《

적어도 무라카미 하루키가 종래의 순문학과 대중 문학의 경계를 완전히 무너뜨리고, 둘 사이를 자유롭게 왕래하는 작품을 계속해서 발표하고 있다는 것은 부정할 수 없다. 그 지점에서 『노르웨이의 숲』이 설령 사소설과 유사한 수법으로 창조되었다고 해도, 전통적인 시점만으로 이 작품을 평가할 수 없다는 것은 확실하다.

『태엽 감는 새 연대기』 만들기

1991년 초, 하루키는 미국 프린스턴 대학에 객원 연구원으로 초대된다. 하루키는 프리스턴 대학에 체류하게 된 경위에 대해 다음과 같이 밝히고 있다.

>> 맨 처음 뉴저지 주의 프린스턴 대학을 방문한 것은 1984년 여름이었다. …… 중략 ……

프린스턴에 간 것은 스콧 피츠제럴드의 모교인 프린스턴 대학의 캠퍼스를 내 눈으로 한번 보고 싶다는 꽤 단순한 이유 때문이었다. …… 중략 ……

그로부터 7년 뒤에 나는 다시 프린스턴 대학을 방문하게 되었다. 이번에는 장기간에 걸쳐 대학에 체류하기 위해서였다. 예전에 어떤 미국인을 만났을 때 프린스턴 대학을 방문한 이야기를 하며, 가능하다면 그런 조용한 곳에서 아무에게도 방해받지 않고 여유롭게 소설을 쓰고 싶다는 이야기를 지나가는 말로 한 적이 있었다. 그랬더니 그 이야기를 들은 그 사람이 "그럼." 하고 프린스턴 대학 관계자와 만나 구체적인 일을 신속하게 성사시켜 준 것이다.

제이 루빈에 따르면, 이때의 '어떤 미국인'이란 편집자인 엘마 루크Elmer Luke이고, 연락을 취한 프린스턴 대학 관계자는 같은 대학에서 일본사를 가르치는 마틴 콜컷Martin Collcutt 교수였다고 한다. 루빈은 또한 하루키의 프린스턴 초빙에 대해, 기회가 무르익은 결과이지 결코 우연한 사건은 아니었다고 덧붙였다.

이때 하루키가 "아무에게도 방해받지 않고 여유롭게 소설을 쓰고 싶다."고 한 것은 결코 빈말이 아니었다.

「태엽 감는 새와 화요일의 여자들」을 장편으로 만들고 싶다고 했을 때, 미국에서 내 에이전트를 맡고 있는 빈키 어번Amanda Binky Urban이라는 여성이 "그거 좋네요." 하며 굉장히 기뻐하는 거예요. …… 중략 ……

결국 어느 단계에서 그 단편을 길게 만들고 싶은 기분이 강해졌고, 그런 이유 때문에 미국으로 이사한 것입니다. …… 중략 …… 프린스턴 대학의 관사에 자리 잡고 짐 정리가 일단락되자, 바로 책상에 앉아 「태엽 감는 새 연대기」를 쓰기 시작했지요.

이렇게 해서 쓰여진 장편 『태엽 감는 새 연대기』우리나라에서
는 『태엽 감는 새』라는 제목으로, 모두 4권으로 나뉘어 출간됨는 1994년 4월에
'제1부 도둑 까치'와 '제2부 예언하는 새'가 간행되었다. 그리
고 1년 4개월 뒤인 1995년 8월에는 '제3부 새 잡는 남자우리
나라에서는 3부가 3, 4권으로 나뉘어, '새잡이꾼'이란 제목으로 출간됨'가 나왔다.

하루키와 요코가 미국에 간 것은 1991년 2월 초순의 일이
었는데, '제1부'와 '제2부'의 출판까지 3년 이상의 세월이 걸
렸다. 하루키의 작품 가운데 이 장편만큼 복잡한 사연을 갖
고 있는 경우도 드물다.

하루키 자신의 설명에 따르면, '소설을 쓰기 시작했을 때
는 제목을 아직 정하지 않은 상태였지만, 곧 『태엽 감는 새
연대기』가 떠올랐다.'고 한다. 연대기라는 말은 '소리의 울
림'으로 떠올랐고, 연대기라고 한 이상 역사 같은 것이 관련
될 것이라고 막연히 생각했다고 한다. 「가난한 아주머니 이
야기」를 썼을 때처럼, 내용이 아니라 제목이 선험적으로 존
재했던 것이다.

『노르웨이의 숲』의 첫머리에 단편 「반딧불이」가 활용된 것
처럼, 『태엽 감는 새 연대기』의 첫머리는 「태엽 감는 새와 화
요일의 여자들」을 가져오는 것이 예정되어 있었다. 그러나
그렇게 시작되는 이야기가 전체적으로 어떤 스토리가 될지

는 하루키 자신도 전혀 예상하지 못했다. 그가 알고 있었던 것은 단지 지금까지 쓴 적이 없는 장대한 이야기가 될 것이라는 확신뿐이었다고 한다.

프린스턴 대학에는 도서관이 몇 개 있는데, 하루키는 그 가운데 동양학과 도서관에 1939년의 노몬한 전쟁ノモンハン戦争에 관한 문헌이 많다는 것을 알게 된다. 그는 어렸을 때 몽골과 만주국과의 국경선을 둘러싸고 일본 관동군과 소련군 사이에 벌어진 이 짧고 피비린내 나는 국지전에 이상하리만치 강한 관심을 가지고 있었다. 그랬기 때문에 거기에 빠르게 빨려 들어가게 되었다.

집대성으로서의
『태엽 감는 새 연대기』 3부작

『태엽 감는 새 연대기』 만들기」는 '제3부' 간행 직후에 이루어진 인터뷰를 하루키 자신이 정리한 것이다. 거기에는 독자들에게 적지 않은 놀라움을 안겨 주는 내용이 담겨 있다.

>> 　그 밖에 아무것도 하지 않고 1년 정도 걸려서 최초의 1부, 2부를 확 써 버렸습니다. 400자 원고지로 1,500매인가. 하지만 초고 단계에서는 너무나 많은 것을 한꺼번에 소설 속에 밀어 넣으려고 하다 보니 이야기가 흐물흐물하게 부풀어 있었습니다. 다시 읽어 보니 이건 뭔가 손질하지 않으면 안 되겠다는 생각이 들어서, 그중 네 개의 장을 몽땅 빼낸 겁니다. …… 중략 ……

　『태엽 감는 새 연대기』 쪽에 감정적으로 지나치게 몰입하지 않기 위해, 일부러 빼 버린 네 개의 장을 중심으로 한 다른 이야기를 새롭게

써 나갔습니다. …… 중략 …… 그것이 바로『국경의 남쪽, 태양의 서쪽』입니다. …… 중략 ……『국경의 남쪽, 태양의 서쪽』의 제1장은 원래『태엽 감는 새 연대기』의 제1장으로 쓰인 것입니다.

「해제『국경의 남쪽, 태양의 서쪽』,『스푸트니크의 연인』: 중편 소설이 갖는 의미」에서는 골라 낸 장의 개수에 대해 "세 장 정도는 포기하고 삭제하는 편이 낫겠다는 결론에 도달했다."고 되어 있어 약간 차이가 있다. 하지만 보다 중요한 문제는 이렇게 몇 개의 장을 뺀 결과『태엽 감는 새 연대기』에 다음과 같은 변화가 일어나게 된 것이다.

구체적으로 말하자면,『국경의 남쪽, 태양의 서쪽』의 주인공인 '하지메ハツメ'는 원래『태엽 감는 새 연대기』의 주인공인 '오카다 도루岡田亨'와 동일 인물이었다. 그리고『국경의 남쪽, 태양의 서쪽』의 제1장은 거의 그대로『태엽 감는 새 연대기』의 제1장으로서 기능하고 있다. 그러니까『태엽 감는 새 연대기』의 첫머리에 걸려 오는 정체불명의 전화는, 구체적으로는 '이즈미イズミ'에게서 걸려 온 전화가 된다. 즉 현실의 공기 속에 갑자기 파고드는 과거의 울림인 것이다. 하지만 과감하게 메스를 들어 그 두 가지 이야기를 떼어 놓음으로써,『태엽 감는 새 연대기』의 이야기는 보다 미스터리한 것이 되었고, 상징성 또한 짙어졌다.

하루키의 의도와는 달리, 『태엽 감는 새 연대기』의 '제1부'와 '제2부'는 발표 직후부터 여러 가지 비판에 시달렸다. 가토 노리히로는 「『태엽 감는 새 연대기』 − 무시무시함과 계시」에서, '부정론의 대부분은 이 소설이 작품 속에 뿌려 놓은 수수께끼를 풀지 않고 내버려 두고 있다는 점을 비판했다.'고 요약하고 있다. 그중에서도 대표적인 것은 츄죠 쇼헤이中条昌平와 야스하라 켄이 제기한 문제다. 이들은 '제1부' 첫머리에서 전화를 건 수수께끼의 여자가 사실은 아내 '구미코クミコ'였다는 풀이에 대해, 어떻게 여러 해 동안 같이 살아온 아내의 목소리도 구분하지 못하는지 이해할 수 없다고 지적했다.

하루키 자신은 『태엽 감는 새 연대기』 만들기」에서, "'제1부'와 '제2부'의 원고 단계에서 편집자가 '그것으로는 소설이 끝나지 않는다.'고 말했을 때만 해도, 이 소설은 끝나지 않음으로써 끝나는 거라는 생각이 강했다. 하지만 원고를 넘기자 그 뒤를 이어 쓸 생각이 자연스럽게 들었다.'고 말하고 있다. 그렇게 다시 쓸 생각이 들었던 이유에 대해서는, "'제1부', '제2부'에서 나 자신이 낸 수수께끼에 대해 처음에는 답을 마련해 두지 않았지만, 그 대답을 '하나하나 파내어 보고 싶다.'는 기분이 들었기 때문'이라고 주장하고 있다.

요시다 하루오吉田春夫는 『무라카미 하루키 전환하다』에서, 『태엽 감는 새 연대기』 1차 원고에서 『국경의 남쪽, 태양의 서쪽』이 탄생했을 때, 비로소 하루키 문학에 제1전환이 찾아왔다고 말한다. 이어서 『태엽 감는 새 연대기』를 '제1부'와 '제2부'로 탈고한 다음, 완성되었다고 생각한 작품이 그것으로는 완성되지 못하였다고 보고 새롭게 '제3부'를 집필했을 때, 바로 제2전환이 일어났다고 보았다. 이와 더불어 요시다는 하루키의 작품에 최초의 전환을 불러일으킨 것은 팀 오브라이언Tim O'Brien의 『뉴클리어 에이지*』이고, 제2전환은 마이클 길모어Mikal Gilmore의 『내 심장을 향해 쏴라*』라고 지적하고 있다. *편집자 주) 위 두 작품은 하루키가 번역한 논픽션이다.

『태엽 감는 새 연대기』 '제1부'는 1992년 10월부터 1993년 8월에 걸쳐 〈신쵸新潮〉에 먼저 실렸던 작품이다. 이것은 신작 단행본 형태로 장편을 쓰는 하루키의 작품으로서는 드문 경우일 뿐 아니라, 사실 지금까지는 유일한 예외라 할 수 있다. 또 '제1부'의 '제1장'에 해당되는 부분은 〈신쵸〉1986년 1월에 단편 「태엽 감는 새와 화요일의 여자들」로, '제3부'의 '제10장'은 단편 「동물원 습격(혹은 요령 없는 학살)」로 〈신쵸〉1994년 12월에 각각 발표되었던 작품이다.

단편으로 발표했던 작품이 장편 속에 들어가는 경우는 하루키에게 자주 있는 일이긴 하지만, 장편의 일부를 잡지에 먼저 연재한다는 것은 이례적인 일이다. 게다가 이 경우 최종적으로 '제3부'까지 있는 점을 염두에 둔다면, 작품의 약 3분의 1을 잡지에 실은 셈이 된다.

하루키 자신은 이 작품을 집필한 과정에 대해, "이만큼 시간을 충분히 들인 소설은 여태까지 없었습니다. 지금까지는 '더 이상은 못하겠어.' 하는 생각이 드는 데서 그만두었는데, 이 작품은 '더 이상 못하겠어.' 하는 생각이 드는 데서 조금 시간을 뒀다가 다시 쓰고, '이젠 정말 더 이상 못하겠어.' 하는 데서 다시 한 번 시간을 뒀다가 쓰는 패턴을 반복한 것입니다."라고 설명한 적이 있다. 이런 고백을 통해 하루키가 이 작품에 얼마나 많은 의지를 쏟아부었는지 짐작할 수 있다.

요미우리 문학상 수상

우여곡절을 거쳐 '제3부'까지 발표한 『태엽 감는 새 연대기』로, 하루키는 권위 있는 요미우리 문학상을 수상하게 된다.

세누마 시게키瀬沼茂樹에 따르면, 문학상이란 무명 작가나 신진 작가 중 장래성이 있는 작품을 발표한 자에게 주는 '신인상'과 오랫동안 작가로 활동한 사람으로서 일정 기간 내에 걸출한 작품을 발표한 자에게 주는 '공로상'·'수훈상'의 두 종류로 나눌 수 있다. 양자의 중간에 '우수상'이 있는데, 요미우리 문학상은 우수상으로 분류된다고 한다.

요미우리 문학상은 하루키가 『세계의 끝과 하드보일드 원더랜드』로 받았던 다니자키 준이치로 상 다음으로 권위 있는 상이라고 할 수 있다. 그런데 다니자키 준이치로 상은 쥰오고론샤라는 출판사에서 관장하고 있다는 점을 생각한다면, 순수하게 문단의 한 축을 담당하는 작가로서 평가받은 것은 『태엽 감는 새 연대기』가 최초라고 할 수 있을 것이다.

요미우리 문학상은 요미우리신문讀賣新聞이 전후 일본의 문예 부흥을 목표로 1949년에 창설한 것으로, 소설, 희곡, 평론·전기, 시가·하이쿠, 연구·번역의 다섯 개 부문에 대해 시상을 했다. 그러다 나중에 수필·기행 부문이 추가되었고, 희곡이 다시 희곡·시나리오 부문으로 바뀌어 오늘에 이르고 있다.

하루키는 히노 게이조의 『빛』과 함께 소설 부문에서 제47회 요미우리 문학상을 수상했다. 심사 위원은 이노우에 야스시, 마루야 사이이치, 야마자키 마사카즈山崎正和, 가와무라 지로, 오오카 마코토, 오카노 히로히코岡野弘彦였다.

1996년 2월 1일자 〈요미우리신문〉에 실린 마루야 사이이치의 작품 소개 글을 읽어 보자.

>> 문자와 인쇄술에 따른 사실적인 소설의 생명이 이미 쇠약해졌다는 것을 알아차렸을 때, 구비전승口碑傳承, 민요나 옛이야기처럼 입에서 입으로 전해지는 것에 의한 기담奇譚, 이상야릇하고 재미난 이야기을 본떠 여기에 새로운 생명력을 불어넣으려 한 것은 좋은 착상이다. 다만, 단 하나

의 설화를 내미는 것만으로는 아무래도 그 정취가 너무 단순해지게 마련이고, 구성의 기쁨도 모자란다. 그렇다면 떠오르는 것은 『천일야화』, 그림 속에 그림이 있고, 그 안에 또 그림이 있는 형태다. 무라카미 하루키는 그 옛날 인도에서 중심부가 형성되고, 페르시아와 아라비아를 거쳐 16세기 이집트에서 편찬된 이야기, 동양의 모든 인생을 포함한 마법의 소설과 경쟁하려고 했다.

다시 말해 현대의 도쿄는 10세기의 바그다드나 15세기의 카이로와 번영을 경쟁하고, 실업자인 청년, 학자에서 전락한 국회의원, 노몬한 전쟁의 군인, 여자 영매, 창부, 러시아 군 장교, 가발 회사의 조사원인 여자아이, 디자이너였던 여자 등은 어부, 뱃사람, 대신의 딸, 공주, 악마, 국왕 등의 후예가 된다. 틀을 만드는 큰 이야기는 결말이 가까워지면서 조금 혼란스러워지지만 그래도 충분히 매력적이다. 작은 이야기에는 『천일야화』에 실려도 결코 뒤지지 않는 에피소드가 몇 개인가 있다. 진귀한 재능이라고 말하지 않을 수 없다.

이 작품 안에는 독특하고 지적이고 세련된 말투로 표현되는 불안과 우수, 비참함과 상냥함이 있다. 무라카미는 새롭고 몽환적인 기분을 우리 문학에 선사한 것이다. 《

요미우리 문학상 수상 발표 다음 날에는, 다음과 같은 수상 인터뷰가 실렸다.

》　　　수상이라는 계기가 없었다면 무라카미 하루키와의 인터뷰 기회는 없었을지도 모른다. 마지막으로 그가 신문 인터뷰에 응한 것은 80년대 말이다.

무라카미 하루키는 "의리도 저버리고, 인정도 저버리고, 창피도 당하면서, 소설에 집중하기 위해 필사적인 노력을 해 왔습니다."라고 말했다. 그는 4년 반 동안 미국 뉴저지New Jersey 주 프린스턴에 머물며 창작 활동을 했다. 그렇게 해서 『노르웨이의 숲』에 열광하는 세상과 거리를 두지 않았다면, 『태엽 감는 새 연대기』는 완성되지 못했을 것이라고 한다.

그는 작가에게 있어 가장 중요한 시간이라고 자각하는 40대 중반을 철저하게 쏟아부어 써낸 2,500매의 장편 『태엽 감는 새 연대기』가 '미련 없는 최고 형태'라고 표현한다. 그러면서 "수상은 생각지도 못했던 '덤' 같아서……. 감사히 받겠습니다."라고 덧붙이기도 했다.

이 기쁨을 공유하는 독자들이 많을 것이다. '나의 독후감만이 무라카미를 평가하는 절대적인 근거'라고 자부해 온 동시대의 평론가 가토 노리히로는 "무라카미의 작품이 일본 문학사 속에 깊게 말뚝을 막았다. 작품이 상을 수여하는 쪽을 움직이고 바꾸었다."고 이번 수상의 의의를 평하고 있다. …… 중략 ……

PC통신을 통한 부부의 교신, 차와 패션 같은 현대의 풍속 묘사도 탁월하다. 세련된 도시의 겉모습이 묘사되어 있는 만큼, 노몬한 전쟁, 신징 동물원에서의 학살 같은 역사적 사건은 더 짙은 그림자로 다가온다.

주인공인 '나', 도루는 깊은 어둠을 응시하기 위해 우물 바닥으로 내려간다. 그 자세는 이제까지 작가가 그려 온 '아이구 맙소사.'라고 탄식해 버리는 '나'와는 확실히 다르다. 여기에 대해 무라카미 하루키는 "그것은 나 자신의 변화이기도 하다. 베이비붐 세대로서 정치적 이상을 내세워 보았지만, 그 이상에 책임을 지지 못한 채 단추를 잘못 끼운 것처럼 되었다. 그것을 어떻게 해소하고 재구축해 갈 것인가에 대한 일종의 책임을 맡고 싶다."라고 자신의 생각을 털어놓았다.

그리고 그것 때문에라도 잠시 동안 일본에 자리 잡고 지내면서, 이 나라의 역사와 풍토에 대해 알아보고 싶다고 했다. 요시유키 쥰노스케, 고지마 노부오小島信夫, 야스오카 쇼타로 같은 '제3의 신인'의 작품 해설을 시작한 것도 그가 보여 준 의욕 표시의 하나이다.

『하루키 문학은 언어의 음악이다』에서 제이 루빈은 이런 일련의 분위기에 대해 다음과 같이 지적하고 있다.

『태엽 감는 새 연대기』로 무라카미에 대한 일본 문단의 태도가 크게 바뀌었다. …… 중략 ……

도쿄의 엘리트 문단과는 전혀 우호적인 관계를 맺지 않았음에도 불구하고, 무라카미는 1996년에 제47회 요미우리 문학상을 수상했고, 미시마 유키오, 아베 코보安部公房, 오에 겐자부로 등 1949년 이래 꾸준히 이어지고 있는 저명한 수상 작가 중 한 사람이 되었다.

무라카미 하루키가 일본에 머문 채 창작 활동을 계속했더라면, 『태엽 감는 새 연대기』라는 작품은 쓸 수 없었을 것이다. 또 이 작품이 없었더라면, 하루키가 일본 문단에 지금과 같은 형태로 받아들여지는 일 또한 없었을 것이다. 결과적으로는 탁월한 선택이었지만, 그가 일본 문단을 떠난 것은 당시로서는 일종의 내기와도 같은 큰 모험이었다. 그리고 오랜 기간에 걸친 '고향 이탈'의 결과로서 『태엽 감는 새 연대기』는 하루키가 이 내기에서 이겼다는 것을 증명하는 결과물이라 할 수 있다.

'디태치먼트'에서 '커미트먼트'로

하루키는 「해제『태엽 감는 새 연대기』1」에서, '내 소설에 서는 대부분의 경우 '잃어버린 무언가를 찾는' 것이 중요한 모티브가 되는데, 『태엽 감는 새 연대기』에서는 주인공이 적극적으로 찾기를 희구하고 투쟁도 하는 것이 강조되어 있다.'고 말한다. 이 작품이 작가에게도 중대한 전환점이라는 점을 자신의 입으로 털어놓고 있는 것이다.

이것은 무라카미 하루키가 그때까지 일관되게 가져 왔던 사회에 대한 무관심한 태도나 도피를 그만두고, 적극적으로 관계를 맺으려 하는 일종의 사상적 전환을 보여 준다. 이러한 하루키의 변화는 일반적으로 '디태치먼트detachment, 무심함' 와 '커미트먼트commitment, 전념'라는 용어로 표현된다.

'디태치먼트'와 '커미트먼트'라는 용어를 무라카미 하루키의 문학 세계 설명에 최초로 적용한 것은 하루키 자신이었다. 『태엽 감는 새 연대기』의 '제3부'를 내놓은 지 3개월 뒤인 1995년 11월, 하루키는 심리학자 가와이 하야오河合準雄와의 대담에 참석했다. 이틀 밤에 걸쳐 진행된 이 대담에서 처음으로 '디태치먼트'와 '커미트먼트'라는 용어를 사용했다. 이 대담은 「무라카미 하루키, 가와이 하야오를 만나러 가다」라는 제목으로 다음 해인 1996년 4월과 5월에 이와나미쇼텐岩波書店의 잡지 〈세카이世界〉에 실리고, 12월에는 같은 출판사에서 단행본으로 간행되었다.*

*번역자 주) 우리나라에는 『하루키, 하야오를 만나러 가다』라는 제목으로 출간되었으며, 이에 해당하는 부분의 제목은 ''이야기'를 만들고 이야기 속에 사는 것'이다.

대담의 제1화 '인간은 이야기로 무엇을 치유하나'의 첫 부분이 '커미트먼트라는 것'우리나라에는 '사회로부터 초연할 수 있는가'로 번역되어 있다.이란 제목을 달고 있다. 여기서 하루키는 다음과 같이 화두를 꺼내고 있다.

>> 일본에 있는 동안에는 너무나도 개인이 되고 싶었습니다. 다시 말해서 사회라든지 그룹이라든지 단체라든지 규칙이라든지, 그런 것에서 정말로 멀리멀리 도망쳐 버리고 싶다고 생각했던 겁니다. 그래서 대학을 졸업하고서도 회사에 취직하지 않고, 혼자서 글을 쓰며 살았습니다. 문단 같은 곳도 역시 고단하다고 생각하면서, 결국 그저 혼자서

소설을 쓰고 있었던 것입니다.

유럽에 3년 정도 있었고, 일본에 돌아와 1년을 채우자마자 다시 출국해서, 이번에는 미국에 3년 정도 있었습니다. 그 마지막 무렵부터는 오히려 반대로 자신의 사회적 책임감 같은 것에 대해 더 고민해 보고 싶다고 느끼게 된 것입니다.

특히 미국에서 느낀 것은, 거기에 있으면 더 이상 개인으로 도망칠 필요가 없다는 것이었습니다. 그곳은 원래 개인으로 살아가지 않으면 안 되는 곳이기 때문이지요. 그렇게 되니까 내가 구하는 것이 거기에서는 더 이상 의미를 갖지 못하게 되었던 것입니다.

이 발언에 대해 가와이 하야오는 교육 관계자에게 자주 이야기한다는 다음과 같은 에피소드를 소개함으로써 대답을 대신하고 있다. "미국에서는 개성이 중요하지 않냐는 말을 자주 듣는데, 그것은 너무 당연한 일이라 굳이 설명할 필요도 없다고 대답합니다."

그런 다음 대담의 화제는 '커미트먼트'와 '디태치먼트'로 바뀐다. 그리고 하루키는 1968년부터 1969년에 걸친 학생 분쟁 시기는 자신이 무엇에 전념할까 하는 것을 고민하게 했던 시기였다고 말한다.

결국 그 무렵은 우리 세대에게 있어서는 커미트먼트의 시대였던 거죠. 그런데 그것을 억눌러야 했기에 계속 부자연스러운 상태로 짓눌렸고, 결국에는 한순간에 디태치먼트로 가 버린 것입니다. 그것은 저만이 아니라 저희들 세대 모두에게 공통된 정서가 아닐까 하는 생각이 듭니다. 《

여기서 중요한 것은, 하루키가 자신이 개인으로서 표방하고 있던 '디태치먼트'라는 삶의 방식이, 어떤 의미에서는 그가 속한 이른바 베이비붐 세대 전체의 문제였다고 스스로 인식하고 있다는 점이다. 이런 인식이 하루키의 '커미트먼트'의 회로가 열리게 된 계기가 되었을 가능성이 크다.

지진 후에

하루키가 1995년 1월 17일의 한신·아와지 대지진阪神·淡
路大震災, 1995년 고베 시와 한신 지역에서 일어난 대지진 소식을 알게 된 것
은 미국에서였다. 그 무렵 그는 프린스턴 대학에서 터프츠
대학으로 체류지를 바꾸었다. 제이 루빈은 이 일을 이렇게
기록하고 있다.

>> 무라카미에게 있어 한신 지역은 고향이었다. 무라카미는 미국에
서 국제 전화를 걸어, 생가는 절반 정도 무너졌지만 부모님은 모두 무
사하다는 것을 확인했다. 근처 교토는 피해가 적었기 때문에 무라카미
는 부모님이 교토의 아파트로 옮길 수 있도록 손을 썼다. 《

그로부터 2개월 뒤, 하루키는 일본에 있었다.

>> 　　　1995년 3월 20일 아침, 나하루키 본인는 가나가와 현 오이소의 집에 있었다. 당시에는 미국 매사추세츠 주에 살고 있었는데, 소속되어 있던 대학이 봄방학이었기 때문에 잠시 귀국해 있었다. …… 중략 ……

　오전 10시쯤에 매스컴 관련 일을 하는 지인에게서 전화가 걸려 왔다. "지하철에서 이상한 사건이 일어나 피해자가 많이 나왔어요. 독가스예요. 이건 틀림없이 옴진리교의 짓이니까, 얼마 동안은 도쿄로 나오지 않는 편이 좋겠어요. 그자들은 대단히 위험하니까요." 그는 긴장한 목소리로 말했다. …… 중략 ……

　지금 와서 생각하면, 그 시점에 적어도 매스컴에서는 옴진리 교단이 그런 대규모 테러 행위를 일으킨 것을 특별히 부자연스럽다고 생각하지 않았던 것을 알 수 있다. 어쨌든 그날 도쿄로 나갈 예정은 없었기 때문에, 영문도 모른 채 "고마워요." 하고 감사의 말을 전한 다음 전화를 끊었다. 《

　이 두 사건은 제2차 세계 대전 이후 일본의 안전 신화가 붕괴됐다는 점에서 일본인들에게 영원히 각인되었다. 동시에 그때까지 사회나 역사, 세대 같은 세상사의 가로·세로 축과 전혀 연대하지 않고 문자 그대로 고립된 상태에서 소설을 써 온 하루키가, 『태엽 감는 새 연대기』에서 태도 변화를 보인 후, 다시 한 번 사회와 세대에 대하여 강한 관심을

갖게 되는 결정적인 사건이 되었다.

>>   그때는 아직 돌아간다고 확실히 결정한 건 아니었다. 그런데 학기 말을 끝으로 6월에 귀국을 결심한 것은 역시 그 두 가지 사건 때문이었다. 전후 50년을 고비로 일본은 확실히 변하고 있다는 것을 실감할 수 있었다. 나는 일본의 소설가이고 일본을 무대로 해서 일본인을 주인공으로 한 소설을 쓰기 때문에, 내 눈으로 그 변화를 확실히 지켜보고 싶다는 생각이 강하게 들었다. <<

하루키에게 있어 『태엽 감는 새 연대기』가 '디태치먼트에서 커미트먼트'로 내딛는 제1보였다고 한다면, 이 두 사건을

계기로 귀국하여 그 뒤에 집필하게 된 『언더그라운드』는 힘
찬 제2보였다고 할 수 있다.

　그렇다고 해도 『언더그라운드』는 무거운 작품이었다. 왜
『언더그라운드』여야만 했을까. 이 의문은 에세이를 제외하
고는 소설밖에 발표하지 않았던 하루키가, 왜 갑자기 논픽
션nonfiction이라는 형식을 취한 것인가 하는 문제로 귀착된다.

　하루키가 번역한 마이클 길모어의 『내 심장을 향해 쏴라』
라는 논픽션에서 그 답을 구하는 것은 어쩌면 당연할지도
모른다. 물론 그것이 이유의 전부는 아니지만, 『태엽 감는
새 연대기』 '제3부'를 집필하는 계기의 하나가 된 것이 바로
『내 심장을 향해 쏴라』였기 때문이다.

논픽션과 픽션의 사이에서

논픽션 『언더그라운드』에 대해 위화감이나 이질감을 드러내는 사람이 많다. 논픽션 작가들은 물론이고, 하루키의 픽션을 높게 평가했던 비평가 중에서조차 이의를 제기하는 사람이 적지 않았다.

가토 노리히로는 『무라카미 하루키 옐로우 페이지 PART2』에 실린 '보통 사람 VS 추출된 이야기'에서, 먼저 『언더그라운드』 첫머리에 쓰인 '머리말'의 내용에 위화감 비슷한 것을 느꼈다고 솔직하게 밝히고 있다. 더불어 『언더그라운드』가 논픽션으로서는 뭔가 어중간한 내용밖에 갖지 못한 '안티 논픽션anti nonfiction'이라 지적하기도 했다. 사실 '안티 논픽션'이란 모순이라고밖에 할 수 없는 표현이다. 아마도 가토는 논픽션이란 본래 허구가 섞이지 않은 사실을 추구하며 그것을 그려 내겠다는 정열로 지탱되는 장르인데, 『언더그라운드』
는 확연하게 다른 성질의 것이기 때문에 논픽션이 '갱신'되
어 완성된 문학이라는 의미로 '안티 논픽션'이라 평한 것 같
다.

여기서 떠오르는 것이 하루키의 데뷔작인 『바람의 노래를
들어라』이다. 하루키는 이 제목을 트루먼 카포티Truman Capote
의 「마지막 문을 닫아라」의 마지막 구절에서 따왔다고 스스로
밝힌 적이 있다. 그런데 카포티가 오랜 슬럼프에 빠졌다가 거
기에서 벗어나기 위해 쓴 작품이 바로 논픽션인 『인 콜드 블
러드』였고, 그것을 통해 그는 멋지게 부활했다. 게다가 이 『인
콜드 블러드』는 단순한 의미에서의 논픽션이 아니었다.

우메다 겐지梅田建二의 「늘어뜨린 발의 기억 – 카포티와 『인
콜드 블러드』」에 따르면, 이 작품은 카포티 자신이 스스로
'논픽션'이라 이름 붙인 것이다. 그리고 여기서 작가가 표현
하려 한 것은 사실과 허구가 뒤섞인 상태가 아니라, 둘 사이
의 엄연한 구별 혹은 대립이었다.

이런 작가의 의도와는 달리 『인 콜드 블러드』라는 작품이
체현한 것은 사실과 허구의 대치가 아니라, 둘의 상호 보완
적인 의존과 순환이었다. 카포티는 『인 콜드 블러드』에서 범
인이었던 페리 스미스에 자신의 모습을 중첩시키고 있는 것

이다. 확실히 『인 콜드 블러드』에는 카포티가 페리 스미스에게서 자신의 모습을 보는 장면이 있는데, 그 수법은 일찍이 그 자신의 소설 『다른 목소리, 다른 공간』에서 사용한 것과 마찬가지라는 지적이다. 다시 말해 작품 속에서 사실이 허구를 모방하고 있다는 것이다.

요시다 하루오는 하루키가 논픽션 형식에 주목하게 된 계기가 『내 심장을 향해 쏴라』라는 논픽션을 번역하면서 받은 영향 때문이라 지적하면서, 다음과 같은 의견을 내놓았다.

>>　　　『언더그라운드』는 소재를 쌓아 올리듯 써 냈다는 점에서 보면, 비록 양적으로 상당한 차이가 있지만, 『바람의 노래를 들어라』와 가장 유사하다. …… 중략 …… 『바람의 노래를 들어라』가 비록 소재들을 늘어놓은 것처럼 보이는 단편 소설이지만 작품 그 자체로서는 세련된 것처럼, 이 논픽션 작품도 관계자들의 말을 듣고 썼다는 형식을 취하고 있음에도 불구하고 피해자들의 증언은 무라카미 하루키라는 작가의 것이 되어 있다.　　　《《

결국 하루키가 카포티의 『인 콜드 블러드』에서 모방한 것은 사실이 선행하는 허구를 그린다는 방법론이었을지도 모른다.

그리고 이 점에 관해서는 무라카미 하루키의 『언더그라운드』에 대한 오쓰카 에이지大塚英志의 평가를 살펴볼 만하다. 오쓰카는 먼저『언더그라운드』에서 많은 독자와 비평가에게 감동을 준, 중증 사린 후유증에 시달리고 있는 아카시 시즈코明石志津子라는 여성과의 인터뷰 '이이우니이안 – 디즈니랜드' 속의 한 구절을 지목한다.

"괜찮으시다면 제 손을 잡아 주실래요?"

"좋아요." 하고 그녀가 말했다. …… 중략……

그녀는 내 손을 잠시 동안 꽉 잡았다. …… 중략…… 그것은 확실히 뭔가를 갈구하고 있었다. 아마도 그건 내게서 구하는 것은 아닐 것이다. 나의 저쪽에 있는 '다른 것'을 갈구하고 있는 것이다. 하지만 그 '다른 것'은 빙 돌아 내가 있는 곳으로 돌아 올 그런 것이다. 애매한 설명이라 미안하지만 문득 그런 생각이 들었다.

이와 함께 단편「반딧불이」의 다음 부분도 제시하고 있다.

가을이 끝나고 차가운 바람이 불게 되자 그녀는 가끔 내 팔에 몸을 기댔다. 더플코트의 두꺼운 옷감을 통해 나는 그녀의 숨결을 느낄 수 있었다. 하지만 그뿐이었다. 나는 코트 주머니에 양손을 찔러 넣은 채 언제나와 마찬가지로 계속해서 걸었다. …… 중략 ……

그녀가 원하는 건 내 팔이 아니라 누군가의 팔이었다. 그녀가 찾고 있는 것은 내 온기가 아니라 누군가의 온기였다. 적어도 내게는 그런 식으로 여겨졌다.

오쓰카는 이 두 부분의 표현이 거의 동일하다는 점을 날카롭게 지적한 다음, 이렇게 평가하고 있다.

이 표현은 「반딧불이」를 엮어 넣은 형태로 성립된 『노르웨이의 숲』에도 사용되고 있다. 스스로 말할 수 없는 여성의 이야기를 무라카미는 「반딧불이」의 문체로 이야기하고 있는 것이다. 이 장면이 감동적인 것은 그 때문이다.

그러나 어떻게 보면 그것은 다른 형태의 '폭력'의 행사가 아닐까. 피해자의 말을 신중히 재현한 다른 부분과 달리 아카시 시즈코는 사건 후유증으로 말을 빼앗겼다. 그런 그녀에게 「반딧불이」 이야기를 덧붙이는 것은 문학적 '폭력'이라 할 수 있지 않을까.

이처럼 『언더그라운드』는 이미 픽션으로 발표한 부분을 논픽션이 모방하고 있는 형태다. 가토 노리히로가 지적했듯이 『언더그라운드』가 순수한 의미에서의 논픽션이 아니라, 논픽션과 픽션의 중간에 위치한 일종의 '안티 논픽션'이라고 하자. 그렇다면 그것은 무라카미 하루키의 문학에 어떤 영향을 미치고 있으며 어떤 의미가 있는 것일까.

『신의 아이들은 모두 춤춘다』
— 3인칭의 획득

무라카미 하루키는 1999년 8월부터 12월까지 4개월에 걸쳐 잡지 〈신쵸〉에 '지진 후에'라는 제목 아래, 한신·아와지 대지진이 일어나고 한 달 후에 여러 장소에서 일어난 다섯 가지 이야기를 발표했다. 「UFO가 구시로釧路에 내리다」, 「다리미가 있는 풍경」, 「신의 아이들은 모두 춤춘다」, 「타일랜드」, 「개구리 군, 도쿄를 구하다」가 그것이다. 2000년 2월에는 이 작품들을 묶어 단행본으로 간행하면서 '지진 후에'라는 제목을 버리고, 세 번째 작품의 제목 '신의 아이들은 모두 춤춘다'를 표제로 선택하였다. 그리고 여기에 「벌꿀 파이」라는 여섯 번째 단편을 새롭게 추가했다.

하루키는 이 작품에 대해 다음 다섯 가지 조건을 정해 두고 집필했다고 밝히고 있다.

>> ① 1995년 2월이라는 시간에 일어난 일을 쓴다.

② 전부 3인칭으로 쓴다.

③ 길이는 원고지 40매 정도로 제한한다.

  (언제나보다 약간 짧은 듯하게)

④ 여러 타입의 사람들을 등장시킨다.

⑤ 고베 대지진한신 · 아와지 대지진 당시 고베 시의 피해가 가장 커 고베 대지진이라 부르기도 함이 큰 테마가 되지만, 고베를 무대로 해서는 안 되고 지진도 직접적으로는 그리지 않는다. <<

하루키는 이러한 조건을 붙인 이유를 다음과 같이 설명하고 있다.

>> 나는 『언더그라운드』와 『약속된 장소에서』에서 지하철 사린 가스 사건 및 옴진리 교단을 다룬 뒤에, 한신 · 아와지 대지진에 대한 책을 너무나도 쓰고 싶어졌다. 어느 한쪽만을 다루는 것은 편파적이라는 생각이 들었다. 그 두 사건을 합침으로써 전후 일본의 50년 역사에 하나의 확실한 종지부를 찍게 된다고 보았다. 그것은 두 개가 한 쌍인 거대하고 불길한 이정표인 것이다. 그러나 나는 한신 · 아와지 대지진에 대한 논픽션은 쓰고 싶지 않았다. 그곳은 내가 소년 시절을 보낸 추억의 장소이고 지인도 많이 있는 곳이다. 그곳에 가서 책을 쓰기 위해 자료를 모으러 돌아다닌다는 것은 내게 너무나도 생생한 일이고, 조금은 우울한 일이기도 했다. …… 중략 ……

그래서 이번에는 픽션 형식을 사용하기로 했다. 그것도 연작 단편이 좋겠다고 생각했다. …… 중략 ……

작품의 성립 과정을 보더라도, 여기에서는 반드시 전부 3인칭으로 밀고 가지 않으면 안 되었다. 이것은 내게 좋은 경험이었다고 생각한다. 시점을 크게 분산시켜 나감으로써 이제까지 없었던 새로운 스타일을 시도하는 것이 가능했고, 새로운 작품이 탄생했다고 생각하기 때문이다. …… 중략 ……

이런 스타일을 시도한 것은 역시 『언더그라운드』를 집필했던 영향이 있었던 것 같다. 나는 거기에서 다양한 이야기를 수집하고, 사람들의 목소리를 그대로 문장으로 만드는 작업을 1년에 걸쳐 참을성 있게 밀고 나갔다. 그 목소리는 실로 다양한 것이었고, 하나하나가 다른 어떤 것과도 바꿀 수 없는 고유한 것이었다. 세계는 그들의 무수한 목소리의 집적에 의해 성립되고 있었고, 그 세계를 1인칭만으로 묶는 것은 현실적으로 거의 불가능했다.

그렇지만 하루키는 젊은 시절, 3인칭에 대해 여러 차례에 걸쳐 다음과 같이 말한 적이 있다.

3인칭으로 쓴다는 건 정말 부끄럽다. 주인공의 이름을 생각하거나 친구라든지 애인의 이름을 생각해 내거나 하는 건 귀찮다. 1인칭으로 쓰면 사소설적이라고 생각되기 쉬운데도 나는 이렇게밖에 할 수 없다.

》 　　우선 3인칭으로 소설을 쓰는 건 부끄럽다는 기분이 든다. 3인칭으로 쓴다는 건 신의 위치에서 쓴다는 것이다.　　《

무라카미 하루키 문학에 있어서 3인칭의 획득은 하나의 사건이라고 할 수 있다. 그것은 3인칭으로 소설을 쓰는 것이 부끄럽다든지, 등장인물의 이름을 생각하는 것이 귀찮아서라든지 하는 도피적인 태도의 극복을 의미하는 한편, '디태치먼트에서 커미트먼트'로의 전환을 보여 주고 있다는 증거이기 때문이다.

물론 이 부분에서는 1인칭 서술의 한계를 느끼고 있었던 하루키가 3인칭 서술을 획득하기 위해, 아무래도 이야기를 듣고 쓴다는 형식을 빌리는 것이 필요했으리라는 점도 짐작할 수 있다. 그러나 어쨌든 자신의 절실한 문제를 1인칭으로밖에 말하지 못하던 하루키가 3인칭으로 제3자의 문제를 이야기하기 시작했다는 것만은 확실하다.

한편 단행본으로 간행하면서 추가한 「벌꿀 파이」에 대해, 하루키는 상당한 지면을 할애하며 보충 설명을 하고 있다.

》 　　책 마지막에 실린 「벌꿀 파이」 역시 3인칭으로 쓰여 있기는 하지만, 지금까지의 내 소설 세계에 가장 가까운 스타일의 이야기가 됐

다고 할 수 있다. 길이도 다른 것에 비해 길어졌다. 나는 새로운 종류의 간결하고 상징적인 이야기 다섯 편을 모아서 쓴 뒤에, 그것들과는 조금 거리를 두고 마지막에 이런 '조용한' 이야기를 써 보고 싶어졌다. …… 중략 ……

이 이야기는 점잖지만 내성적이고 다소 소극적인 데가 있는 쥰페이라는 소설가가 사랑하는 여인의 어린 딸을 위해 즉석에서 동화를 만들어 들려준다는 내용으로 되어 있다. …… 중략 …… 그리고 이야기의 마지막에 쥰페이는 드디어 동화의 결말을 발견하여 세계와 일종의 화해에 도달한다. 그 결과 그는 인간으로서 또한 작가로서 자신에게 주어진 책무를 기꺼이 받아들이기로 조용히 결심한다. 이 부분은 『신의 아이들은 모두 춤춘다』라는 작품집에서 꽤 중요한 의미를 가지고 있다. …… 중략 …… 독자들 중에는 쥰페이의 모습에 나를 중첩시키는 사람도 있는데, 나와 쥰페이는 다르다. 확실히 어느 정도 공통된 배경은 있지만, 나는 쥰페이와는 전혀 다른 유형의 작가이고 다른 유형의 인간이다. 내가 여기에 쓰고 싶었던 것은 나 자신의 모습이 아니라 오히려 '우리들'의 모습이다.

버블 경제가 파탄에 이르고, 거대한 지진이 거리를 파괴하고, 종교 단체가 무의미하고 잔인한 대량 학살을 자행하고, 빛나는 전후 신화가 소리를 내며 차례차례 붕괴해 가는 가운데, 어딘가에 있을 새로운 가치를 추구하며 조용히 일어서지 않으면 안 되는 우리들 자신의 모습을 말이다. 《

하루키의 말을 그대로 받아들인다면 『태엽 감는 새 연대기』의 경우와 같은 일이 다시 일어난 것은 아닌가 추측해 볼 수 있다. 『태엽 감는 새 연대기』에서는 '제1부'와 '제2부'에서 실종된 아내의 이야기를 그린 뒤, 일단 작가 자신은 끝났다고 생각했던 이야기가 다시 움직이기 시작해서, 아내를 구출해 내기 위한 '제3부'가 쓰이게 되었다. 그때와 마찬가지 현상이 연작 단편 '지진 후에'의 착수 단계에서부터 단행본 『신의 아이들은 모두 춤춘다』를 간행하기까지의 시간 동안에 일어났다고 볼 수 있다는 것이다.

왜냐하면 「지진 후에 – 그 첫 번째」로 발표된 「UFO가 구시로에 내리다」에는 아내의 실종이라는 기시감에 찬 이야기가 그려져 있는 한편, 단행본으로 간행되면서 새롭게 추가된 「벌꿀 파이」는 한 번 잃었던 애인을 되찾는 이야기이기 때문이다.

그러나 작품의 주인공 준페이에게 작가 무라카미 하루키를 중첩시키지 말라는 것은 그 자체가 자기모순이라 할 수 있을 것이다. 하루키는 외국에서 생활하면서 그간 자신의 개인적 성향이라 믿어 왔던 '디태치먼트 – 사회와의 격리'가 사실은 세대 전체의 공통된 태도였다는 것을 깨닫는다. 그 결과 '커미트먼트 – 사회와의 화해'라는 사상적 전환을 이루

게 되는 것이다. 이런 하루키의 성장과 책무를 기꺼이 받아
들이려 결심하는 준페이의 변화를 동일시하지 말라는 것은
무리한 이야기가 아닐까.

세계적인 명성 속에서

『태엽 감는 새 연대기』가 요미우리 문학상을 받은 뒤, '디태치먼트에서 커미트먼트로'라는 태도의 변화가 우호적으로 작용한 것일까. 하루키의 명성은 날로 높아지고 있다.

이것이 나 혼자만의 생각이 아니라는 증거를 몇 가지 들어 보자. 하루키는 1999년에 옴진리교 신자 및 이전에 신자였던 사람에 대한 인터뷰를 모은 논픽션 『약속된 장소에서』로 그해의 구와바라 다케오桑原武夫 학예상을 받았다.

2001년에는 당대의 일본인 작가를 대표하듯 특별 대우를 받으며, 시드니 올림픽을 취재한 관전기우리나라에는 『승리보다 소중한 것』이라는 제목으로 출간됨를 간행했다. 그리고 2002년에는 7년 만에 장편 『해변의 카프카』를 발표하여 호평을 받았다.

하루키는 이제 일본뿐만 아니라 해외에서도 좋은 평가를

받고 있다. 2005년에는 『해변의 카프카』의 영어판 『Kafka on the shore』가 〈뉴욕타임즈The New York Times〉의 'The Ten Best Books of 2005'에 선정되었다. 또한 2006년에는 프란츠 카프카Franz Kafka 상과 프랭크 오코너Frank O'Connor 국제 단편상을 수상했고, 2009년에는 이스라엘 최고의 문학상인 예루살렘Jerusalem 상 및 스페인 정부가 주는 예술 문학 훈장을 받기도 했다.

이런 일련의 움직임에는 염려가 되는 부분도 없지는 않다. 하루키가 자신도 모르는 사이에 '벌거벗은 임금님'이 된 것은 아닐까 하는 생각이 드는 것이다. 이것은 하루키 자신도 이미 자각하고 있는 부분인 듯하다. 『달리기를 말할 때 내가 하고 싶은 이야기』에 실린 '만약 그 무렵 내가 긴 포니테일을 갖고 있었다 해도'에서 모든 작가에게 어김없이 찾아오는 창작 에너지의 감퇴를 다음과 같이 기록하고 있기 때문이다.

>>　그것은 그/그녀의 체력이 자기가 다루고 있는 독소를 이길 수 없게 된 결과가 아닐까 하고 나는 추측한다. 지금까지는 자연스럽게 독소를 능가해 온 신체적인 활력이 절정기를 지나 그 면역 효과를 서서히 잃어버리는 것이다. 그렇게 되면 그/그녀는 종래와 같은 주체적 창

조를 계속하기가 어려워진다. 상상력과 그것을 지탱하는 육체적 능력과의 균형이 붕괴되어 버리는 것이다. 그다음은 그때까지 배양해 온 테크닉과 방법을 잘 사용해서 여열餘熱을 이용하여 작품의 형태를 가다듬어 갈 수밖에 없다. …… 중략 ……

두말할 필요도 없이 사람은 언젠가는 진다. …… 중략 …… 그건 잘 알고 있다. 그러나 그 포인트를, 즉 내 활력이 독소에게 패하고 추월당해 가는 포인트를 조금이라도 뒤로 연기하고 싶다고 생각한다. 그것이 소설가로서 내가 지향하고 있는 바이다. 어쨌든 지금 현재 내게는 '찌들어 있을' 여유가 없다. 그렇기 때문에 "그런 건 예술가가 아니다."라는 말을 들어도 나는 계속해서 달릴 뿐이다. 《《

「만약 그, 무렵 내가 긴 포니테일을 갖고 있었다 해도」를 쓴 날짜는 2005년 10월 3일이다. 영어판『해변의 카프카』가 미국에서 호평을 받은 바로 직후인 것이다.

최근 수년간 하루키의 작가적 명성은 일본뿐만 아니라 해외에서도 부동의 지위를 확보했다. 노벨 문학상에 가장 가까운 일본 작가라는 평판까지 듣고 있다.

그러나 그것이 무라카미 하루키라는 소설가에게 있어 정말로 행복한 평가라고 잘라 말할 수 있을까.

원고 유출 사건

하루키가 2006년 4월 〈분게이슌주〉에 「어느 편집자의 삶과 죽음 – 야스하라 켄에 관하여」라는 글을 실은 것은 여러 가지 의미에서 충격적인 사건이었다. 되도록 자세히 살펴보는 것이 좋겠지만, 400자 원고지로 50매가 넘는 긴 글이기 때문에, 대강의 내용만을 정리해 본다.

〉〉   야스하라 켄이 암으로 세상을 떠난 지 3년이 되었다. 그가 떠나고 나서 조금 지났을 무렵, 그와 나의 관계에 대해 정리된 글을 쓰려 했는데 결국 제대로 쓰지 못했다. 그런데 이번에 '어떤 일'이 일어나서 그것을 써야 되겠기에, 야스하라와의 관계에 대해 이제라도 처음부터 설명하려 한다.

야스하라는 내가 소설가가 되기 전, 센다가야에서 재즈 카페를 했을 때의 손님이었다. 단골은 아니었지만 당시 쥬오고론샤의 편집자인 동시에 재즈 평론을 부업으로 하고 있어서, 나하고는 기회가 될 때마다 재즈에 대한 이야기 같은 것을 나누었다. 나는 그 무렵 20대 후반이었고, 그는 30대 후반으로 딱 10살 차이였다.

내 가게에는 문예 관련 손님들이 많았다. 그들은 카운터에 있는 나의 존재를 잊고 아무렇지도 않게 바로 조금 전까지 함께했던 편집자나 작가의 욕을 하는 '남자답지 않은' 사람들이었다. 그렇지만 야스하라만은 뒤에서 남의 욕을 하지 않아 그에게 호의를 가지게 되었다.

작가가 되고 나서 내가 기꺼이 그와 함께 일을 한 것은 정직한 인간을 좋아했기 때문이다. 또 『바람의 노래를 들어라』를 통한 나의 데뷔에 대해 그가 가장 순수하게 기뻐해 주었기 때문이기도 하다. 그래서 첫 단편 「중국행 슬로보트」를 그가 편집자를 맡고 있었던 〈우미海〉에 발표했다. 그때 그는 예상과는 달리 전혀 수정을 요구하지 않았다.

그 후에도 〈우미〉나 〈마리끌레르Maieclair〉를 위해 많은 원고를 썼는데, 자잘한 어구 수정 이외의 요구는 딱히 없었다. 훗날 야스하라가 "내가 하루키를 키웠다."라는 말을 하고 돌아다닌 것 같은데, 그것은 그의 착각이다. 나는 기본적으로는 다른 누구의 도움도 없이 혼자서 컸다고 생각한다.

나는 작가로서 일을 하면서 야스하라가 문예업계에서 '이단자'라는 것을 알게 되었다. 사실 나도 마찬가지로 '이단자'였으며, 데뷔의 모태가 된 〈군조〉와도 그다지 좋은 관계는 아니었다. 그런 사정도 있었고, 결점을 다 덮을 만한 그의 장점을 알고 있었던 데다, 당시 나는 그의 입장에 공감하는 바가 있었다.

내가 야스하라의 손에 큰 것은 아니지만, 그는 여러 가지 면에서 소설가로서의 나를 격려해 주었다. 마찬가지로 그가 회사에서 외면당했을 때, 나는 그를 격려하며 조직을 그만두고 독립할 것을 조언하기도 했다. 하지만 그는 쥬오고론샤가 파탄 직전이 될 때까지 그만두지 않았다. 야스하라에게 의외로 샐러리맨적인 삶의 방식이 몸에 배어 있다고 느끼고 나서 그를 보는 시선이 조금 바뀌었던 것 같다.

야스하라가 소설을 쓰고 있다는 것을 안 것은 꽤 나중의 일이었다. 솔직히 말해 그다지 재미있지도 않았고, 야스하라 켄이라는 사람의 인간성도 전혀 묻어나지 않는 소설이었다. 결국 그는 소설가가 되지는 못했다. 한편 그가 스스로 '슈퍼 편집자'라고 자칭하며 세상의 소설가들을 난도질한 것은 소설가가 될 수 없었던 자신의 욕구 불만이 만들어 낸 결과가 아니었나 하는 생각이 들었다. 그 예리한 비평 끝에서 사실은 자기 자신이 상처 입고 있는 것은 아닌가 하는 인상을 받았던 것이다.

야스하라는 언제부턴가 돌변하여 내 작품을 통렬하게 비판하게 되었다. 그것은 '변절'이라고 부를 만한 것이었다. 꽤 오랫동안 야스하라를 개인적인 친구라고 생각했던 나는 마음이 아팠다.

야스하라와의 관계를 끊으면서 문예업계와의 관계가 완전히 끝나 버렸다. 그것은 결과적으로는 내게 좋은 일이었다.

지금부터 꺼낼 이야기가 앞서 말한 '어떤 일'에 관한 언급이 될 것이다. 딱 잘라 말하자면 내 자필 원고의 유출에 대한 문제이다. 간단히 말해서, 내가 야스하라에게 건넨 원고가 시장에 상품으로 돌아다니고 있는 것이다. 그중에는 책으로 만들고 싶지 않아 보류했던 원고까지 있다. 내 원고뿐만이 아니라 다른 현역 작가의 원고도 그런 식으로 시장에 유출된 흔적이 있다.

내 해석으로는 오리지널 원고의 소유권은 기본적으로 작가에게 있다. 작가 자신의 의지로 출판사에 일정 기간 그것을 맡길 권리도 있다고 생각한다. 그러나 출판사에 근무하는 편집자가 그 원고를 개인적으로 가져갈 권리는 없다고 생각하며, 더군다나 그것을 시장에 내놓고 수입을 얻는다는 것은 절대로 있을 수 없는 행위라고 생각한다.

솔직히 이런 글을 쓰고 있는 것만으로 점차 공허해지고 슬픈 기분이 든다. 소설가와 편집자 사이에는 이상한 신뢰감이 있다. 그러나 그것을 잃어버리면, 그 뒤에는 괴롭고 쓰라린 느낌밖에 남지 않는 것이다. 《

일의 옳고 그름을 논할 필요도 없이, 야스하라에게 잘못이 있다는 것은 명백하다. 하루키가 주장하듯 오리지널 원고의 소유권이 작가에게 있다는 것도 옳다. 원고의 소유권 문제는 하루키의 문제 제기를 통해 처음으로 출판업계의 화제에 올랐으며, 그 후로는 상식이 되었다.

그러나 한편으로 절대 잊어서는 안 되는 것은 젊은 날의 하루키에게 있어 야스하라가 어떤 존재였는가 하는 점이다. 일례로「Days 12 무라카미 하루키」를 통해서 1986년에 하루키가 존 어빙의 『곰을 풀어 놓다』와 레이먼드 카버의 『내가 전화를 거는 곳』을 번역했을 때, 야스하라가 얼마나 중요한 역할을 했는지를 알 수 있다. 하루키 자신의 '이단자' 시절, 그 시기의 은인이자 친구, 동지라고 할 만한 야스하라 켄의 배신을 이런 형태로 세상에 드러낼 수밖에 없었다는 사실이 안타까울 따름이다.

만약을 위해, 그리고 공평을 기하기 위해 야스하라 켄 측에서 쓴 글을 인용해 보자.

>> 　　무라카미 하루키의 『바람의 노래를 들어라』를 읽은 이래, 하루키는 무라카미 류와 함께 내가 가장 좋아하는 작가가 되어, 그야말로 그의 편지 조각까지 전부 읽었다. 문장과 내용이 모두 마음에 들었기 때문이다. 그런 그의 소설이 힘을 잃기 시작한 것은 단편집 『TV 피플』부터였다. 입이 건 나는 본인을 앞에 두고 "『TV 피플』에 실린 단편은 전부 꽝이야, 너무 대충 썼어."라고 혹평했고, 하루키는 "대충 쓸 생각은 없는데."라며 조금 열 받은 얼굴을 해 보였다. …… 중략 ……

그의 부활을 갈망했던 내 소망도 덧없이, 『TV 피플』 이후 그의 하향세는 계속 이어져 오늘에 이르고 있다. 『국경의 남쪽, 태양의 서쪽』의 서평을 부탁받았을 때는 "욕밖에 쓸 게 없는데." 하며 거절했더니, "그래도 괜찮다."라고 했다. 그래서 그에게 활력을 불어넣을 생각으로 "싸구려 할리퀸 로맨스가 아닌가."라고 쓰고, 주간지 인터뷰에서도 마찬가지 이야기를 했다.

오래 교제해 왔기 때문에 내 진심이 통할 거라고 생각했는데, 미국 체류 중인 그에게 이유도 듣지 못하고 일방적으로 절교당하고 말았다. 《

하루키가 침묵한 채 어떤 결심을 품고 있었는지는 앞에 요약한 에세이의 다른 부분을 살펴보면 짐작할 수 있을 듯하다.

》 말하고 싶은 것이 많지만, 참기로 했다. 그 대신 입을 닫고, 이를 악물고 열심히 소설을 썼다. 그것이 세계에 대해 내가 할 수 있는 가장 실질적이고 유효한 변명이라고 생각했기 때문이다. 조금이라도 훌륭한 소설을 쓸 것, 그러기 위해서는 가능한 한 입을 닫고 손을 움직이지 않으면 안 된다. 역설적이게도 그것도 결과적으로 야스하라 켄이 내게 해 준 좋은 일이었는지도 모르겠다. 나로서는 그런 식으로 그가 나를 격려해 주었다고 생각하고 싶다. 그래도 도저히 그렇게는 생각할 수 없다는 마음이 들긴 하지만. 《

한편 야스하라 켄은 연작 단편집 『신의 아이들은 모두 춤춘다』에 대해서는 절찬에 가까운 서평을 남기고 있다.

》 무라카미 하루키가 대단한 걸작을 썼다. 단순히 외국에 번역이

되고 안 되고의 문제가 아니라, 이 작품으로 하루키는 명실상부한 세계 톱클래스 작가가 되었다. 나는 이 단편집이 올해의 '베스트 1'이 될 것이라고 확신한다. 그만큼 멋진 소설이다.

야스하라의 서평이 진심이었다면, 두 사람의 관계는 결국 오해 때문에 어그러졌던 것이 아닌가 하는 생각이 든다.

무라마쓰 도모미村松友視의『야스 켄의 바다』에는 다음과 같은 내용이 나온다.

야스하라 켄은 1997년 4월부터 완전히 프리랜서가 되어 본격적으로 '글 쓰는 일'을 시작한 것 같은데, 결국 장편 문학론이나 미술 평론, 또는 본격적인 소설을 쓴다는 본래의 꿈과 손을 잡는 일은 없었다.

마침 이 시기는 하루키가『태엽 감는 새 연대기』로 문단의 명성을 얻기 시작했던 때와 맞아떨어진다. 하루키가 작가로 데뷔하기 전까지는 재즈 카페의 주인과 손님, 데뷔 후에는 작가 겸 번역가와 편집자, 그리고 관계를 끊은 후에는 일본을 대표하는 소설가와 슈퍼 편집자로 성장해 간 두 사람의 운명을 무엇이라 표현하면 좋을까.

　　작가 혹은 비평가를 목표로 했지만 결국은 그 꿈을 실현하지 못한 야스하라 켄, 자칭 슈퍼 편집자로 표면적으로는 대활약을 했던 인물이 사실 뒤에서는 무라카미 하루키의 자필 원고를 팔고 있었다는 것은 간단히 설명할 수 없는 복잡한 사건이다. 개성적인 한 사람의 편집자와 노벨 문학상에 가장 가까운 위치에 있는 작가 사이의 특별한 관계와 그 관계를 초월한, 예술 창조의 근간에 얽힌 무엇인가가 있기 때문이다.

카프카 상에서
노벨상으로

　원고 유출 사건 논란의 계기가 된 하루키의 에세이가 실린 〈분게이슌주〉가 서점에 진열되기 시작한 2006년 3월 말, 체코 프라하Praha에 있는 프란츠 카프카 협회가 제6회 프란츠 카프카 상을 하루키에게 수여하기로 결정했다는 뉴스가 보도되었다.

　프란츠 카프카 상의 2004년도 수상자인 오스트리아의 여성 작가 엘프리데 옐리네크Elfriede Jelinek와 2005년도 수상자인 영국의 극작가 해럴드 핀터Harold Pinter는 같은 해에 노벨 문학상을 수상하였다. 그래서 하루키도 노벨 문학상을 수상하는 것이 아닌가 하는 분위기가 전 일본에 확산되었다. 게다가 9월에 아일랜드의 맨스터Munster 문학 센터가 하루키에게 프랭크 오코너 국제 단편상을 수여하기에 이르자, 하루키의 노벨 문학상 수상을 예측하는 보도가 더욱 빈번하게 나왔다.

그해 10월 30일, 하루키는 프라하에서 열린 프란츠 카프카 상 수상식에 참석하여 생애 첫 기자 회견을 경험한다. 11월 1일자 〈아사히신문〉에는 그때의 모습이 다음과 같이 보도되었다.

>> "카프카 상 수상자는 노벨상 후보라고도 하는데, 어떻게 생각하십니까?"

무라카미는 '아이코, 맙소사!' 하는 느낌으로 이렇게 대답했다.

"노벨상에 대해서는 누구에게도 아무 말도 듣지 못했고, 실제로 저는 어떤 상에도 흥미가 없습니다. 저에게는 독자가 상입니다. 카프카를 존경하고 있기 때문에 상을 받으러 왔지, 특별히 노벨상을 염두에 두고 있지는 않습니다." <<

이 소동은 그해의 노벨 문학상이 터키의 작가 오르한 파묵Orhan Pamuk에게 수여된다고 발표될 때까지 계속되었다. 그리고 그 후로는 무라카미 하루키가 노벨상을 수상할 수 있을지에 대한 논의가 해마다 사람들의 입에 오르내리게 되었다.

벽과 계란

2009년 2월 15일, 하루키는 '사회에서의 개인의 자유'에 공헌한 문학가에게 주는 이스라엘 최고의 문학상인 예루살렘 상 수상식에 참석하여 '벽과 계란'이라는 수상 기념 연설을 했다. 그리고 그 내용은 인터넷을 통해 신속하게 전 세계에 전달되었다. 무라카미 하루키의 예루살렘 상 수상은 그만큼 사람들의 이목을 끄는 뉴스였던 것이다. 하루키의 수상이 보도된 그해 1월, 이스라엘은 가자 지구gaza strip를 침공하였고, 그것으로 인한 이스라엘에 대한 비난 여론이 전 세계적으로 거세게 일었다. 이런 상황에서는 하루키가 수상을 거부해야 한다는 의견이 압도적이다.

이때 하루키는 어떤 심경이었을까. 그것은 〈분게이슌주〉에 실린 인터뷰「나는 왜 이스라엘에 갔나 – 상을 거부하라는 목소리, 그래도 전하고 싶었던 말」에서 어느 정도 엿볼 수 있다.

>>　친구나 친한 편집자들로부터 가지 않는 것이 좋겠다는 충고의 메일을 받았습니다. …… 중략 ……

그러나 나는 내 나름대로 생각에 생각을 거듭해서 결심하고 행동하고 있는 겁니다. 오랫동안 사귄 사람들조차도 그런 부분을 헤아려 주지 못한다는 것이 힘들었습니다. 그래서 외출할 때는 고립무원이라는 느낌이었습니다. 〈백주의 결투High Noon〉의 게리 쿠퍼Gary Cooper가 된 듯한 기분이었지요. 뭐 그렇게 잘생긴 것은 아니지만, 기분만은요. 《

이 인터뷰에는 수상 기념 연설 '벽과 계란'의 전문이 영어와 일본어로 덧붙여져 있다. 그 내용을 간단히 살펴보자.

>>　저는 한 사람의 소설가로서 여기 예루살렘에 왔습니다. 다시 말해 능숙하게 거짓말하는 것을 직업으로 삼은 자로서 여기에 왔다는 것입니다. …… 중략 ……

소설가로서 능숙하게 거짓말을 해서 진짜처럼 보이는 허구를 만들어 냄으로써, 진실을 다른 장소로 끄집어내어 그 모습에 빛을 비춰 줄 수 있기 때문입니다. …… 중략 ……

그러나 오늘 저는 거짓말을 할 생각이 없습니다. 가능한 한 솔직해지려고 노력하겠습니다. …… 중략 ……

솔직하게 말하지요. 저는 적지 않은 사람들로부터 '예루살렘 상 수상을 거절하는 것이 좋겠다.'는 충고를 들었습니다. 만약 여기에 온다면 책 불매 운동을 시작하겠다는 경고도 있었습니다. 그 이유는 물론 가자 지구에서 있었던 격렬한 전투에 있습니다. …… 중략 ……

수상 소식을 전해 듣고 나서 저는 몇 번이고 스스로에게 물었습니다. 이 시기에 이스라엘에 가서 문학상을 받는 일이 과연 타당한 행위인가 하고 말입니다. 그것이 분쟁의 한쪽 당사자이며 압도적으로 우세한 군사력을 적극적으로 행사하는 국가를 지지하고, 그 방침에 찬성한다는 인상을 주지는 않을까 하고 말이지요. 그것은 물론 제가 바라는 것이 아닙니다. 저는 어떤 전쟁도 인정하지 않고, 어떤 국가도 지지하지 않습니다. 물론 제 책이 서점에서 보이콧 당하는 것도 굳이 원하는 것은 아닙니다.

그러나 열심히 생각한 결과, 결국 저는 여기에 오기로 결심했습니다. 가장 결정적인 이유는 너무나도 많은 사람들이 "가지 않는 게 좋아."라고 충고해 주었기 때문입니다. 소설가들이 대부분 그렇듯, 저는 일종의 '심술쟁이'인지도 모르겠습니다. "거기에 가지 마.", "그걸 하지 마." 하는 경고를 들으면, 가 보거나 해 보고 싶어지는 것이 소설가 특유의 기질인 것입니다. 왜냐하면 소설가란 아무리 역풍이 심하게 불어도 자기 눈으로 실제로 본 세상사나 자신의 손으로 실제로 만져 본 사물밖에 믿지 못하는 종족이기 때문입니다. 그래서 저는 여기에 있습니다. 오지 않는 것보다 오는 것을 선택한 것입니다. 아무것도 보지 않는 것보다는 뭔가를 보는 것을 선택한 것입니다. 아무 말도 하지 않고 있기보다는 여러분께 이야기하기를 선택한 것입니다.

한마디만 전하고 싶습니다. 개인적인 메시지입니다. …… 중략 ……

만약 여기에 단단하고 커다란 벽이 있고 거기에 부딪혀 깨지는 계란이 있다고 한다면, 저는 언제나 계란 쪽에 서겠습니다.

그렇습니다. 아무리 벽이 맞고 계란이 잘못됐다고 해도, 그래도 역시 저는 계란 쪽에 서겠습니다. 바르고 바르지 않고는 다른 누군가가 결정하는 일입니다. 혹은 시간이나 역사가 결정하는 일입니다. 만약 소설가가 어떤 이유로 해서 벽 쪽에 서서 작품을 쓴다면, 도대체 그 작가에게는 얼마만큼의 값어치가 있을까요.

그런데 이 메타포metaphor는 무엇을 의미할까요? 어떤 경우에는 단순 명료합니다. 폭격기니 전쟁이니 로켓탄이니 수류탄이니 기관총이니 하는 것은 단단하고 커다란 벽입니다. 그것들에 짓밟히고 불타고 총을 맞는 비무장 시민은 계란입니다. 그것이 이 메타포의 한 가지 의미입니다.

그러나 그것만이 아닙니다. 거기에는 보다 깊은 의미도 있습니다. 이렇게 생각해 봐 주십시오. 우리들은 모두 강하건 약하건 각각 하나의 계란이라고. 하나의 혼과 그것을 둘러싼 약한 껍데기를 가진 어쩔 수 없는 계란이라고 말입니다. 저도 그렇고 여러분도 그렇습니다. 그리고 우리들은 많든 적든, 각각 단단하고 커다란 벽에 직면해 있는 것입니다. 그 벽은 이름을 가지고 있습니다. 그것은 '시스템system'이라고 불립니다. 본래 우리를 지켜 줘야 할 그것이 때로는 독자적으로 우리를 죽이기도 하고, 우리들로 하여금 사람을 죽이게 만들기도 합니다. 냉정하고 효율적으로, 그리고 조직적으로.

제가 소설을 쓰는 이유는 단 하나입니다. 개인의 혼이 가진 존엄함을 드러내어 거기에 빛을 더하기 위해서입니다. 우리들의 혼이 시스템에 끌려 들어가 멸시당하는 일이 없도록 항상 거기에 빛을 비추고 경종을 울리는 것, 그것이야말로 이야기의 역할입니다. 저는 그렇게 믿고 있습니다. 삶과 죽음의 이야기를 쓰고, 사랑의 이야기를 쓰고, 사람을 겁주고 울고 웃게 만듦으로써 개개인의 영혼이 가진 소중함을 밝히려고 계속해서 시도하는 것, 그것이 소설가의 일입니다. 그 때문에 우리들은 매일 진지하게 허구를 만들어 내는 것입니다. ······ 중략 ······

제가 여기에서 여러분께 전하고 싶은 것은 하나입니다. 국적과 인종과 종교를 초월하여 우리들은 모두 한 사람의 인간입니다. 시스템이라는 강고한 벽을 앞에 둔 하나의 계란입니다. 우리들에게는 도저히 승산이 없어 보입니다. 벽은 너무 높고 단단하고, 그리고 냉랭합니다. 만약 우리들에게 이길 가망이 있다고 한다면 그것은 우리들이 스스로의, 그리고 서로의 혼의 소중함을 믿고, 그 따듯함을 그러모음으로써 생겨나는 것입니다.

생각해 보세요. 우리들 한 사람 한 사람에게는 손에 쥘 수 있는, 살아 있는 영혼이 있습니다. 시스템에는 그것이 없습니다. 시스템이 우리들을 이용하게 만들어서는 안 됩니다. 시스템을 독립시켜서는 안 됩니다. 시스템이 우리를 만든 것이 아닙니다. 우리가 시스템을 만든 것입니다.

제가 여러분께 말씀드리고 싶은 것은 그것뿐입니다.

예루살렘 상을 받게 되어 감사합니다. 제 책을 읽어 주시는 분들이 세계의 많은 장소에 있다는 것에 감사드립니다. 이스라엘의 독자 여러분께 감사의 말씀을 드리고 싶습니다. 무엇보다 여러분들의 힘으로 저는 여기에 있는 것입니다. 우리들이 무언가를, 대단히 의미가 있는 무언가를 공유할 수 있다면 좋겠다고 생각합니다. 여기에 와서 여러분들께 이런 말씀을 드릴 수 있는 것을 기쁘게 생각합니다.

무라카미 하루키의 행위는 파문을 불러일으켰다. 하지만 여기서 주목해야 하는 점은 그것이 옳은가 그른가에 대한 문제가 아니라고 생각한다. 정말로 생각해 봐야 할 문제는 그의 행위에 대한 평가가 어떻든, 무라카미 하루키라는 작가를 전 세계 사람들이 주목하고 있다는 점이다.

이렇게 말하는 이유는 2009년 3월 9일자 〈아사히신문〉에 실린 기사에서 찾을 수 있다.

우리들 아랍 문화인은 무라카미 하루키가 예루살렘 상을 거절하기를 바랐다. 일본에도 이스라엘이 가자 지구에서 죽인 아이들과 여성들의 피에 분노를 표하고, 무라카미 하루키가 수상을 거부할 것을 요구하는 사람들이 있었다. 그 목소리에 귀를 기울여 줄 것이라고 생각했다.

그러나 그는 주저하지 않고 예루살렘으로 가서, 시몬 페레스Shimon Peres 대통령으로부터 상을 받았다. 여러 차례 노벨상 후보가 되고 있는 이 작가는 이스라엘이 세계적 문학상으로 가는 통로라는 것을 잘 알고 있다.

이스라엘은 보바르Simone de Beauvoir나 밀란 쿤데라Milan Kundera 같은 대작가에게 주었던 예루살렘 상으로 위대한 일본 작가를 포획하는 데 성공했다. 설령 일본인이라고 해도 세계적인 작가에게는 존경을 표한다는 것을 세계에 과시하는 것이다. 가자에서의 학살 직후라도 자신들은 여전히 문명국이라고 세계에 과시하는 것이다.

무라카미 하루키는 아랍의 서점과 도서관에 존재한다. 지금 그의 작품은 많은 아랍인에게 읽히고 가장 훌륭한 일본 작가로서 인기가 있다. 레바논의 출판사가 무라카미의 소설 네 작품을 아랍어로 번역하여 인기를 모으고 있고, 아랍의 웹사이트에도 번역본이 돌아다니고 있다. 이스라엘에서는 이 정도로 인기가 있지는 않을 것이다.

아랍 연맹은 왜 세계의 뛰어난 작가에게 상을 주지 않는 것인가. 그것은 세계의 눈을 우리들에게 향하도록 만드는 길이 아닌가. 아랍 문화에 세계적인 권위를 부여하고, 현대 국제 문화 무대의 중심에 자리 잡게 만드는 길이 아닌가. 지금이 모자란다는 따위의 변명을 해서는 안 된다. 이스라엘이 무라카미에게 준 상금은 아랍의 다른 분야의 상에 비해 많지 않다.

만약 이번의 작은 실수를 용서하지 않는다 해도, 우리들은 무라카미 하루키를 사랑하고, 계속해서 읽을 것이다. 그 또한 누구나가 알고 있는 목적을 위해 사소한 잘못을 범한 것은 알고 있다. 아랍이 이 위대한 작가에게 '면죄부'에 해당하는 상을 주기 바란다.

이것은 아랍권의 〈알 아르트Al Hayat〉라는 잡지 2009년 2월 23일자에 실린, 아랍권 최초의 하루키에 대한 평론을 요약한 글이다. 레바논의 작가이자 시인인 압드 와진Abdo Wazen의 글인데, 아랍어에서 영어로 번역된 것을 히라타 아쓰오平田篤央가 다시 일본어로 번역하여 〈아사히신문〉에 실은 것이다. 걱정이 되는 것은 마지막 부분이다. 아브드 와진은 대체 무엇 때문에 하루키에게 아랍권이 상을 주어야 한다고 주장하는 것일까. 본래 문학상이란 작품 그 자체에 대한 평가로서 주어지는 것이 아닌가.

무라카미 하루키는 일본 작가로서 노벨 문학상에 가장 가까운 위치에 있다고 일컬어진다. 이런 그의 미래에 일찍이 정치적인 목적에 이용되어 도쿄 도지사 선거 응원 연설에 동원되었던 노벨상 수상 작가 가와바타 야스나리川端康成의 모습이 겹쳐지는 것은 기우에 불과한 것일까.

다시, 아버지에 관하여

'벽과 계란'을 인용한 부분에서는 생략했지만, 하루키는 여기에서 처음으로 아버지에 관해 언급하였다.

>> 　　제 아버지께서는 작년 여름에 아흔 살의 연세로 돌아가셨습니다. 그분은 은퇴한 교사였고, 승려이기도 했습니다. 아버지는 대학원 재학 중에 징병되어 대륙의 전투에 참가하셨습니다. 제가 어렸을 때, 아버지께서는 매일 아침 식사를 하기 전에 불단을 향해 길고 깊은 기도를 올리셨습니다.

한번은 아버지께 여쭤 본 적이 있습니다. 무엇 때문에 기도하시는 거냐고. '전쟁터에서 죽어 간 사람들을 위해서'라고 아버지는 대답하셨습니다. 아군과 적군의 구별 없이 그곳에서 목숨을 잃은 사람들을 위해 기도하고 있는 거라고. 아버지께서 기도하시고 있는 모습을 뒤에서 보고 있노라면, 거기에는 항상 죽음의 그림자가 떠돌아다니고 있는 것처럼 느껴졌습니다.

시미즈 요시노리清水良典는 여기에 대해 다음과 같이 말했다.

무라카미가 아버지에 대해 이렇게나 길게 이야기한 것에 놀랐습니다. 여태까지는 아버지를 언급하는 것을 이상하리만치 피해 왔기 때문입니다. 그 사고의 깊이를 처음으로 이해할 수 있었습니다. 지금까지의 작품에서 '중국'과 '전쟁'에 얽매여 온 것은 모두 아버지의 존재와 밀접하게 관련되어 있기 때문이라는 점을 그 스스로가 확실히 밝힌 것입니다. 아버지가 말했던 기억과 말하지 않았던 기억, 어떤 의미에서는 아버지라는 '벽'을 계속해서 좇아온 끝에 '무라카미 하루키'의 세계가 완성되었다고 할 수 있을지도 모릅니다.

하루키의 아버지 무라카미 지아키는 2009년 8월에 세상을 떠났다. 교직을 떠난 지 25년이 지났음에도 불구하고, 지아키의 장례식에는 약 100여 명의 제자가 참석했다 한다. 세상을 뜨기 몇 년 전, 지아키는 교토에 살고 있었던 것으로 추정된다. 오랫동안 효고 현 공립 고등학교에서 교편을 잡았던 지아키는, 1995년 한신·아와지 대지진 이후, 그때까지 살고 있던 효고 현을 떠나 교토로 돌아왔다.

지아키와 절친한 관계에 있었던 마쓰바라 히로키松原博熹에 따르면, 동료 교사들의 모임 같은 데서 지아키가 아들 하루키에 관한 화제를 꺼낸 적은 거의 없었다고 한다. 마쓰바라를 비롯한 주변의 동료들은 꽤 일찍부터 무라카미 하루키가 지아키의 아들이라는 것을 알고 있었다. 그러나 누군가가 그 일을 화제로 삼아도, 지아키는 "아들이 소설을 보내 온 적도 없고, 읽은 적도 없어서 잘 모른다."고만 했었다고 한다. 그렇지만 다른 한편으로 〈더치TOUTCH〉에서는 아들 하루키에 대해 "어렸을 때부터 책을 좋아해서, 중학생 때는 마르크스Karl Heinrich Marx, 노자老子, 니체Friedrich Wilhelm Nietzsche를 읽었어요. 고등학생이 되자 영어 원서를 읽기 시작했고요. 책과 마찬가지로 음악도 좋아해서, 도쿄에서 고향에 돌아오면 코트도 벗지 않고 피아노를 쳤어요."라고 증언하기도 했다.

마쓰바라는 지아키가 아들인 하루키 이야기를 화제로 삼지 않은 점이 그의 인품을 잘 나타내는 부분이라고 설명했다. 아들에 대한 화제를 꺼내지 않는 아버지의 모습을 이상하다고 해야 할지, 아니면 항간에 떠도는 부자 불화설을 뒷받침할 유력한 자료로 해석해야 할지는 이것만 가지고 판단할 수 없을 것 같다.

〈샌프란시스코 크로니클San Francisco Chronicle〉과의 인터뷰에서 "아버지의 장례식에 참석한 옛 제자들은 입을 모아 '그분은 정말 좋은 스승이었습니다.'라고 말했습니다. "그렇지만 저는 스승으로서 아버지가 어땠는지에 대해서는 전혀 모릅니다. 저는 그분의 학생이 아니었으니까요."라고 말한 것에 대해서는 겸손하다고, 혹은 냉담하다고도 해석할 수 있을 것이다. 어떤 의미에서는 이런 모습을 통해 두 사람이 피로 연결된 부자였다는 것을 간파할 수 있는 것 같다.

다음은 제이 루빈이 요코 부인에게서 들은 에피소드다.

>> 둘의 결혼에 있어 하루키의 부모에 대한 부분은 요코에게 오랫동안 응어리를 남겼고, 때로는 부담감으로 다가오기도 했다. 결혼하기 직전에 둘이서 아시야에 사는 하루키의 부모를 방문했을 때, 요코는 가위에 눌린 상태로 잠에서 깼다고 한다. 이것은 근육을 전혀 움직일 수 없는 상태로, 외국에는 거의 알려져 있지 않지만, 사회 시스템이 엄격한 일본에서는 자주 일어나는 현상이다. 이때 요코는 꼼짝도 못하고 누워 있다가, 그 상태가 나아져서야 겨우 하루키의 방에 갈 수 있었다고 한다. <<

이 에피소드는 이안 부루마가 말했던 하루키와 아버지의 소원한 관계에 대한 이야기를 떠오르게 한다.

>> 무라카미는 자신의 아버지에 대해 이야기하기 시작했다. 아버지

와 지금은 소원해져 있고, 거의 만나는 일도 없다는 것이었다. 아버지
는 장래가 기대되는 교토 대학 학생이었는데, 재학 중에 징병당해 육
군에 들어가 중국으로 건너갔다고 했다.

무라카미는 어렸을 때 아버지가 가슴이 철렁해지는 중국에서의 경
험담을 들려준 것을 기억 하지만, 그 내용이 어떤 것이었는지는 기억
에 없다고 했다. 아버지가 목격한 건지, 아니면 직접 한 일인지 잘 모
르겠다는 것이다. 어쨌든 아주 슬펐던 것만 기억난다고 했다. 하루키
는 비밀을 털어놓는다는 말투라기보다는 별것 아닌 이야기를 하듯 억
양 없는 목소리로 말했다. "어쩌면 그게 원인이 돼서 지금도 중국요리
를 못 먹는지도 모르겠다."고도 했다.

아버지께 중국에 관한 이야기를 더 물어보지 그랬냐고 하자, 무라카
미는 "묻고 싶지 않았다."라고 말했다. "그건 아버지에게도 마음의 상
처임에 틀림없다. 그렇기 때문에 내게도 마음의 상처인 것이다. 아버
지와 나는 사이가 좋지 않다. 아이를 만들지 않는 것은 그 때문일지도
모른다."고 대답했다.

나는 잠자코 있었다. 그는 계속해서 말을 이었다. "내 피 속에는 그
의 경험이 들어 있다고 생각한다. 그런 유전도 있을 수 있다고 나는 믿
고 있다." 무라카미는 아버지 일을 얘기할 생각이 없었던 것인지, 말해
놓고도 걱정이 된다는 듯, 다음 날 전화를 걸어 그 일은 쓰지 말아 달
라고 했다.

제이 루빈은 "무라카미가 중국요리를 못 먹는 것은 중국

에서 일본이 저지른 잔학 행위에 대한 그만의 독특한 민감함이 작용한 결과이다. 그러나 본인은 단순히 양념이 입에 맞지 않기 때문이라고 하며, 중국요리뿐만 아니라 한국 요리나 베트남 요리도 체질적으로 맞지 않는다고 이야기했다."고 밝히고 있다.

한편, 아이를 낳지 않는 점에 관해서 하루키는 다음과 같이 말하고 있다.

>> 세상이 좋아질 거라고 생각하지 않기 때문에 아이를 만들어서는 안 된다고 생각했습니다. …… 중략 ……

제 경우는 아이를 낳을 수 없습니다. 낳아도 된다는 확신이 없어서요. 우리 세대가 태어난 것은 1948~9년인데, 전쟁이 끝나고 세상이 곧 좋아질 거라는 생각이 부모들 사이에 있었던 게 아닐까 하는 생각이 들어요. 저에게는 그 정도의 확신이 전혀 없습니다. <<

최신작 『1Q84』에는 아버지와의 화해가 그려져 화제가 되었다. 물론 그 화해는 생물학상의 부자 관계가 아니라, 키워 준 아버지와의 화해였다. 그런 의미에서 『1Q84』의 화해는 일찍이 『노르웨이의 숲』에서 볼 수 있었던, 미도리의 아버지와 주인공 사이에 생긴 일종의 마음의 교류라는 형태에 불과한 것인지도 모른다.

아버지에 대한 언급을 되도록 피해 온 하루키지만, 신출내기 작가 시절인 1981년에는 아버지와의 추억을 그렸다고 할 수 있는 「8월의 암자 – 나의 『호죠키方丈記』 체험」이라는 에세이를 쓰기도 했다. 그 에세이의 첫머리 일부를 보자.

》　　초등학생 무렵, 아버지의 손에 이끌려 비와琵琶 호 근처에 있는 바쇼松尾芭蕉의 암자를 방문한 적이 있다. 그 당시 아버지께서는 학생들을 모아 작은 하이쿠 서클 같은 것을 하고 있었는데, 몇 달에 한 번은 모임을 겸해 소풍을 가거나 했다. …… 중략 ……

　어쨌든 우리들은 산 하나를 넘어 암자에 도착했다. 하지만 암자라고 부를 만한 운치가 있는 곳은 아니었다. …… 중략 ……

　공부를 하는 동안, 나는 혼자서 툇마루에 앉아 멍하니 바깥 경치를 바라보고 있었다. 그리고 인간의 죽음에 대해 생각했다. …… 중략 …… 그와 같은 단절된 장소에 이끌려 온 것은 처음이라, 일찍이 그곳에서 존재했던 삶을 강하게 의식하게 되었던 것이다. 옛날 여기에 하나의 삶이 존재했고, 그 삶을 차단한 죽음이 존재했다. …… 중략 …… 죽음은 존재한다. 그러나 두려워할 필요는 없다. 죽음이란 변형된 삶에 지나지 않는다.

　나는 극히 본능적으로 그것을 깨달았다. 어쩌면 아이답지 않은 느낌이라고 생각할지 모르지만, 아이이기 때문에 느낄 수 있는 것이라는 생각이 들었다. 내게 있어 그것은 기묘한 체험이었다. 생각할 수조차 없는 먼 장래라고는 해도, 언젠가는 나도 죽을 것이라는 생각이 처음으로 내 머릿속으로 들어왔던 것이다.

"죽음은 존재한다. 그러나 두려워할 필요는 없다. 죽음이란 변형된 삶에 지나지 않는다."라는 문장은 『노르웨이의 숲』의 '죽음은 삶의 대극에 있는 것이 아니라, 그 일부로서 존재한다.'라는 문구를 떠올리게 한다.

아무튼 이 에세이는 아버지가 하루키의 중학교 시절부터 고등학교 시절에 걸쳐 6년간 『만요슈万葉集』에서 『사이가쿠西鶴』에 이르는 일본의 주요 고전을 가르쳤다는 에피소드로 이어지고, 그 반동으로 외국 소설밖에 읽지 않게 되었다는, 이제는 하루키 독자의 대다수가 공유하고 있는 전설의 이면을 담고 있다.

그리고 무엇보다 흥미로운 것은 아버지가 읽도록 한 고전 중에서 『헤이케平家 이야기』와 『우케쓰雨月 이야기』, 『호죠키』 세 작품을 작가로 데뷔한 직후부터 소리 내어 읽게 되었다는 점을 밝히고 있다는 사실이다. 하루키는 그 이유를 이 세 작품에는 시간을 이중화시키는 공통점이 있기 때문이라고 설명했다. 이것은 『1Q84』에서 후카에리, 즉 후카다 에리코深田繪里子가 기자 회견에서 『헤이케 이야기』의 일부를 암송하는 장면을 떠오르게 하는 한편, 『해변의 카프카』에 삽입된 『우케쓰 이야기』와의 관련성을 연상하게 만든다. 극단적으로 말하자면, 시간의 이중화란 결국 하루키 문학의 근간인 두 개의 세계와 기본적으로는 같은 구조가 아닐까.

언제부터인지 무라카미 하루키와 아버지 지아키의 관계가 화제가 되고 있다. 하지만 부자 관계에 대한 흥미 본위의 접근 이전에 하루키가 아버지로부터 영향을 받은 여러 가지 사항들을 간과해서는 안 될 것이다.

최신작 『1Q84』를
둘러싸고

2009년 5월 말, 7년 만에 신작 장편 소설 『1Q84』 'BOOK 1', 'BOOK 2'가 신쵸샤에서 동시에 발매되었다. 그 후 불과 1개월 만에 'BOOK 1'의 판매 부수가 100만 부에 이르렀다. 그와 동시에 『노르웨이의 숲』과 『해변의 카프카』를 비롯해, 『1Q84』라는 제목의 원형으로 알려진 조지 오웰George Orwell 의 『1984년』, 그리고 작품 중에서 언급된 안톤 체호프Anton Pavlovich Chekhov의 『사할린 섬』도 갑자기 판매가 늘었다. 그뿐 만이 아니라, 작품 첫머리에 나오는 야나체크Leoš Janáček의 관현악곡 '신포니에타Sinfonietta'의 주문마저 쇄도했다. 이만하 면 정말 『1Q84』는 하나의 사회 현상이 되었다고 할 만하다. 2008년 미국발 리먼 쇼크Lehman Shock에 따른 세계적 불황과 경제 침체의 여파에 허덕이던 출판 및 관련 업계가 오랜만에 활기를 띠었다고 할 수 있을 정도였으니 말이다.

하루키는 2009년 9월 17일자 〈마이니치신문每日新聞〉에 실린 인터뷰에서 속편 'BOOK 3'를 집필 중임을 밝혔다. 그리고 2010년 1월 설날의 〈아사히신문〉에는 'BOOK 3'의 간행이 빨라져 4월에 판매될 예정이라는 취지의 광고가 실렸다.

'BOOK 1', 'BOOK 2'가 눈 깜짝할 사이에 베스트셀러가 되자, 『1Q84』에 대한 독해본, 공략본, 해설서, 좌담회, 대담, 논문, 에세이 같은 것이 쏟아져 나왔다. 그러나 그것 모두를 비평이라고 하기에는 진폭이 너무 크다. 게다가 객관적으로 작품을 읽어 냈다고 하기에는 시간적으로 너무 근접해 있어서, 정리하기엔 아직 이르다는 생각이 든다.

『1Q84』에 대한 가장 긍정적인 평가로는 제63회 마이니치 출판 문화상 수상을 거론할 수 있을 것이다. 마이니치 출판 문화상은 마이니치신문이 1947년에 창설한 공로상으로, 일반 간행물 중에서 '문학 · 예술', '인문 · 자연', '자연 과학', '기획'의 각 부문마다 뛰어난 작품을 골라서 해마다 저자와 출판사를 표창한다.

2009년 11월 26일자 〈마이니치신문〉에는 전날의 시상식에 참석하지 못한 무라카미 하루키의 수상 소감 '이야기의 빛을 믿으며'가 실렸다. 글 전체를 읽어 보자.

》　　　이번에 마이니치 출판 문화상을 받게 되어 기쁘게 생각합니다. 뽑아 주신 여러분께 깊은 감사의 말씀을 올립니다.

소설가란 시간을 상대로 싸운다고 생각하며 일해 왔습니다. 좀 더 젊었을 때, 그것은 제게 시간의 세례를 받아도 풍화되지 않는 작품을 써야 한다는 비교적 단순한 의미밖에 갖지 못했습니다. 하지만 나이를 먹어 감에 따라, 거기에는 남은 인생에서 앞으로 어느 정도의 작품을 쓸 수 있을 것인가 하는 부담감도 더해진다는 걸 알았습니다.

앞으로 어느 정도의 작품을 쓸 수 있을지, 특히 장편 소설을 얼마나 쓸 수 있을지는 저도 잘 모릅니다. 한 권의 장편 소설을 완성하는 데는 몇 년의 구상 기간과 몇 년의 집필 기간이 필요하고, 대량의 에너지도 필요합니다. 그렇기 때문에 완성된 하나의 장편 소설이 많은 독자들의 손에 들어가 그 나름의 평가를 받는다는 것은 제게 무엇보다도 격려가 되고, 새로운 의욕의 원천이 되기도 합니다.

요즘, 소설은 어려운 시기를 맞이하고 있다는 이야기를 자주 합니다. 사람들이 책을 읽지 않게 되었다, 특히 소설을 읽지 않게 되었다는 것이 세상의 통설이 되었습니다. 그러나 저는 그렇게 생각하지 않습니다. 생각해 보면 우리들은 최소 2000년 이상, 세계의 모든 장소에서 이야기라는 불꽃을 지켜 왔습니다. 그것은 어느 시대, 어떤 상황에서도 그 빛만이 밝힐 수 있는 고유한 장소를 가지고 있는 것입니다. 우리 소설가가 해야 할 일은 각각의 시점에서 그 고유의 장소를 하나라도 많이 찾아내는 것입니다. 우리에게 가능한 일은, 우리밖에 할 수 없는 일은, 아직 주변에 많이 있습니다. 저는 그렇게 믿고 있습니다.

지금 저는 『1Q84』의 'BOOK 3'를 쓰고 있습니다. 아마도 내년에는 발표할 수 있으리라 생각합니다만, 내년에 책이 나오고 나서 여러분께 "아이코, 맙소사, 1년만 더 기다렸으면 상 같은 건 안 줬어도 됐을 텐데."라는 말을 듣지 않도록 열심히 노력하겠습니다. 감사합니다.

반면 가장 비판적인 평가로는 아주마 히로키, 우노 쓰네히로宇野常寬, 후쿠시마 료타福嶋亮大, 마에다 루이前田塁의 '좌담회 : 무라카미 하루키와 미니멀리즘의 세계'에서의 논의를 꼽을 수 있을 것 같다. 이 좌담회에서는 출석자 네 명 전원이 『1Q84』에 대한 실망감을 드러내고, 일찍이 하루키가 『태엽 감는 새 연대기』 '제3부'로 도달했던 지점에서 오로지 후퇴만 거듭하고 있는 것이 아닌가 하는 염려를 표시한다.

또한 그들은 『1Q84』와 『태엽 감는 새 연대기』가 모두 '1984년'이라는 시간 축을 이야기의 핵에 놓고 있다는 점에 주목하면서, 하루키가 서른다섯 살이었던 1984년이라는 해를 특화시키고 있는 것은 아닐까 하는 해석을 내놓기도 했다. 하루키라는 작가에게 있어 서른다섯 살, 1984년이 갖는 의미가 무엇일까, 이 문제는 앞으로 이 작가를 논하는 데 있어 중요한 키워드가 될 것임에 틀림없다.

달리는 것과 쓰는 것

2009년 10월 분게이슌쥬에서 간행된 『달리기를 말할 때 내가 하고 싶은 이야기』는 제목에서도 나타나듯이, 무라카미 하루키가 런너runner로서의 자신을 이야기하는 에세이를 정리한 것이다. 그러나 이 에세이집은 단순히 자신을 말하는 데에서 그치지 않고 있다.

'서문 – 선택 사항으로서의 고통'에 따르면, 하루키가 달리기에 대해 책을 한 권 쓰고 싶다고 생각한 것은 대충 10년 전의 일이었다. 하지만 실제로는 2005년 여름부터 신작 형태로 조금씩 쓰기 시작해, 2006년 가을에 마쳤다고 되어 있다. 이 서론의 마지막에 '2007년 8월 모일'이라고 기록되어 있는 것으로 미루어 보면, 처음 쓰겠다고 마음먹은 것은 1997년 여름쯤이 아닌가 싶다. 실제로 수록된 아홉 개의 장에는 모두 각각의 날짜와 장소가 기록되어 있다. 제6장이 '1996년 6월 23일'이고, 그 이외에는 2005년 8월부터 2006년 10월까지 사이로 되어 있다. 그렇다면 집필의 계기는 1996년 6월 전후일 가능성이 높을 것이다.

1996년 6월 말이라면 그 전년도에 발표한『태엽 감는 새 연대기』로 2월에 제47회 요미우리 문학상을 받고, 일본 문단과의 관계가 회복되기 시작한 시기이다.

여기서 알 수 있는 것은,『태엽 감는 새 연대기』가 그때까지 하루키가 썼던 작품 중에서 가장 긴 장편이었고,『달리기를 말할 때 내가 하고 싶은 이야기』제6장에서 다룬 '사로마호 100킬로 울트라 마라톤'도 그가 완주한 것 중 가장 긴 레이스였다는 것이다. 말하자면 하루키는 자신의 생애에서 가장 긴 작품을 집필한 경험과 가장 긴 마라톤 레이스에 출전한 경험을 중첩시키고 있다는 것이다. 설령 이것이 확대 해석이라고 해도, 가장 긴 작품을 쓴 지 1년 만에 가장 긴 마라톤 레이스에 나갔다는 것만은 확실한 사실이다.

그러나 보다 중요한 문제는, 무라카미 하루키가 무슨 까닭으로 달리기에 대한 에세이들을『태엽 감는 새 연대기』완성 이후부터 쓰기 시작했는가 하는 것이다.

예를 들면 제1장 '2005년 8월 5일 하와이 주 카우아이 섬

: 누가 믹 재거Michael Philip Jagger를 비웃을 수 있겠는가?'에는, 2005년 7월 말에 하와이에 와서 콘도를 빌려 머문 이야기가 등장한다. 이 에세이에서 하루키는 "시원한 아침 시간마다 책상에 앉아 일을 하면서도 매일 거르지 않고 달렸다."고 밝히고 있다. 그리고 글은 이렇게 이어진다.

>> 끈기 있게 거리를 축적해 가는 시기이기 때문에 현재로서 시간은 그다지 문제가 되지 않는다. 그저 묵묵히 시간을 들여 거리를 달릴 뿐이다. 빨리 달리고 싶다고 느끼면 나름대로 스피드를 내지만, 설령 페이스를 올린다고 해도 그 시간을 길지 않게 한다. 몸이 지금의 기분 좋은 느낌을 그대로 내일로 가져갈 수 있도록 주의하는 것이다. 장편소설을 쓸 때와 마찬가지 요령이다. <<

이 뒤에도 '달리는 일'과 '소설을 쓰는 일'은 계속 비교된다.

>> 적어도 내게 있어서는 소설가라는 직업에 승패는 없다. …… 중략 …… 쓴 것이 자신이 설정한 기준에 도달했는지 아닌지가 무엇보다 중요해지고, 그것은 간단하게는 변명할 수 없는 것이다. 다른 사람에게는 뭐라고든 적당히 설명할 수 있을 것이다. 하지만 자기 자신의 마음을 속일 수는 없다. 그런 의미에서 소설을 쓴다는 것은 풀 코스 마라

톤을 달리는 것과 비슷하다.

　　이어서 40대 중반부터 레이스 시간이 늘어나지 않게 됐다는 이야기가 나온다. 하루키는 그것이 신체적인 능력의 한계라고 말하면서도 '주자의 우울runner's blue'이라고 일컬어지는 일종의 권태기에 대한 고백을 털어놓는다. 한편으로는 예술가의 정점이라는 것은 사람마다 다르다면서, 도스토예프스키Fyodor Mikhailovich Dostoevskii와 도메니코 스카를라티Domenico Scarlatti의 사례를 들고 있다.

　　하지만 '달리는 일'과 '소설을 쓰는 일'에 대한 비교는 여기까지이고, 어느덧 화제는 소설가의 고독으로 바뀌어 "원래

직업적 소설가가 누군가에게 사랑을 받는다는 것이 논리적
으로 가능한 일인지 모르겠다."는 결론에 도달한다. 그리고
현재에 대해서는 "어쨌든 나는 다시 한 번 달리는 생활을 되
찾았다. 꽤 성실하게 달리기 시작해, 지금에 와서는 아주 진
지하게 달리고 있다."고 말하고 있다.

수라의 길

　일찍이 무라카미 하루키는「문학 전집이란 대체 무엇인가」라는 에세이에서, "어느 문학 전집에『1973년의 핀볼』을 싣고 싶다는 요청이 있었는데, 나는 아직 문학 전집에 들어갈 정도로 훌륭한 작가가 아니라고 생각해서 최종적으로 허락하지 않았다."는 이야기를 남겼다. 그런데 이 일은 불행한 사건과 엮이게 되었고, 하루키는 그에 대한 결의 같은 것을 다음처럼 말하고 있다.

　　훨씬 나중에, 이 전집의 기획을 담당하신 분이 전집 간행 도중에 투신자살하셨다고 들었다. 아마 나에게도 전집 간행 문제로 전화를 주셨던 분 같았는데, 간행 당시의 피로 탓인 것 같다고 했다. 물론 어떤 사람이 죽음을 선택하게 되는 진짜 이유 따위는 아무도 알 수 없다. 하지만 그 피로의 몇 퍼센트쯤은 어쩌면 내가 만든 것일지도 모른다. 그렇다면 정말 죄송하다고 생각한다. 하지만 만약 지금 그와 비슷한 사태가 다시 한 번 일어난다고 해도, 나는 역시 같은 행동을 할 것이다.

글을 쓴다. 제로에서 무언가를 만들어 낸다고 하는 것은, 결국은 칼로 찌르고 주먹으로 치고받는 세계이다. 모든 사람에게 싱글벙글 웃으며 좋은 표정만 짓는다는 것은 불가능하며, 본의 아니게 피를 보게 되는 경우도 있다. 그리고 그 책임은 내가 확실하게 양어깨에 짊어지고 살아갈 수밖에 없다.

이 에피소드는 무라카미 하루키라는 작가가 확실히 수라의 길고통의 길, 싸움과 피로 물든 고난의 길을 의미을 살아가고 있다는 것을 말해 주고 있다.

그가 "소설이 10만 부 팔렸을 때, 나는 많은 사람들에게 사랑받고 지지받고 있다고 느꼈다. 하지만 『노르웨이의 숲』이 백 몇 십만 부나 팔리게 되자, 나는 아주 고독해졌다. 그리고 내가 많은 사람들에게 미움을 받는 혐오의 대상이 된 것처럼 느껴졌다."라고 말했던 것을 기억하고 있다.

그렇다면 최신작 『1Q84』의 판매가 각각 100만 부를 넘어선 지금, 그의 가슴에는 어떤 생각이 떠오르고 있을까.

하루키의 문학

바람의 노래를 들어라

한국어판 문학사상, 윤성원 옮김, 1996년 1월(초판)

원전 초출 : 〈군조〉 1979년 6월
초판 : 『바람의 노래를 들어라』 고단샤, 1979년 7월

》 줄거리

20대의 마지막 해를 맞은 '나'는 글을 쓰기로 마음먹고, 1970년 여름을 떠올린다. 그 무렵 도쿄에 있는 대학에 다니던 '나'는 여름방학을 맞아 고향으로 돌아간다. 그리고 대학생이 된 해에 만났던 '쥐'라는 별명을 가진 친구와 함께 '제이스 바'라는 술집에서 매일 술을 마신다.

혼자서 술을 마시고 있던 어느 날, '나'는 만취한 여자를 부축해 집에 데려다 주고는 아침까지 그 옆을 지킨다. 그녀는 아침까지 머문 '나'의 행동을 오해한다. 사실 아무 일도 없었지만, 만취해 있을 때 강간당했다고 여겼기 때문이다.

며칠 후 '나'는 쥐의 생일 선물을 사기 위해 우연히 들른 레코드 가게에서 그녀와 다시 만난다. '나'는 식사라도 하자고 권하지만, 매몰차게 거절당하고 만다.

그러고 나서 일주일 뒤, 갑자기 그녀가 '나'의 집으로 전화를 걸어 와 오해가 풀렸다 말하고, 두 사람은 제이스 바에서 만난다. '나'는 그녀의 집에 초대받아 식사를 하고, 다음 날 그녀는 여행을 떠나 버린다. 어느덧 여름방학이 끝나고, '나'는 도쿄로 돌아온다.

그해 봄에 '나'의 여자 친구는 자살했고, 쥐는 애인과 헤어졌다. '나'는 마음의 상처를 치유하기 위해, 여행을 떠난 그녀를 기다린다. 돌아온 그녀를 만난 '나'는 그녀가 여행을 다녀온 것이 아니라, 임신 중절 수술을 하고 온 것이라는 고백을 듣는다.

삼인 삼색의 서글픈 여름은 이렇게 해서 지나갔다.

>> 감상 포인트

제22회 군조 신인 문학상을 받은 무라카미 하루키의 첫 장편소설이다. 소설의 제목 '바람의 노래를 들어라'는 카포티의 단편 「마지막 문을 닫아라」의 마지막 구절, '아무것도 생각하지 않을 거야. 그저 바람에만 마음을 기울이자.'에서 따왔다고 한다.

소설이 40개의 짧은 장으로 구성되어 있고, 시간적 배열이 고르지 않은 변칙적인 이야기인 이유는 피터 캣츠를 경영하면서 가게 문을 닫은 후에 한 장씩 집필했기 때문이라고 한다. 그러나 이것이 〈처음〉→〈중간〉→〈끝〉의 순서로 완성된 이야기를 일부러 해체한 치밀한 작품이라는 해석을 피할 수 있는 변명은 아니다. 작품 속에 여러 가지 치밀한 장치를 도입하기로 유명한 하루키가 데뷔작이라 해서 대충 썼다고는 생각하기 어렵기 때문이다.

너무 유명해서 예로 들기 적당할지 모르겠지만, 『바람의 노래를 들어라』에서는 데릭 하트필드라는 가공의 작가를 등장시켜 장치로 삼았다. 이 장치는 수법이 매우 대담하고 미세한 점 – 묘비명이나 연구서의 인용 등 – 까지 공을 들였는데, 이와는 반대로 어딘가 미심쩍은 부분도 함께 가지고 있다. 이를테면 하트필드의 죽음에 대한 묘사 같은 것이 그러한데, 이는 은폐와 현시의 병존이라고 할 만한 것이다. 그 때문에 출판 직후의 합동 비평회에서 장치의 가공성이 지적됐을 정도이다.

나중에 하루키는 데릭 하트필드에 얽힌 이야기를 다음과 같이 밝힌 바 있다.

》　　나는 커트 보네거트, 로버트 하워드Robert E. Howard, 러브크래프트H. P. Lovecraft 같은 작가를 좋아해서, 그들을 섞어 하나로 만든 겁니다. 데릭 하트필드의 책에 대한 주문이 있어서, 어느 서점이 곤란했다는 이야기를 들었어요(웃음). 출판사에서도 문제가 되었지요. '후기'에 썼죠? '후기'에서 거짓말을 하면 안 된다고 해서(웃음), 꽤 큰 문제가 되어서, 참 어렵네요.　　《

양을 둘러싼 모험

한국어판 문학사상, 신태영 옮김, 2002년 9월(초판)

원전　초출 : 〈군조〉 1982년 8월
초판 : 『양을 둘러싼 모험』 고단샤, 1982년 10월

》 줄거리

내가 그녀를 처음 만난 것은 1969년 가을, 나는 스무 살, 그녀는 열일곱 살 때였다. 그리고 다음 해 봄까지 일주일에 한 번, 화요일 저녁마다 그녀가 내 아파트에 찾아오게 되었다. 1970년 11월 25일 오후, 우리들은 숲을 빠져나와 ICU 캠퍼스까지 걸어가, 언제나처럼 라운지에 앉아 핫도그를 먹었다. 오후 2시, 라운지의 텔레비전에는 미시마 유키오三島由紀夫의 모습이 몇 번이고 되풀이해서 방영되고 있었다.

1978년 7월, 그녀는 스물여섯에 죽었다. 신문에서 우연히 그녀의 죽음을 알게 된 친구가 전화로 그 사실을 알려 주었다.

7월 24일, 그녀의 장례식 후에 신주쿠에서 밤새 술을 마시고 집으로 돌아오자, 이혼한 아내가 자기 짐을 가지러 와 있었다. 내가 이혼을 승낙하고 아내가 아파트를 나간 지 한 달이 지났다. 나는 앞으로 몇 달 뒤면 서른이 된다.

내가 새 여자 친구와 만난 것은, 아내와 헤어진 직후인 8월 초였다. 여름의 끝 무렵인 9월, 정오를 조금 지났을 때 전화가 걸려 오고, 양을 둘러싼 나의 모험이 시작되었다.

나와 동업자가 경영하는 작은 사무소에 그 남자가 찾아온 것은 오전 11시였다. 남자는 동업자에게 우리 사무소에서 만든 어느 생명보험 회사의 PR지 발행 중지를 요구했다. 그 남자가 남기고 간 명함에 따르면, 그는 모 우익 거물의 제1비서였다. 그들은 잡지에 실린 어떤 사진을 걱정하고 있었던 것 같다. 문제의 사진은 양의 무리를 찍은 것이었다.

4시에 나를 데리러 차가 도착했다. 차는 좀 높은 언덕에 있는 메이지 풍의 서양식 건물로 나를 데려다 주었다.

1977년 12월 21일자 소인으로 아오모리青森에서 '쥐'의 첫 번째 편지가 도착했다. 1978년 5월까지밖에 판독할 수 없는 소인이 찍힌 두 번째 편지에는, 5년 전에 거리를 떠날 때에 연락하지 못했던 '제이'와 내가 모르는 어떤 여자에게 작별 인사를 전해 달라는 말과 함께 한 장의 양 사진도 들어 있었는데, 그것을 공개해 달라고도 적혀 있었다. 10만 엔짜리 수

표가 동봉되어 있었는데, 발행처가 삿포로札幌의 은행이었
다.

내가 거리로 돌아온 것은 6월이었다. 4년 만의 귀향이었
다. 제이스 바는 완전히 바뀌어 있었다. 나와 쥐가 자주 드
나들던 가게는 2대째로, 지금은 원래 있던 자리에서 500미
터 정도 떨어진 강 언저리에 있었다. 나는 제이에게 쥐에게
서 온 두 통의 편지를 보여 주고, 맥주를 마시다가 붐비기
시작할 무렵 가게를 나왔다. 9시였다. 쥐가 편지를 전해 달
라던 그녀는 다음 날, 약속한 5시가 훨씬 지나서야 겨우 나
타났다. 쥐의 편지를 그녀에게 건넨 나는 호텔로 돌아갔다.

비서가 예의 잡지에 실렸던 양 사진의 배경이 되는 장소
에 대해 물었지만, 나는 대답하지 않았다. 그러자 그는 이
저택에서 노인 한 사람이 죽어 가고 있다는 것을 알려 줬다.
그 노인은 일찍이 A급 전범이었지만 중요한 정보와 교환하
여 석방이 되었고, 그 후 우익 사상가로 전후 정치의 은막에
서 커다란 영향력을 행사했다고 한다. 그리고 이것은 가설
인데, 이번 사진에 찍힌 그 양은 특수한 생물로, 등에 별 모
양이 달려 있고, 노인이 젊었을 때 몸 안에 잠입하여, 그가
지금의 인물로 출세하게 된 의지의 원형을 이루고 있을지도
모른다는 것이었다. 비서는 나에게 사진의 출처를 말할 수

없다면 그 양을 찾아 나서라고 요구한다. 나는 그 요구를 받아들였다. 기한은 두 달이었다.

집으로 돌아가는 도중, 고층 호텔 꼭대기에 있는 넓은 바에서 맥주를 마시고 있는데, 천정에 파묻힌 스피커에서 내 이름을 부르는 소리가 들렸다. 웨이터에게 손짓을 하자, 휴대용 무선 전화기를 가져왔다. 비서는 선생이라 불리는 그 노인의 상태가 악화되어 기한이 한 달로 단축되었다고 알려 왔다.

나는 사실 정말로 양을 찾으러 갈 생각은 없었는데, 여자 친구가 재촉하는 바람에 홋카이도北海道에 가기로 결심한다. 일을 의뢰한 비서에게 전화로 내 고양이를 돌봐 달라는 부탁을 하고, 여자 친구와 함께 홋카이도로 여행을 떠난다. 그때까지 고양이는 이름이 없었는데, 나를 데리고 가던 운전수가 정어리라 이름 붙여 주었다.

삿포로에 도착한 우리는 먼저 범죄 영화와 오컬트 영화 두 편을 보았다. 그런 다음 레스토랑에서 식사를 하면서, 묵을 장소를 정하기 위해 웨이터에게 전화번호부를 가져오게 했다. 40개 정도의 여관과 호텔 이름을 다 읽었을 때, 그녀가 '돌핀 호텔' 즉, '돌고래 호텔'에 머물 것을 제안했다.

돌고래 호텔은 5층짜리 건물이었다. 가까이서 보니 꽤 낡았지만, 그녀는 한눈에 마음에 들어 하는 것 같았다. 우리는 다음 날부터 관광 안내소, 관광 회사, 등산 협회 같은 곳을 전부 돌아다녔지만, 나흘이 허무하게 지나가 버렸다. 나는 4개의 신문에 '쥐, 연락 바람. 긴급!!'이라는 세 줄짜리 광고를 실었다. 하지만 만족스런 정보는 얻지 못했다. 8일이 지났을 때, 호텔 지배인으로부터 이 돌고래 호텔 건물이 원래 홋카이도 면양 회관이었고, 2층에 면양 자료실이 있다는 이야기를 들었다. 유일한 단서인 사진을 보여 주자, 지배인은 그것이 그 호텔의 천정 가까이에 걸려 있는 액자 속 경치 같다고 말했다. 그리고 2층 방에 기거하고 있는 그의 아버지가 양에 관한 일이라면 뭐든지 알고 있는 '양 박사'니, 사진의 장소를 알 것이라고 말한다.

아들의 말에 따르면, 양 박사는 어렸을 때부터 신동이라 칭찬받던 우수한 인물로, 대학을 수석으로 졸업하고 농림성에 들어가 군대의 의뢰로 만주로 건너갔다고 한다. 그곳에서 시찰을 나섰다가 행방불명이 되는데, 그 뒤로 양 박사가 양과 특수한 관계를 맺었다는 소문이 돌게 되어, 엘리트 코스에서 제외되었다 한다.

나는 양 박사와의 만남을 통해, 그의 몸속에 들어갔다 나온 양이 어느 우익 청년의 몸에 들어갔고, 그가 전후의 정치·경제·정보의 암부를 장악하는 거물이 되었다는 사실을 알게 된다. 또한 양 박사로부터 유일한 단서인 사진 속의 장소를 알아내고, 거기에 쥐라고 여겨지는 인물이 있다는 것도 알게 된다. 하루 종일 준비를 한 나는 돌고래 호텔을 뒤로 한다.

그 장소는 아사히카와旭川에서 3시간 정도 거리에 있는 쥬니타키十二滝 쵸의 목장이었다. 아침 일찍 출발하여 그곳에 도착한 것은 2시 40분이었다. 역무원에게 소개받은 여관에 들어가 여자 친구가 목욕하는 동안에, 나는 동사무소에 가서 산 위에 있는 목장에 대해 물어보았다. 직원은 그 목장이 지금은 마을에서 운영하는 면양 회관이 되었다고 했다. 그러면서 전화를 걸어 보더니, 지금 가면 관리인을 만날 수 있다고 하며 자신의 차로 직접 나를 데려다 주었다.

관리인은 마을과는 별도로 근처에 있는 별장 주인에게 고용되어 있었다. 그 주인은 3월경에 와서 묵었다고 했다. 나는 쥐의 아버지가 홋카이도에 별장을 가지고 있던 것을 기억해 냈다.

다음 날 아침 8시에 관리인의 지프가 여관으로 나를 데리러 왔다. 관리인은 별장에 전화를 했지만, 전화가 연결되지 않는다고 했다. 마지막으로 전화를 한 것은 지난달 20일쯤이라는 것이었다. 관리인은 도중까지 데려다 주었지만, 언제 무너질지 모르는 불길한 커브를 앞두고 돌아가 버렸다. 나와 여자 친구는 한 시간 정도 걸어간 뒤에야, 사진을 통해 몇 백 번이나 봤던 경치를 직접 보게 된다. 초원을 가로질러 미국 풍의 오래된 2층짜리 목조 건물이 보였다.

관리인이 가르쳐 준 대로, 우편함 속에서 열쇠를 꺼내 집 안으로 들어갔다. 쥐의 모습은 아무 데도 없었다. 2층에 있는 3개의 침실 가운데 가장 안쪽의 작은 방에만 사람 냄새가 남아 있었다. 피곤함을 느낀 나는 여자 친구의 권유대로 잠들었다. 시계가 6시를 울렸을 때, 나는 소파 위에서 잠이 깼다. 집 안이 암흑에 둘러싸여 있었다. 나는 본능적으로 그녀가 이미 여기에 없다는 것을 알아챘다.

다음 날 2시에 양 사나이가 찾아왔다. 그는 머리부터 양가죽을 푹 뒤집어쓰고 있었고, 모든 걸 잘 알고 있다는 듯 집 안을 돌아다녔다. 양 사나이가 술을 마시고 싶다고 해서, 온더락을 만들어 건배도 하지 않고 마셨다. 그는 내 여자 친구를 돌고래 호텔로 돌려보냈으며, 이젠 다시 만날 수 없다고 했다.

나는 양 사나이에게 쥐에 관한 일을 물었지만, 그는 모른다고 대답했다. 또 오겠다는 말을 남기고 양 사나이는 돌아가 버렸다.

그러고 나서 3일간 아무 일도 일어나지 않았다. 나는 음식을 만들어 먹고, 책을 읽고, 날이 저물면 위스키를 마시고 잠들었다.

저녁 식사 후에 콘래드_{Joseph Conrad}의 소설을 읽다가, 쥐가 책갈피 대신으로 사용하던 신문지 조각을 발견했다. 뭔가 마음에 걸려 뒷면을 보니, 내가 실었던 3줄짜리 광고가 눈에 들어왔다. 쥐는 내가 찾고 있다는 것을 알고 있었다. 하지만 무슨 이유인지 연락하지 않았던 것이다. 그러나 그는 나를 거부하지는 않았다. 나는 양 사나이가 뭔가를 알고 있다고 생각했다.

다음 날 나는 양 사나이가 사라져 버린 방향으로 길을 나섰다. 한 시간 정도 걷고 있는 동안에 방향 감각을 잃어 버렸다. 양 사나이를 찾고 있을 때가 아니었다. 10분 정도 헤매고 나서야 겨우 낯익은 길로 나올 수 있었다.

양 사나이가 다리 옆에 앉아서 나를 보고 있었다. 나는 양 사나이에게 쥐에 관해 물었지만, 그는 아무 대답도 하지 않았다.

9일째 정오가 조금 지난 무렵, 나는 낡은 책 한 권을 누군가 아주 최근까지 읽은 것 같다는 사실을 알아챘다. 그 책에

끼워져 있는 메모에서 죽어 가고 있는 우익 거물이 쥬니타 키 쵸 출신이라는 것도 알았다. 그렇다면 비서가 그것을 모를 리 없다는 것에도 생각이 미쳤다. 나는 혼란스러웠고 화가 나기 시작했다. 바로 산을 내려가고 싶었지만, 모든 것을 집어치우기엔 이미 너무 깊숙이 들어와 있었다.

10일째 아침, 나는 모든 것을 잊기로 했다. 저녁 무렵 계단참에 있는 커다란 거울이 더러워져 있는 것을 발견하고 닦았지만, 더러움이 지워지지 않았다.

12일째에 세 번째 눈이 내렸다. 눈 속을 양 사나이가 찾아왔다. 나는 양 사나이가 거울에 비치지 않는다는 것을 깨달았다. 나는 양 사나이에게 친구가 오늘 밤 10시에 올 거고, 나는 내일 돌아갈 거라고 말했다.

시계가 9시를 알렸다. 쥐는 약속 시간보다 한 시간이나 빨리 왔다고 말했다. 한동안 맥주를 마시며 쥐와 이야기를 나눈 다음, 나는 '넌 이미 죽은 거지.' 하고 물었다. 쥐는 내가 여기에 오기 일주일 전에 양을 삼킨 채, 부엌 대들보에 목을 매달아 죽었다. 그는 양 사나이의 몸을 빌리고 있었던 것이다. 나는 그 사실을 알고 있었다. 쥐가 떠난 뒤, 침묵 이외에 아무것도 남지 않았다.

나는 견디기 어려운 오한에 휩싸여 침대로 파고들었고,

꿈을 꾸었다. 다음 날, 눈을 뜨니 아침 7시 30분이었다. 간단히 아침 식사를 하고 짐을 챙겼다. 나는 꿈속에서 지시받은 대로, 손목시계가 9시가 되는 것을 확인하고 나서, 벽시계의 3개의 분동을 감아올려 바늘을 9시에 맞추었다. 그다음에 무거운 시계를 옮겨, 뒤에 나와 있는 4개의 코드를 이었다.

올 때와 같은 길로 돌아가는 도중에 낯선 지프가 서 있는 것을 발견했다. 비서가 일주일 전에 선생이 죽었다는 사실을 알려 주었다. 그는 양을 정신적인 움막에서 끄집어내기 위해 나를 속였던 것이었다. 비서는 양을 손에 넣기 위해 별장으로 향하고, 나는 보수로 받은 수표를 쥐고 지프로 역까지 갔다.

상행 열차는 정각 12시 출발이었다. 열차가 움직이기 시작했을 때, 먼 곳에서 폭발음이 들렸다. 3분 정도 뒤에 산 근처에서 한 줄기 검은 연기가 피어오르는 것이 보였다. 열차가 오른쪽으로 커브를 꺾을 때까지 나는 30분이나 그 연기를 바라보고 있었다.

양 박사에게 모든 것이 끝났다는 것을 알리고 방을 나오자, 그는 소리를 죽이고 울었다. 돌고래 호텔 지배인은 내 여자 친구가 간 곳을 몰랐다. 나는 텔레비전을 틀어 뉴스를 보았다. 산 위에서 일어난 폭발에 관한 보도는 없었다. 다음 날 비행기는 다시 한 번 날아올랐다. 나는 제이에게 수표를 맡기고 가게 공동 운영자로 해 줄 것을 부탁했다. 제이는 신기하게도 30분이나 옛이야기를 했다.

제이스 바를 나온 나는 강을 따라 하구까지 걸어가, 5미터 밖에 남지 않은 모래사장에 앉아 두 시간이나 울었다.

>> 감상 포인트

해외, 특히 영어권에서는 『양을 둘러싼 모험』이 무라카미 하루키의 데뷔작으로 알려져 있는 것 같다. 이 작품은 하루키의 데뷔작이라 할 수는 없어도, 진정한 의미의 첫 장편 소설이라고 하기에는 충분하다. 하루키는 이 작품을 쓰기 위해 순조롭게 운영되던 피터 캣츠를 팔고, 일부러 홋카이도로 취재 여행까지 다녀온다. 배수의 진을 치고 쓴 작품인 셈이다.

이번에 줄거리를 정리하다가, 새삼 『양을 둘러싼 모험』이란 대체 어떤 소설일까 생각해 보게 되었다. 아니, 무라카미 하루키의 장편이란 무엇일까로 바꿔 말해야 할지도 모르겠다. 정리해 놓고 보니, 줄거리의 약 반 정도를 마지막 장인 제8장이 차지하고 있었다. 하지만 '양을 둘러싼 모험'이란 쥐를 찾는 이야기와 같으며, 그 결과는 처음부터 드러나 있는 것처럼 보인다.

이 작품은 그렇지 않지만, 하루키는 단편으로 쓴 것을 나중에 장편으로 고쳐 쓴 일이 많은데, 그것은 하루키의 단편과 장편이 기본적으로 같은 요소로 만들어졌다는 것이 아닐까? 장편 이전에 단편이 하루키의 본질이 아닐까 생각한다.

『양을 둘러싼 모험』은 제1장과 나머지 부분이 똑같이 중요하다. 각 장의 비중을 따지기보다 구분을 해 보자면, 제1장은 단편으로 독립이 가능하다. 처음에 죽은 여성은 쥐의 죽음을 상징하는 메타포metaphor이며, 제2장부터 제8장까지는 쥐의 죽음을 확인하기 위해 양 사나이를 만나러 가는 내용의 장편이라고 볼 수 있을 것이다.

세계의 끝과 하드보일드 원더랜드

한국어판 문학사상, 김진욱 옮김, 1996년 6월(초판)

원전 초출·초판본 :
『세계의 끝과 하드보일드 원더랜드』 신쵸샤, 1985년 6월

》 줄거리

하드보일드 원더랜드 – 홀수 장

　계산사計算士인 나는 무의식의 핵을 이용해 정보를 암호화하거나 암호화된 정보를 해독하는 '샤프링'이라는 일을 한다. 어느 날 경계가 삼엄한 건물로 불려 가 일을 하게 되는데, 한참을 올라가던 엘리베이터가 멈추고 문이 열린 곳에는, 핑크 빛 정장과 하이힐을 신은 젊고 뚱뚱한 여자가 서 있었다. 그녀의 안내로 나는 어느 박사의 비밀 연구실을 방문하여 통상적인 요금의 2배를 받고 일을 했다. 돌아갈 때, 박사의 손녀이자 비서인 이 뚱뚱한 여자는 내게 둥근 모자 상자 같은 것을 건네주었다.

 일을 끝내고 아파트로 돌아온 나는 10시간 정도 잠들었다. 잠에서 깨어나 상자 안을 확인하니, 안에는 동물의 두개골이 들어 있었다. 그 두개골이 어떤 동물의 것인지 조사하기 위해 도서관에 갔다.

 도서관에서 일하는 머리가 길고 마른 여자에게 '포유류 두개골에 관한 자료'를 찾아 달라고 부탁하자, 그녀는 세 권의 책을 가져다주었다. 아파트로 돌아와 그 책들을 읽으려는데, 웬 남자가 찾아왔다. 그 남자는 기호사記號士의 조종을 받고 두개골을 훔치려 했다. 두개골을 자세히 조사해 보니, 아무래도 일각수의 뼈가 아닐까 하는 생각이 들었다.

 나는 도서관에 전화를 걸어 두개골 자료를 찾아 준 직원에게 일각수에 대한 조사를 의뢰하고, 관련된 책을 가져다주려고 온 그녀와 깊은 관계가 된다.

 도서관 직원이 돌아간 뒤, 나는 '세계의 끝'이라는 패스워드를 사용하여 샤프링을 했다. 샤프링을 마치고 잠자리에 들었을 때, 박사의 손녀딸로부터 전화가 왔다. 박사가 '야미쿠로やみくろ'에게 납치당했다는 것이다. 우리는 슈퍼마켓에서 만나기로 했으나 그녀가 나타나지 않아, 할 수 없이 나는 방으로 돌아왔다. 11시경에 거구의 남자와 작은 남자가 방문을 부수고 쳐들어왔다.

작은 남자는 나에게, 박사는 계산사와 기호사가 서로 버티는 이 세계의 구성을 바꾸려는 연구를 하고 있었고, 그 때문에 나라는 존재가 필요하다고 했다. 거구의 남자는 내 방을 다 부수고, 작은 남자는 내게 상처를 입히고 돌아갔다.

이런 소란을 겪은 다음에도 다 망가진 방에서 잠들어 있었는데, 박사의 손녀딸이 찾아와 다시 잠을 방해했다. 그녀는 이대로 가면 세계가 끝나 버린다고 말했다. 그녀와 작은 남자의 이야기로 미루어, 박사는 내게 일을 의뢰하는 척하며 샤프링을 시켰고, 그 일로 내 의식에다 숨겨진 코드에 반응하는 일종의 시한폭탄을 장치했다는 것을 알게 되었다.

나는 그녀와 함께 박사를 찾기 시작했다. 박사의 사무실에서 세계의 끝까지 앞으로 36시간밖에 남지 않았다는 것을 알게 되었다. 결국 야미쿠로가 사는 지하로 내려갈 수밖에 없었다.

우리는 박사를 찾아 야미쿠로가 있는 지하로 갔다. 그 곳에서 일각수의 뼈가 나 자신이 가지고 있는 특수한 의식의 이미지를 본뜬 것이라는 사실을 알게 되었다. 그리고 '세계의 끝'이란 지금 있는 이 세계가 끝나는 게 아니라 내 의식의 종말을 의미하며, 그 일로 나 자신은 일종의 불사不死 상태에 이르게 된다는 설명을 들었다.

나와 박사의 손녀딸은 지상으로 나왔다. 그곳은 지하철 긴자선銀座線 아오야마靑山 1번지 역 부근이었다. 거기에서 밖으로 나와 택시를 타고 둘이서 아파트로 돌아왔다. 방은 깨끗하게 정리되어 있었다. 그녀가 목욕하는 동안, 나는 도서관 직원에게 전화를 걸어 보았다.

방을 정리한 것은 도서관 직원이었다. 나는 그녀와 만날 약속을 하고, 박사의 손녀딸과는 따로 행동하기로 했다. 도서관 직원과 함께 이탈리아 레스토랑에서 엄청난 양의 식사를 하고, 그녀의 집으로 가 섹스를 세 번 했다. 그런 다음 둘이서 빙 크로스비Bing Crosby의 레코드를 들었다. 그의 노래에 맞춰 나는 '대니 보이Danny Boy'를 불렀다. 이유도 없이 슬퍼졌다.

얼마나 잤는지 모르지만 그녀가 깨워 일어나 보니, 테이블 위에 일각수 뼈가 크리스마스트리처럼 빛나고 있었다. 4시 16분이었다. 나는 내 방에 전화를 해 보았다. 아무도 받지 않았다. 날이 밝자 두개골의 빛도 사라져 갔다.

나와 그녀는 히비야日比谷 공원 옆에 차를 세우고, 잔디에 드러누워 맥주를 마신 다음 헤어졌다. 공중전화로 내 방에 전화를 해 보니 박사의 손녀딸이 받았다. 박사에게 다녀왔다는 것이었다. 그녀는 내 방에서 살기로 했다고 말하며, 의식을 잃은 나를 냉동시켜 두겠다고 했다.

나는 하루미晴海 부두로 가겠다고 말했다. 11시에 공원을 뒤로하고 항구에 도착했다. 졸음이 쏟아져 왔다. 밥 딜런Bob Dylan의 노래가 흐르고 있었다.

세계의 끝 – 짝수 장

마을 끝은 7~8미터의 커다란 벽으로 둘러싸여 있었다. 내가 최초로 이 마을에 왔을 때는 봄이었는데, 짐승들이 여러 색깔의 짧은 털을 몸에 감싸고 있었다. 가을이 다가오자 그들의 몸은 금색의 긴 털로 뒤덮였다. 그 짐승들을 돌보고 있는 '문지기'가 내 눈에 칼로 표시를 했고, 나는 이 거리의 도서관에서 꿈 읽기를 하고 있다.

처음 도서관을 방문했을 때, 그곳의 직원인 여자를 만났는데, 그 얼굴은 내게 뭔가를 생각나게 했다.

나와 '대좌大佐'가 살고 있는 곳은 마을 남서부에 펼쳐진 관사官舍 지구였다. 내가 이 거리에 왔을 때, 문지기에게 그림자를 맡겨야 했다. 대좌의 말에 따르면, 내가 그림자를 되찾을 가능성은 이제 없다고 했다. 그럼에도도 불구하고 나는 가끔 문지기가 살고 있는 곳에 그림자를 만나러 갔다. 둘만 남았을 때, 그림자는 나에게 이 거리의 지도를 만들라고 했다.

나는 지도를 만들기 위해 거리의 서쪽 끝, 문지기의 오두막이 있는 서쪽 문 근처부터 조사를 시작했다. 하지만 가을이 되어도 이 거리의 막연한 윤곽밖에 그리지 못했다.

겨울이 되기 전에 지도를 완성하려던 나는, 너무 무리한 나머지 조사 도중에 깊은 잠에 빠져들고 말았다. 깨어났을 때는 겨울의 방문을 알리는 첫눈이 내 볼을 때리고 있었다. 나는 겨우 도서관에 도착했지만, 열이 나서 다시 잠들어 버렸다. 나는 열흘 동안 대좌의 집에서 요양했는데, 그곳에서 도서관 직원인 여자의 그림자가 그녀 나이 열일곱 살 때 죽었고, 규정대로 사과나무 숲에 묻혔다는 이야기를 들었다. 겨우 도서관으로 돌아간 나는 꿈 읽기 작업에 복귀했다. 본격적으로 겨울이 찾아오자 짐승들은 죽기 시작했다.

어느 날 나는 도서관에 있는, 아무도 사용하지 않는 옷에 대해 물으려고 문지기에게 갔다. 문지기는 질문에 대답을 해 주고, 내가 악기를 찾고 있다는 것을 알아채고는 숲 속 발전소의 관리인에게 물어보라고 조언해 주었다. 또한 내 그림자와도 만나게 해 주었다. 그림자는 추위와 형편없는 식사로 쇠약해져 가고 있었다.

꿈 읽기가 끝나고, 나는 도서관 그녀와 함께 숲 속 발전소로 갔다. 발전소 관리인이 가지고 있던 몇 개의 악기 중에서 나는 아코디언을 골랐다.

그림자의 소모가 심해졌다는 연락을 받고, 나는 문지기의 오두막으로 향했다. 하지만 그림자의 상태는 그다지 심하지 않았다. 그림자는 문지기가 혼자서 짐승을 태우는 작업을 하는 사이, 내게 이 거리에서 탈출하자고 제안했다.

다음 날, 도서관 직원 그녀의 마음 한 조각이라도 돌려받을 수 없을까 하고, 도서관 서고에서 아코디언으로 겨우 연주하게 된 '대니 보이'의 선율을 들려주었다. 그러자 두개골이 빛나기 시작했다.

날이 밝을 때까지 나는 그녀의 꿈 읽기를 했다. 한잠 자고 그녀에게 아코디언을 맡긴 나는 그림자에게로 갔다. 쇠약해진 그림자를 이끌고, 그의 지시대로 남쪽 웅덩이로 향했다. 겨우 웅덩이에 이르렀을 때, 나는 여기에 머물면서 그녀와 둘이서 숲에서 살겠다는 결심을 그림자에게 전했다. 웅덩이가 내 그림자를 완전히 집어삼켜 버린 뒤에도 나는 오랫동안 그 수면을 바라보고 있었다.

세차게 내리는 눈 속에, 새 한 마리가 남쪽으로 날아가는 것이 보였다. 새는 벽을 넘어 눈에 싸인 남쪽 하늘로 빨려 들어갔다. 그 뒤에는 내가 밟는 눈 소리만 남았다.

이 작품에서는 '세계의 끝'과 '하드보일드 원더랜드'라는 평행하는 두 이야기가 서로 교차하며 전개된다. 하루키의 작품에서 흔히 만나는 두 개의 세계나 두 개의 자아라는 형식이 처음으로 명확하게 모습을 드러낸 작품이다. 그러나 이것이 정말로 두 개의 세계를 그려 낸 것인가 하는 의문도 생긴다.

다시 말해 '하드보일드 원더랜드'의 주인공인 '나'의 뇌 속에서 전개되는 하나의 이야기로서 '세계의 끝'이라는 구조를 가진 게 아닌가 하는 것이다. 달리 표현하면 '하드보일드 원더랜드'와 '세계의 끝', 두 이야기 모두에 '나'라는 1인칭을 사용할 필요가 있었을까 하는 문제이기도 하다.

'세계의 끝'에는 원형이 있다. 「거리와, 그 불확실한 벽」이라는 작품이 그것이다. 하지만 그 결론은 정반대로, 이 작품의 '나'는 그림자와 함께 탈출을 선택하고 있다.

1980년에 「거리와, 그 불확실한 벽」에서 그려진 '나'와 '그림자'의 탈주극은, 마치 1984년의 어느 지점을 통과해 '1984년'과 '1Q84년'으로 분기되듯 「세계의 끝」과 「하드보일드 원더랜드」의 두 세계로 나뉘어, 그곳에서는 '나'의 다른 선택으로서 '그림자'와의 이별이 그려지고 있는 것 같다.

노르웨이의 숲

한국어판 문학사상, 유유정 옮김, 1989년 6월(초판)

원전   초출 · 초판 : 『노르웨이의 숲』 상 · 하, 고단샤, 1987년 9월
참고 : 단편 「반딧불이」가 『노르웨이의 숲』 2장 및 3장과 거의
동일한 내용이다. 다만 「반딧불이」에서는 등장인물에게 '기즈키'
'나오코' 같은 이름을 붙여 주지 않았다.

≫ 줄거리

10월의 어느 날, 서른일곱 살인 '나'가 탑승한 보잉747기
는 함부르크 공항에 도착했다. 금연 사인이 꺼지고 천정 스
피커에서 오케스트라가 연주하는 비틀즈The Beatles의 '노르웨
이의 숲Norwegian Wood'이 흘러나오기 시작했다. 그 멜로디는
평소와 비교될 수 없을 정도로 '나'를 혼란스럽게 만들면서,
1969년 가을로 '나'를 이끌었다.

그 무렵 '나(와타나베 도루)'는 고향 고베를 떠나 도쿄 시
내의 어느 사립대학에 다니며 학생 기숙사에 살고 있었다.
전망 좋은 고지대에 위치한 그 기숙사는 우익 성향인 정체

불명의 재단 법인이 소유하고 있었다. '나'는 2인실에서 병적이리만치 청결하고 말을 더듬는 국립대 학생 돌격대와 같은 방을 쓰게 되었다.

돌격대가 매일 아침 라디오 체조를 하는 이야기를 하면 나오코는 쿡쿡 하고 웃었다. 나오코는 '나'의 고등학교 친구 기즈키의 소꿉동무이자 애인이었다. 기즈키는 고등학교 3학년 봄에 갑자기 자살을 했고, 그 이후 나오코와 '나'는 딱 한 번 만났을 뿐이었다. 그로부터 대략 일 년 뒤인 1968년 5월 중순, 어느 일요일에 도쿄에서 재회하게 된 '나'는 문학부에서 연극을 배우고 있었고, 나오코는 영어 교육으로 유명한 작은 대학의 학생이었다. 1969년 4월에 나오코는 스무 살 생일을 맞이했다.

나오코의 방에서 둘은 관계를 맺었는데, 예상과 달리 그녀는 처녀였다. 그 후 일주일이 지나도 연락이 오지 않아 만나러 가 보았지만, 나오코는 이미 모습을 감춘 뒤였다. 7월 초가 되어서야 나오코에게서 짧은 편지가 도착했다. 대학을 1년 휴학하고, 교토의 산속에 있는 요양소에 들어간다고 씌어 있었다.

마침 그때 '나'가 다니는 대학도 대학 분쟁의 여파로 학교가 봉쇄되고 수업이 없었다. 9월이 되어 수업이 재개된 어느 날, 대학 근처의 레스토랑에서 '연극론' 강의에서 본 적이 있는 한 여자와 만나게 되었다. 고바야시 미도리小林祿였다.

미도리는 약간 색다른 여자였다. '나'는 그녀에게 흥미를 갖고 주소와 전화번호를 알아보았는데, 집은 오쓰카에 있는 서점이었다. 어느 일요일, 미도리에게 초대를 받아 그녀의 집에 점심을 먹으러 갔다. 그때 그녀의 어머니가 2년 전에 뇌종양으로 돌아가셨다는 것을 알게 되었다.

여름이 되어, 나오코로부터 긴 편지가 도착했다. 거기에는 교토의 정신 요양 시설 '아미료阿美寮'에서의 그녀의 생활이 적혀 있었다. '나'는 바로 아미료를 방문했는데, 그곳에서 나이를 알 수 없는 묘한 느낌의 '레이코直子' 씨를 만났다. 레이코 씨는 나오코의 룸메이트로, 7년이나 아미료에 있으면서 환자인지 직원인지 알 수 없는 애매한 존재가 되어 있었다.

나오코는 예상보다 건강해 보였지만, 레이코 씨의 말로는 꼭 그렇지만은 않다는 것이었다. '나'는 아미료에서 보낸 3일 동안, 나오코에게 여섯 살 위의 언니가 있었는데 자살했다는 것과, 레이코 씨가 결혼 경험이 있고 아이까지 있다는 사실을 알게 된다. 하지만 특히 인상적이었던 것은 나오코의 나체를 달빛 속에서 본 것과, 원래는 금지되어 있으나 레이코 씨의 배려로 둘만 있을 때 경험한 성적 유희였다.

도쿄로 돌아온 직후의 일요일, '나'는 대학 병원에 입원 중인 미도리의 아버지를 만났다. 그도 돌아가신 미도리의 어머니와 마찬가지로 뇌종양을 앓고 있었는데, 이제 막 뇌 수술을 마친 상태였다. 하지만 미도리의 아버지는 '나'를 만나고 5일 후에 죽었다. 그 때문인지 미도리는 학교에 모습을 보이지 않았다. '나'는 나오코에게 몇 번인가 편지를 써서 보냈다.

연말이 되어 '나'는 다시 아미료를 방문했다. 나오코는 지난번보다 훨씬 말이 없었다. '나'는 그런 나오코에게 새해가 되면 기숙사를 나와 방을 구할 거니까 오고 싶으면 오라고 했다.

1970년이 되어 학년말 시험이 끝나고, '나'는 기치죠지吉祥寺 교외에 적당한 집을 찾았다. 이사 3일 후에 '나'는 나오코에게 편지를 썼다. 대충 한 달 정도 지난 4월 4일에 레이코 씨로부터 편지가 왔다. 나오코의 상태가 아주 심각하다는 것이었다. 나오코의 병이 점차 나아지고 있을 거라는 낙관적인 예측이 빗나가고, '나'는 정신적인 충격을 받았다.

그 때문에 신학기에 만난 미도리에게도 무뚝뚝하게 대하고 말았다. '나'의 그런 태도에 상처를 받았는지, 미도리는 편지를 남기고 '나'에게서 멀어져 갔다. '나'는 관계를 회복하려고 했지만 소용없었다. '나'는 하릴없이 나오코에게 계속해서 편지를 썼다.

6월이 되어 미도리와 다시 사귀며 성적 관계를 가진 다음, '나'는 레이코 씨에게 편지로 미도리에 관한 일을 솔직하게 고백했다. 레이코 씨는 나오코가 나아지고 있다는 것과, 지금 나오코에게는 미도리에 관한 일은 숨겨 두라는 답장을 주었다.

호전되는 듯했지만, 병을 견디다 못한 나오코는 결국 자살을 했다. 8월 말에 나오코의 장례식이 끝난 뒤, '나'는 정처 없이 방랑길에 올랐다. 한 달 뒤 도쿄로 돌아온 '나'에게 레이코 씨로부터 편지가 도착했다. 옛 친구를 만나러 홋카이도로 가게 되었는데, 도중에 도쿄에 들를 테니 마중을 나와 달라는 내용이었다. '나'의 방에 묵게 된 레이코 씨는 나오코가 어떻게 스스로 목숨을 끊었는지, 마지막 상황을 자세히 말해 주었다. 그리고 체형이 거의 같아 나오코의 옷을 물려받은 레이코 씨와 나오코의 장례식을 다시 치렀다. 그것은 둘이서 와인을 마시며 기타를 치는 것이었다. 맨 첫 곡은 나오코가 좋아했던 헨리 맨시니Henry Mancini의 '디어 하트dear heart'였고, 50번째 곡은 비틀즈의 '노르웨이의 숲'이었다.

51번째인 바흐Johann Sebastian Bach의 푸가fuga 뒤에, 둘은 관계를 맺었다.

레이코 씨가 '나를 잊지 말아줘.'라고 말하며 떠난 뒤, '나'는 미도리에게 전화를 걸었다. 오랜 침묵 끝에, 미도리는 '지금 어디야.' 하고 조용한 목소리로 말했다. 하지만 '나'는 그곳이 어디인지도 모른 채 미도리를 계속해서 부르고 있었다.

》 감상 포인트

2009년 7월 말, 『노르웨이의 숲』이 누계 천만 부를 돌파했다는 사실을 발행사인 고단샤가 발표했다. 이 작품은 발표 후 20년 이상 지난 지금도 발행 부수를 늘리며 기록을 갱신하고 있는, 무라카미 하루키와 일본 문학을 대표하는 베스트셀러이다. 하지만 베스트셀러라고 해서 이 작품이 작가의 문학적 자질을 대표하고 있다고 판단해서는 안 될 것이다.

하루키 자신은 이 작품을 데뷔작 『바람의 노래를 들어라』의 '완전한 반전이다'라고 말하고 있다. 『바람의 노래를 들어라』는 '2장'에 밝혀져 있는 것처럼, 1970년 8월 8일에 시작되어 8월 26일에 끝난다. 또 화자인 '나'의 애인이 목매 자살한 것은 그해 4월 4일이고, 이야기 그 자체는 1970년 4월 4일에 이미 시작되고 있다. 한편『노르웨이의 숲』은 1970년 4월 4일에 레이코 씨로부터 도착한 편지로 시작되어, 8월 26일 – 레이코 씨의 후술은 25일 저녁까지 – 에 나오코가 자살함으로써 끝났다고 할 수 있다.

태엽 감는 새 연대기

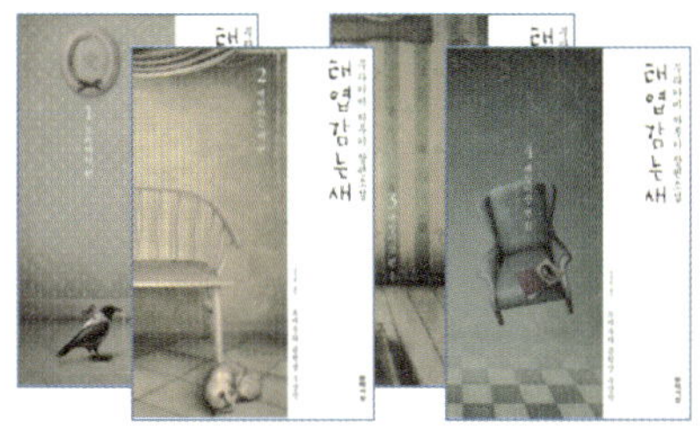

한국어판 문학사상, 윤성원 옮김.
초판 : 1권 1994년 9월, 2~4권 1995년 12월

원전 초출 : '제1부' 〈신쵸〉 연재 1992년 10월~1993년 8월(신년호 휴재)
'제2부' 신쵸샤, 1994년 4월, '제3부' 신쵸샤, 1995년 8월
초판 : '제1부' 1994년 4월, '제2부' 1994년 4월, '제3부' 1995년 8월
참고 : 단편 「태엽 감는 새와 화요일의 여자들」은
'제1부'의 1장과, 단편 「동물원 습격(혹은 요령 없는 학살)」은
'제3부'의 10장과 거의 동일한 내용이다.

》 줄거리

제1부 「도둑까치」 편 – 1984년 6월~7월

서른 살이 된 나(오카다 도루)는, 8년간 근무하던 법률 사무소를 그만두고 살림을 하고 있다. 어느 날 점심으로 스파게티를 삶고 있는데, 낯선 여자에게서 전화가 왔다. 상대하지 않고 끊어 버린 후, 복잡해진 머리를 가라앉히기 위해 언제나 그렇듯이 다림질을 하고 있었다. 그러자 이번에는 잡지 편집자인 아내 구미코에게서 전화가 와, 사라진 지 일주

일이 넘은 고양이 '와타야 노보루ワタヤノボル'를 찾으라 한다. 와타야 노보루는 구미코 오빠의 이름이기도 했다.

장을 보고 돌아오자, 다시 낯선 여자에게서 전화가 왔다. 하지만 폰섹스 비슷한 이야기를 시작해서 전화를 끊고, 고양이를 찾기 위해 골목을 배회했다. 그러다 건너편 집 뒤뜰에서 열대여섯 살 정도의 소녀를 만났다. 그녀와 이야기하는 동안에 잠들어 버린 '나'는 저녁이 되어 눈을 뜨고 집으로 돌아왔다.

다음 날 '가노'라는 여자가 전화를 걸어와서 '나'에게 물방울 무늬 넥타이를 하고 시나가와品川의 퍼시픽 호텔로 오라고 했다. 물방울 무늬 넥타이를 찾지 못한 나는 할 수 없이 줄무늬 넥타이를 하고 갔다. 그럼에도 불구하고 그녀는 '나'를 한눈에 알아보고 '가노 마루타加納マルタ'라고 이름을 밝힌 다음, 다섯 살 아래 여동생이 와타야 노보루에게 폭력적으로 능욕당했다고 말했다. 그러나 진짜 용건은 행방불명된 고양이라고 하며, 고양이는 흐름이 바뀌어 집 근처에는 이미 없다고 했다.

집에 돌아온 구미코에게 고양이 이야기를 하자, 화제는 '혼다本田'노인으로 옮겨 갔다. 혼다 씨는 집안이 맞지 않은 '나'가 엘리트 가정에 속한 구미코와 결혼할 수 있도록 결정

적인 조언을 해 준 점쟁이였다. 그는 노몬한 전쟁에서 살아
남았으나 귀가 멀었다.

　다음 날 '나'는 다시 한 번 고양이를 찾으러 골목에 나갔다
가 또 그 소녀를 만나, 이번에는 서로 이름을 교환했다. 그
녀는 '가사하라 메이笠原メイ'라 했는데, '나'의 이름이 눈에 딱
띄지 않는다고 했다. 그래서 '나'는 매일 아침 나무 위에서
온 세계의 태엽을 감는 새와 연관 지어, '태엽 감는 새'라 불
러 달라고 했다. 그녀는 근처에 있는 물이 말라 버린 우물에
대해 '나'에게 가르쳐 주었다.

　'나'에게는 형제가 없었지만, 아내 구미코에게는 아홉 살
위의 오빠 말고도, 다섯 살 위의 언니가 있었다. 구미코는
여러 가지 사정이 있어 세 살부터 여섯 살 때까지 니가타新潟
의 친할머니 손에서 자랐다. 그러다 여섯 살 때 집으로 돌아
오지만, 분위기에 적응하지 못하여 마음을 닫아 버렸다. 그
런 구미코의 마음을 열게 해 준 것이 언니였는데, 그만 구미
코가 집으로 돌아온 다음 해에 식중독으로 죽고 말았다.

　오빠 노보루는 부모님의 기대를 한 몸에 받으며 엘리트
코스를 밟고 자랐다. 서른네 살이라는 젊은 나이에 경제학
에 관한 획기적인 저서를 발표했고, 지금은 대중 매체에도
자주 나오는 유명인이 되었다. 그는 한 번 중매결혼을 했지

만 겨우 2년 만에 이혼했고, '나'의 눈에는 논리에 일관성이 없는 수상한 인물로밖에 비치지 않았다. '나'는 그를 증오하기까지 했다.

어느 날 11시에 가노 마루타에게서 전화가 와서, 여동생인 '구레타クレタ'가 자기 대신 '나'의 집으로 올 거라 했다. 정각 1시에 구레타가 찾아왔다. 그녀는 부엌과 목욕탕의 물을 채취하고 나서, 자기는 삼 형제 중 막내로 아버지는 가나가와 현에서 병원을 경영하고 있다는 것을 시작으로 많은 이야기를 했다. 다섯 살 위인 언니 마루타는 어렸을 때부터 예지 능력이 있었는데, 고등학교를 졸업하자마자 여러 가지 방법으로 돈을 그러모아 가출하여, 5년 동안 하와이, 캐나다, 미국 북부 여러 지역, 유럽 여러 곳을 거쳐 몰타 섬에 도착했다고 했다.

구레타는 자신의 이름은 본명이 아니며, 언니가 몰타 섬에서 비롯된 마루타라는 이름을 써서, 그것과 관련된 이름을 적당히 고른 것이라 했다. 구레타는 1987년 5월 29일 스무 살 생일이 될 때까지 온갖 육체적인 고통에 시달려 오빠 차로 자살하려 했으나, 기적적으로 갈비뼈만 하나 부러지고 목숨을 건진 뒤에는 통증에서 해방되었다고 했다. 그러나 그 이후 살아간다는 것이 사고 때 진 빚을 갚는 일이 되었고, 그 때문에 창녀가 되어 와타야 노보루를 만났던 것이다.

며칠 지나 히로시마広島에서 등기가 도착했다. 보낸 사람은 '마미야 도쿠타로間宮德太郎'라는 인물로, 혼다 노인이 죽었으며 그가 '나'에게 유품을 남겼다는 내용이었다. 그 이야길 구미코에게 하자, 그녀는 오빠 노보루가 선거에 출마한다는 연락이 왔다고 했다.

사흘이 지나 아침 7시에 마미야 도쿠타로에게 전화가 와서, 10시에 '나'의 집에서 만나기로 했다. 구미코가 출근할 때 뿌린 새로운 오데코롱 냄새가 신경 쓰였던 '나'는, 그녀의 방을 청소하다 그것이 누군가에게 받은 선물일 가능성이 높다는 것을 알아차렸다. 마미야가 집에 도착하기 직전에 또 그 수수께끼의 여자로부터 전화가 왔다.

마미야 도쿠타로는 큰 키에 대머리로, 일흔 살이 조금 넘어 보였다. 그에게서 받은 혼다 노인의 유품은 선물용 위스키 상자 같은 것이었다. '나'는 그 자리에서 열어 보려고 했지만, 마미야 노인이 말렸다. '나'는 마미야 노인에게 혼다 노인과의 관계에 대해 물었다. 마미야 노인은 잠깐 동안 망설이다가, 만주에서 그가 중위, 혼다 노인이 하사로 만났다고 했다. 인간이 산 채로 가죽이 벗겨지는 고문을 당하는 참담한 현장을 함께 목격했으며, 마미야가 우물에 빠졌을 때

혼다 노인이 비상한 능력으로 그를 구해 주었다는 이야기를 들려주었다.

마미야 노인이 가고 난 다음 '나'는 유품을 열어 보았다. 그것은 증정용 위스키 상자였는데, 안에는 아무것도 들어 있지 않았다.

제2부 「예언하는 새」 편 – 1984년 7월~10월

마미야 노인이 방문한 날, 구미코는 집에 돌아오지 않았다. 다음 날 아침 9시 반에 회사에 전화를 걸어 보았지만, 그녀는 출근하지 않았다. 11시에 다시 한 번 회사에 전화를 해 보았으나 역시 출근하지 않았다고 했다.

오후가 되어 '나'는 가사하라 메이를 만나, 구미코의 회사에 전화를 해 달라고 부탁했다. 메이가 전화를 하는 동안 '나'는 최근 4, 5일간 그 태엽 감는 새 소리를 듣지 못했다는 사실을 깨달았다.

10분 정도 지나 메이가 돌아왔지만, 역시 구미코는 출근하지 않았다는 소식을 전했다. 6시가 되어도 구미코로부터는 연락이 없었다. 저녁에 가노 마루타에게 전화가 와서, 다음 날 시나가와의 퍼시픽 호텔 커피숍에서 와타야 노보루와 같이 만나기로 했다.

3년 만에 만난 와타야 노보루는 스마트하고 인공적인 새로운 가면을 손에 넣고 있었다. 처음에 입을 연 것은 노보루였다. 그에게서 구미코가 집을 나갔다는 이야기를 듣게 되고, 6년간의 결혼 생활에서 도대체 뭘 했냐고 추궁당했다. 가노 마루타는 구미코에게 두 달 반 전부터 사귀기 시작한 남자가 있으며, 상담을 해 와서 이혼을 권했다고 했다.

다음 날 '나'는 골목을 빠져나가 예전 '미야자키宮脇' 씨 집의 우물로 가, 준비해 온 사다리로 내려갔다. 우물 바닥에서 '나'는 구미코와 만났던 8년 전 일을 떠올렸다. 구미코를 만난 것은 간다神田에 있는 대학 병원의 입원 환자 가족 대기실에서였다. 그 무렵 '나'는 어느 자산가의 몇 번째인지 모를 유언장 수정 작업을 담당하고 있었는데, 그는 정기적으로 유언장을 고쳐 쓰는 취미를 가지고 있었다. 구미코는 12층에 위궤양 수술 때문에 입원한 어머니를 간호하기 위해, 대학 수업 중간에 짬을 내어 매일 그 병원에 왔다. 계절은 11월 초였고, 기다리는 데 지친 우리 두 사람은 몇 번인가 얼굴을 마주하는 사이에 친해졌다.

그러는 동안 둘 다 병원에 갈 필요가 없어져도 주말마다 만나게 되었다. 겨울이 되고 새해가 된 어느 날, '나'는 큰마음을 먹고 구미코에게 나 이외에 애인이 있는지 물었다. 그날 그녀는 '나'의 아파트에 찾아와 처음으로 육체적인 관계를 맺었다. 구미코에게는 첫 경험이었다. '나'는 그때 그녀의 육체가 그녀 자신의 것이 아닌 것 같은 위화감을 느꼈다. 그러나 그것은 맨 처음만 그랬고, 두 번째부터는 그녀의 존재가 보다 친밀하게 느껴지게 되었다.

어느 일요일 아침, 혼인 신고서를 구청의 일요 창구에 제출했다. 그런 다음 결혼식 대신 고급 프랑스 레스토랑에 가서 와인을 한 병 주문하여 둘이서 풀코스 디너를 먹었다. 결혼한 지 3년째에, 주의하고 있었는데도 구미코가 임신을 했다. 하필 그 시기에 '나'는 드물게도 홋카이도로 출장 중이었다. 그사이에 그녀는 혼자서 낙태 수술을 받았고, 사후 보고 비슷하게 '나'에게 연락을 해 왔을 뿐이었다.

'나'는 새벽이 되기 전에 우물 바닥에서 꿈을 꾸었다. 아니 그것은 꿈의 형태를 한 무언가였다. '나'는 우선 와타야 노보루를 만난 뒤에 수수께끼의 여자와 함께 호텔 208호실로 들어갔다. 아이코 맙소사, 나는 벽을 빠져나가고 있는 거야 하고 생각했다. 아침 5시가 지나서 우물 바닥에서 눈을 떴을 때, 문득 사다리가 없어진 것을 알아차렸다.

홋카이도에서 돌아온 뒤, '나'와 구미코는 병가를 내어 가루이자와로 여행을 떠났다. 그녀의 기분이 풀어지는 데만 하루 반이 걸렸다. 그녀는 호텔 방 의자 위에서 두 시간 가까이 울었다. 구미코는 조금씩 수술, 상실감, 고독감 등등에 대해 이야기하기 시작했다. 그러나 그 무언가를 정확하게 말로 하지는 못했다. '나'는 만약 그때 그것을 잘 들어 두었더라면 그녀를 이렇게 잃어버리지 않아도 됐을지도 모른다고 생각했다.

"있잖아요, 태엽 감는 새 님." 하고 부르는 가사하라 메이의 큰 목소리에 잠에서 깼다. 그녀가 사다리를 가져간 것이었다. 몇 번인가 가사하라 메이가 우물 위에서 말을 건넸지만, 얼마 후에는 오지 않았고 우물 뚜껑도 닫혀 버렸다. 시곗바늘은 3시 42분을 가리키고 있었지만, 그것이 오전인지 오후인지 알 수 없었다. 시간 감각을 잃기 시작했다.

'오카다 님' 하고 누군가가 불렀다. 가노 구레타였다. 잠시 이야기를 나눈 다음 사다리가 내려왔다. 아니, 어쩌면 그것은 처음부터 거기에 있었는지도 모르겠다. "있잖아요, 가노 구레타 씨." 하고 '나'가 말했다. 대답이 없었다. 시곗바늘은 1시 7분을 가리키고 있었다. 사다리에 손을 뻗어 위로 올라왔다.

집에 돌아오자 우편함에 봉투가 하나 들어 있었다. 구미코에게서 온 편지였다. 세 달 전부터 어느 남성과 깊은 관계에 있었다는 것, '나'와의 사이에 있었던 친밀하고 미묘한 감정이 사라졌다는 것 등이 적혀 있었다. 그 편지를 다시 읽고 있는데, 가노 마루타에게서 전화가 왔다.

한편, 가노 구레타는 '나'의 몸에 무언가 변화가 없는지 확인했다. 그때는 아무것도 없다고 생각하고 있었는데, 면도를 하다 보니 오른쪽 뺨에 어린아이 손바닥 크기의 검푸른 반점이 생겼다는 것을 알아차렸다. 만져 보니 열이 조금 나는 것 같았다.

'나'가 살고 있는 집의 원래 주인인 숙부에게 이 집에 관한 일을 물었지만, 참고가 될 만한 이야기는 전혀 듣지 못했다. 조용한 오후가 지나자 식욕이 조금 생겨 식사를 하고, 9시에는 잠자리에 들었다. 뭔가 꿈을 꾸다가 잠이 깼다. 오후 2시가 지나서였다. 누군가 옆에서 자고 있었다. 머리맡의 전등을 켜자 나체의 가노 구레타가 거기에 있었다. '나'는 그녀에게 이불을 덮어 주고 소파로 가, 마미야 노인의 이야기를 듣고 나서 흥미를 갖기 시작한 노몬한 전쟁에 관한 책을 읽기 시작했다. 10분 정도 지나 갑자기 한기를 느꼈다.

정신을 차리자 아침이었다. 가노 구레타는 구미코의 티셔츠와 파란색 반바지를 입고 아침 식사를 준비하고 있었다. '나'는 구레타와 와타야 노보루의 만남에 대한 뒷얘기를 들었다. 구레타에 따르면, 노보루는 그녀가 창녀로서 만난 마지막 손님이었다. 그것은 6년 전의 일이었고, 구레타는 노보루와의 이상한 성적 경험을 거쳐 새로운 자신이 되었다고 했다. 다시 말해 자살 미수까지가 제1의 자신, 그 이후가 제2의 자신이라고 한다면, 새로운 자신이란 제3의 자신이라는 것이었다. 구레타는 매춘을 그만두고 평범한 생활로 돌아갔다. 그러는 사이에 가노 마루타가 3년에 걸친 수행을 마치고 몰타 섬에서 돌아왔고, 그녀에게는 구레타라는 이름이 생겼다.

이야기가 끝나자 구레타는 '나'에게 같이 크레타 섬에 가자고 했다. 또 육체적으로도 의식적으로도 창녀를 그만두고 싶다고 했다. 그날 밤, '나'와 구레타는 현실에서 관계를 가졌다.

아침이 되자, 가노 구레타는 이름을 잃어버렸다. 가노 마루타의 여동생은 미용실로 갔다. 그사이 '나'는 책상 서랍 속에 있던 것을 전부 꺼내서 빈 상자에 담아 태워 버렸다. 그리고 일찍이 가노 구레타였던 여자의 그리스 생활을 상상해 보았다.

오후 4시에 가사하라 메이가 불러 '나'는 그녀의 집으로 가서 크레타 섬에 가는 이야기를 했다. 다음 날 아침, '나'는 여권용 사진을 찍으러 갔다. 그리고 집주인인 숙부에게 전화를 걸어 사정을 말하고 집을 나가겠다고 이야기했다. 이틀 후에 숙부가 찾아왔다. 숙부는 가장 간단한 것부터 시작하는 게 좋다는 말을 남기고 돌아갔다.

'나'는 신주쿠 역 앞의 화단 모서리에 앉아 지나가는 사람들의 얼굴을 보기 시작했다. 그것은 11일 동안 계속됐는데, 딱 한 번 차림새가 좋은 마른 중년 여성이 말을 걸어온 것을 제외하고는 아무것도 바뀌지 않았다. 11일째 저녁 무렵 '나'는 홋카이도에서 만났던 남성을 발견하고, 그의 뒤를 쫓아갔다. 뒤를 쫓으면서 '나'는 3년 전에 구미코가 아이를 낙태했을 때를 경계로 뭔가가 바뀌기 시작했다는 것을 알아차렸다. 그때 구미코가 말하려고 했던 무언가는 낙태보다는 임신에 관한 일이었던 것이다. 그 남자는 대략 요요기代々木와 센다가야와 하라주쿠原宿 역을 잇는 삼각 구조 속의 어딘가, 2, 30년 정도 시간이 거꾸로 돌아간 듯한 공간에 있는 목조 건물 안으로 사라졌다. 시간은 6시 20분이었다. '나'도 뒤를 따라 들어갔지만, 그 남자가 갑자기 야구 방망이를 휘두르는 바람에 격렬하게 몸싸움을 하고 집에 돌아왔다.

그날 밤은 새벽까지 잠들 수 없었다. 결국 '나'는 크레타 섬에는 가지 않았다. 8월이 끝날 무렵 혼자서 외출했다가 돌아와 보니, 일찍이 가노 구레타였던 여자로부터 엽서가 도착해 있었다. 발신인 이름도, 글 한 줄도 씌어 있지 않았다. '나'는 시간을 때울 겸 답장을 썼다.

가사하라 메이가 오랜만에 모습을 드러낸 것은, 빈집이 철거되기 시작한 8월 말쯤의 일이었다. 그녀는 학교로 돌아가게 되었다는 것을 알려 주기 위해 왔다. 10월 중순의 오후, 구립 수영장에서 수영하고 있을 때 '나'는 거대한 우물 안에 있는 환영을 보았다. 그리고 구미코가 암흑 속에서 208호실에 갇혀 있다는 것을 알았다. 정신을 차리고 보니 '나'는 수영장 감시원에게 구조되어 있었다.

제3부 「새 잡는 남자」 편

'나'는 예전 미야자키 저택의 정원에 있는 마른 우물을 손에 넣어야겠다고 결심했다. 작년 여름과 마찬가지로 '나'는 신주쿠에 나가 이전과 똑같은 벤치에 앉아, 지나가는 사람들의 얼굴을 바라보기 시작했다. 8일째 오후에 작년과 똑같은 장소에서 말을 걸어왔던 중년 여성을 만났다. 그녀에게 사정을 이야기하자 아카사카미쓰케赤坂見附 근처의 어느 장소를 알려 주었다. '나'는 거기로 가서 어느 청년의 도움으로 가노 구레타와 같은 일을 하고 돈을 벌기 시작했다.

약 1년 만에 고양이 와타야 노보루가 돌아왔다. '나'는 몸 구석구석까지 점검했는데, 조금 야윈 것 빼고는 그다지 변한 것은 없는 것 같았다. 툇마루에서 방금 사 온 삼치를 먹이고, 와타야 노보루의 귀환이 축복할 만한 전조이기를 기원하면서 이름을 '삼치'로 바꾸기로 했다.

내게 일을 준 중년 여성은 '나'를 어느 부티크boutique로 데려가, 양복 두 벌을 비롯하여 여러 가지 몸에 걸칠 것을 사 주고 헤어스타일도 바꾸어 주었다. 그리고 이탈리아 레스토랑에서 식사를 하면서, 그녀는 '나'에게 새 손수건, 지갑, 키홀더, 속옷을 사라고 지시했다.

'나'가 아카사카赤坂의 사무실에 있는 그 청년이 아들이냐고 물었더니, 그녀는 그렇다고 했다. 이름을 묻자 그녀는 자신은 '너트메그ナシメグ, nutmeg'이고, 아들은 '시나몬シナモン, cinnamon'이라고 했다.

너트메그는 1945년 8월 당시 만주국 신징新京에서 일어난 일본 군대에 의한 기묘한 동물원 학살 사건에 대해 생생하게 이야기했다. 그러나 그녀 자신은 그때 만주국 일본계 관리와 만주 철도 회사 간부의 가족들과 함께 고국인 일본으로 귀환하는 배 위에 있었고, 실제로 목격한 광경은 아니었다.

그녀가 의상 디자이너로 두각을 나타내기 시작한 스물일곱 살 때, 대륙 태생으로 비슷한 경험을 한 신인 남자 디자이너와 만나 결혼을 했다. 다음 해 – 도쿄 올림픽 때 – 시나몬이 태어났다. 너트메그는 동물원 학살 이야기를 아들 시나몬에게 몇 번이고 해 주었다. 그 결과 시나몬은 말을 하지 않게 되었다. 이야기가 시나몬의 혀를 빼앗아 간 것이었다. 그리고 그것은 몇 년 뒤에 그녀 남편의 목숨까지 앗아 갔다.

너트메그와 남편이 세운 회사는 유능한 매니저를 만나 1970년대에는 널리 세상에 이름을 알릴 정도로 성장했다. 하지만 1975년 말에 남편이 아카사카의 어느 호텔 방에서 엽기적으로 참살된 시체로 발견되었다. 목격자의 말에 따라 전날부터 같이 투숙했던 서른 살 전후의 여성이 용의 선상에 올랐지만, 사건은 해결되지 않았다.

너트메그는 사건 후 의상 디자인에 관한 정열을 완전히 상실하여 회사를 처분했다. 일 년이 지났을 무렵, 그녀는 자신에게 특수한 능력이 있다는 것을 새삼 자각했다. 그녀는 유력 인사 부인들의 내면의 병을 치료해 주는 일을 시작했고, 시나몬도 돕게 되었다. 너트메그는 그 일을 7년 이상 계속했다. 그런 때 '나'를 우연히 만났던 것이다.

너트메그의 아버지는 신징의 동물원 주임 수의사였는데, 그의 오른쪽 뺨에는 아이 손바닥 크기의 반점이 있었다. '나'의 얼굴에도 그 같은 반점이 있었기 때문에, 너트메그는 '나'를 자신의 후계자라고 확신했던 것이다. 그 덕분에 '나'는 옛 미야자키 집안의 토지를 장기 임대 계약으로 입수할 수 있게 되었다. 그 일을 알게 된 와타야 노보루는 '우시카와牛河'라는 부하를 보내서 손을 떼라고 압력을 가해 왔다. '나'는 우시카와에게 와타야 노보루와 컴퓨터를 사용하여 이야기할 수 없는지 타진했고, 그것이 실현되었다.

가사하라 메이는 자신이 일본 서쪽 해안에 접한 어느 지방 도시의 변두리 산속에 있는 가발 제조 공장에 있다는 것을 편지로 알려 왔다. 노보루와 컴퓨터 통신으로 이야기한 뒤, 갑자기 시나몬과 연락을 취할 수 없게 되었다. 그 후 닷새간, 시나몬뿐만 아니라 너트메그와도, 우시카와와도 모두 연락을 할 수 없었다. 닷새째에 우연히 우시카와를 만난 '나'는 그에게서, 구미코가 어떤 곳에서 가만히 방구석에 틀어박혀 있다는 사실을 듣게 되었다.

마미야 노인에게서 편지가 도착했다. 거기에는 가죽 벗기는 보리스에 대한 이야기가 씌어 있었다.

'나'는 옛 미야자키 저택에 있는 우물로 가서 바닥으로 내려갔다. 바닥 벽에 세워져 있던 야구 방망이를 찾았지만, 그것은 어디에서도 찾을 수가 없었다. 그 뒤, ‘나’는 벽을 빠져나와 어느 호텔 로비로 갔다. 그곳에는 텔레비전이 있었고, 와타야 노보루가 누군가에게 야구 방망이로 맞았다는 뉴스가 흐르고 있었다. 범인의 특징은 ‘나’와 일치했고, 얼굴에 반점까지 있다고 했다.

그다음에 ‘나’는 208호실로 안내되어 그녀를 만났다. ‘나’는 그녀가 구미코라고 생각했다. 그 여자를 데리고 나오려 할 때 누군가 문을 두드렸다. 정신을 차리고 보니 ‘나’는 잠옷 차림으로 누워 있었다. 어둠 속을 도망 다니던 끝에 시나몬이 나를 찾아낸 것 같았다. 완전히 몸이 회복되기까지 만이틀이 걸렸다. 그동안 너트메그가 곁에서 돌봐 주었다.

너트메그가 가져온 신문에서 ‘나’는 와타야 노보루가 나가사키長崎에서 뇌출혈로 쓰러졌다는 것을 알았다. 또 옛 미야자키 집터가 헐리고 우물이 메워지게 된다는 것도 알게 되었다. 3일 만에 거울 앞에 섰을 때, ‘나’는 내 얼굴에서 반점이 사라진 것을 깨달았다.

5일째 새벽 2시가 지나서 ‘나’는 구미코와 컴퓨터를 통해 이야기를 나눴다. 그녀는 자신과 죽은 언니가 오빠 노보루에게 육체적으로만이 아니라 그 이상으로 능욕당했다는 사실을 말하고, 입원 중인 노보루의 숨통을 끊겠다는 결심을 이야기했다. '나'와 가사하라 메이는 큰 연못 앞에서 만났다. 둘은 구미코가 스스로 석방되기를 거부한 재판 이야기를 하고 있었다. '나'는 구미코의 재판이 끝날 때까지 기다리겠노라고 말하였다.

가사하라 메이와 헤어진 뒤, '나'는 어디에서도, 그 누구한테서도 멀리 떨어진 장소에서 잠깐 동안 조용히 잠이 들었다.

>> 감상 포인트

『태엽 감는 새 연대기』의 성립에 관해서는 작가 스스로 쓴 상세한 해설이 남겨져 있다.

요약해 보면, '제1부'와 '제2부'에 해당되는 부분을 일단 다 쓴 뒤에, 작가로서 뭔가 납득할 수 없는 데가 있었다는 내용이다. 부인 요코의 조언에 따라 고민한 결과, 원형인『태엽 감는 새 연대기』의 핵심이 되는 부분에서 어떤 요소를 제거하여, 현재의『태엽 감는 새 연대기』를 만들었다. 덧붙이자면 원형에서 제외된 요소로 만들어진 작품이 존재하는데, 『국경의 남쪽, 태양의 서쪽』이 그것이다.

또한 '제1부'에 1984년 6월~7월, '제2부'에 1984년 7월

~10월이라고 시간이 밝혀져 있음에도 불구하고, '제3부'에
는 그 같은 형태의 설정이 없다. 이 점이야말로『태엽 감는
새 연대기』의 완성도, 완결성을 생각하는 데 있어 잊어서는
안 되는 점일 것이다.

렉싱턴의 유령

한국어판 문학사상, 임홍빈 옮김, 2006년 1월

원전 초출 : 〈군조〉 1996년 10월(short version)
초판 : 『렉싱턴의 유령』 분게이슌쥬, 1996년 11월(long version)
참고 : 『렉싱턴의 유령』은 잡지에 게재된 short version과
단행본과 문고본을 위한 long version의 두 종류가 있다.
*저자 주) 개요는 기본적으로 short version과 long version이
같은 이야기라는 전제 하에 정리했다.

〉〉 줄거리

이것은 몇 년 전에 실제로 일어났던 사건이다. 등장하는 인물의 이름은 바꿨지만 그 외에는 모두 사실이다. 내가 매사추세츠Messachusetts 주 캠브리지Cambridge에 살고 있었을 때, 근처 렉싱턴Lexington에 살며 이제 막 쉰 살을 넘긴 '케이시'라는 건축가에게서 만나자는 내용의 편지가 왔다. 보통은 그런 일이 없지만, 그가 수집한 재즈 레코드 컬렉션에 끌려, 그와 친분을 쌓게 되었다.

알고 지낸 지 반년 정도 지났을 때, 나는 출장 가는 케이시로부터 빈집을 봐 달라는 부탁을 받았다. 형제나 부모도 없이 독신인 케이시는 30대 중반의 피아노 조율사 '제레미'와 단 둘이 살고 있었다. 그런데 제레미가 어머니 간병 때문에 집을 비우자 나를 부른 것이었다.

케이시가 키우는 개 마일즈와 집 보기를 시작한 첫날 밤, 2층 객실에서 자고 있던 나는 아래층에서 나는 기척에 잠을 깼다. 1시 15분이었다. 복도로 나가 보니 아무래도 아래층 거실에서 파티가 무르익고 있는 듯했다.

1층 부엌으로 가 커다란 식칼을 손에 들고 파티장에 가려 하다가 갑자기 어처구니없다는 생각이 들었다. 내가 이 집을 관리할 책임이 있지만, 파티에 초대받은 건 아니기 때문이었다. 거기에 내가 들어갈 여지는 없어 보였다.

나는 문득 그것이 유령이라는 것을 알아차렸다. 물론 두려웠다. 하지만 거기엔 공포를 뛰어넘은 그 무엇이 있었다. 나는 객실로 돌아가 잠자리에 들었다.

다음 날 아침 눈을 뜨자, 밖에는 비가 오고 있었다. 아래층으로 내려가자 파티의 흔적은 없었다. 그런 이상한 경험은 첫날 만이었고, 그 뒤에는 아무 일도 일어나지 않았다.

일주일 뒤에 케이시가 돌아왔지만, 나는 그 일에 대해 말하지 않았다. 그리고 반년 가까이 케이시와는 만나지 못했다. 마지막으로 케이시를 만난 것은 산책하고 있던 중이었다. 그는 그사이 열 살은 더 먹은 것처럼 폭삭 늙어 있었다.

어머니가 돌아가시자 제레미가 완전히 변해서 별자리 이야기밖에 하지 않는다고 슬퍼하면서, 케이시는 자기 어머니는 그가 열 살 때 요트 사고로 급사했다고 고백했다. 게다가 이상하게도 아버지는 어머니 장례식 후에 3주 동안이나 죽은 사람처럼 계속 잠만 잤다고 했다. 그리고 15년 전에 아버지가 돌아가셨을 때는, 케이시 자신이 2주 동안 내리 잠들어 있었다고 했다. 아버지가 어머니를 사랑했던 것처럼 그도 아버지를 사랑했고, 아버지가 어머니를 잃었을 때 느낀 것과 같은 상실감을 경험했기 때문이었다. 마지막에 케이시는 웃으면서 말했다. "내가 지금 여기서 죽는다 해도 이 세상에 누구 하나 나를 위해 그렇게 깊이 잠들어 주지는 않을 거야."

나는 가끔 렉싱턴의 유령을 떠올린다. 얼마 전에 경험한 일인데도 아주 먼 옛날, 아주 먼 곳에서 일어난 일처럼 아득하게 느껴진다.

지금까지 이 이야기를 누구에게도 한 적이 없다. 생각해 보면 기묘한 이야기인데도 내게는 아득함 때문에 조금도 기묘하게 여겨지지 않는 것이다.

>> 감상 포인트

이 작품의 제목은 단적으로 작품의 속임수를 밝히고 있다. 독자는 틀림없이 '유령'이 나오리라 생각하면서 이 소설을 읽기 시작하고, 이야기는 예상대로 전개된다. 그렇다면 작가가 유령을 등장시키는 것에는 목적이 없는 것일까? 이 이야기가 그리려 하는 것은 무엇인가?

하루키는 이 작품에 대해 이렇게 말하고 있다.

>> 　　　오랜 역사를 간직한 저택의 유령이란, 중요한 자산의 하나가 되어 있다. 몇 집인가를 방문해서 그런 이야기를 듣고, 나는 유령에 대한 이야기를 쓰고 싶어졌다. 하지만 나에게는 그와 별개로 한밤중에 기묘한 음악 – 과 같은 것 – 을 들은 경험이 있다. 그 기묘함은 좀처럼 말로 하기 어려운 종류의 것이다. …… 중략 …… 나는 나중에 한밤중에 들려오는 다른 세계의 음악을 『스푸트니크의 연인』 속에서 보다 농밀하게 그리게 된다. 나는 초현실적인 현상 자체에는 거의 흥미가 없다. 하지만 의식의 밑바닥에서 그것이 생겨나는 작용과 그 과정에 대해서는 깊은 소설적 흥미를 가지고 있다. 그것은 나의 이야기에 있어서 하나의 커다란 모티프가 되고 있다. 《

　『렉싱턴의 유령』은 1986년 10월부터 시작된 약 10년간의 해외 도피 생활 – 하루키 자신의 말을 빌면 '고향 이탈' – 을 마치고 일본으로 돌아온 하루키가 맨 처음 발표한 작품으로, 본격적인 검토가 필요하다고 여겨진다.

벌꿀 파이

한국어판 문학사상, 김유곤 옮김, 2000년 8월(초판)

원전 초출 · 초판 : 『신의 아이들은 모두 춤춘다』,
신쵸샤, 2000년 2월

〉〉 줄거리

준페이는 고엔지高円寺의 어느 맨션에서 네 살짜리 여자아이 '사라沙羅'에게 '마사키치와 동키치'라는 곰 이야기를 하고 있었다. 사라는 준페이의 친구인 '다카쓰키高槻'와 그 부인 사요코의 외동딸이다. 고베 지진 뉴스를 너무 본 탓인지, 요즘은 매일같이 모르는 아저씨가 자기를 깨우러 온다며 잠을 못 이루었다.

어쩔 줄 모르던 사요코는 준페이에게 도움을 청했고, 그는 자기가 만든 이야기를 들려주며 겨우 사라를 재울 수 있었다. 그날 밤 준페이는 완전히 녹초가 된 사요코와 사라에게 기분 전환도 할 겸 동물원에 가자고 제안했다.

준페이는 서른여섯 살의 소설가였다. 다카쓰키 부부와는 대학 시절부터 친구였다. 다카쓰키는 나가노長野 출신으로, 고등학생 때는 축구부 주장을 했다. 사요코는 도쿄 아사쿠사 태생으로, 친정은 대대로 내려오는 기모노 장식품 가게를 했다. 준페이는 효고 현 출신으로, 아버지는 오사카와 고베에서 시계 가게를 하나씩 경영하고 있었다. 준페이는 상업학부와 문학부에 합격했는데, 아버지에게 거짓말을 하고 문학부에 입학하였다. 거기서 다카쓰키 부부를 만나게 된 것이었다.

준페이는 처음부터 사요코를 자신이 찾고 있던 여성이라 확신하고 있었다. 그런데 다카쓰키가 먼저 움직여 사요코와 깊은 사이가 되어 버렸던 것이다. 두 사람의 관계를 알고 난 뒤에는 대학을 그만두어야겠다고 생각했지만, 겨우 마음을 추슬러 졸업을 했다. 그는 가업을 이으라는 아버지의 말에 반항하며 도쿄에 남아 아르바이트로 연명했는데, 스물네 살 때 쓴 단편 소설이 문예지의 신인상을 수상했다.

희망대로 일류 신문사의 기자가 된 다카쓰키와 대학원에 들어간 사요코는 사요코가 대학원을 졸업하고 반년 후에 결혼했다. 서른 살을 넘기고 조금 있다 임신한 사요코는 여자아이를 낳았다. 세 사람은 저마다 아이 이름을 생각했는데,

준페이가 제안한 '사라'라는 이름이 선택되었다.

준페이가 다카쓰키 부부 관계가 파탄에 이르렀다는 사실을 안 것은 사라가 두 살이 될 무렵이었다. 몇 달 뒤 둘은 이혼했다. 다카쓰키는 집을 나와 애인과 함께 지냈고, 사라는 사요코의 곁에 남았다. 다카쓰키는 일주일에 한 번 사라를 만나러 고엔지의 맨션으로 왔는데, 그때는 준페이가 자리를 함께한다는 합의 사항이 있었다.

다카쓰키 부부가 이혼한 지 2년이 지났으나, 사요코는 대학에 돌아가지 않고 준페이의 소개로 번역 일을 시작했다. 고베 대지진이 일어나기 얼마 전에 다카쓰키는 준페이에게 사요코와 결혼할 생각이 없냐고 물었다. 준페이도 사요코와의 결혼을 진지하게 생각해 보았다. 그럴 때 지진이 일어났다.

동물원에 곰을 보러 가기로 한 일요일, 다카쓰키는 급한 일로 빠졌고, 준페이와 사요코 모녀가 함께 외출하게 되었다. 그날 저녁 식사 후 준페이와 사요코는 처음으로 깊은 관계를 맺었다.

그런데 두 사람이 관계를 맺고 있는 도중에 침실 문이 열리더니, 사라가 "지진 아저씨가 찾아와서 사라를 깨우더니, '엄마한테 말하거라. 모두를 위해 상자 뚜껑을 열고 기다리고 있으니까.'라고, 그렇게 말하면 안대."라고 말했다.

준페이는 날이 밝으면 바로 사요코에게 청혼해야겠다고 결심했다.

》 감상 포인트

「벌꿀 파이」는 원래 '지진 후에'라는 제목을 가지고 있었다. 이 작품은 하루키의 첫 연작 단편집이라는 제목으로 잡지에 연재가 진행될 때는 발표되지 않다가, 나중에 단행본으로 나올 때 추가되었다. 연재된 다른 다섯 개의 단편에 비해 길이가 약 3~40% 길었기 때문인 것 같다.

단행본이 될 때에는 '지진 후에'라는 제목은 파기되고, 연작의 세 번째 작품인 『신의 아이들은 모두 춤춘다』가 단편집의 제목이 되었다. 이 미묘한 상황을 놓고 보자면, 무언가 읽어 낼 거리가 숨어 있는 것 같기도 하다.

날마다 이동하는 신장처럼 생긴 돌

한국어판 문학사상, 임홍빈 옮김, 2006년 4월

원전 초출 : 〈신쵸〉 2005년 6월

초판 : 『됴쿄기담집東京奇譚集』 신쵸샤, 2005년 9월

〉〉 줄거리

준페이가 열여섯 살 때, 아버지는 "남자가 평생 만나는 여자 중에서 진정한 의미를 갖는 여자는 세 사람밖에 없다."며 인생에 대한 철학적 소견을 피력했다. 열여덟 살에 집을 떠나 도쿄의 대학에 진학한 다음, 몇 명의 여자와 알게 되고 사귀게 되었다. 그중 한 사람은 준페이에게 있어 '진정한 의미를 갖는' 여성이었다. 그러나 그녀는 준페이의 가장 친한 친구와 결혼해 버렸고, 지금은 아이 엄마가 되었다. 아버지 말이 맞는다면 남은 여자는 두 명뿐이다.

서른한 살 때 알게 된 여성은 준페이보다 연상으로 서른여섯 살이었다. 아는 사람이 작은 프랑스 레스토랑을 열었는데, 그 오프닝 파티에서 그녀를 만나게 되었다.

쥰페이는 단편집 두 권과 번역집 한 권을 낸 소설가이다. 그녀에 관해서는 이름이 '키리에*キリエ*'라는 것밖에는 모른다. 만난 그날부터 둘은 깊은 관계가 되었다. 키리에는 소설이 아닌 책을 읽는 것을 좋아했는데, 쥰페이의 단편집을 읽고는 예상보다 훨씬 재미있었다고 말했다.

어느 날 키리에가 쥰페이의 첫 번째 여자에 대해 정확하게 맞혔다. 쥰페이는 집필 중인 소설 내용을 다른 사람에게 이야기하지 않기로 정하고 있었는데, 그만 그녀에게는 말해버리고 만다.

주인공은 30대 후반의 독신 여의사로, 같은 병원에 근무하는 40대 후반 동료와 불륜 관계에 있었다. 그녀는 여행지에서 신장 모양의 돌을 주워 오는데, 그것이 날마다 그녀가 잠들어 있는 사이에 이동한다는 것을 알게 되었다.

사실 거기까지 쓰고 쥰페이는 지쳐 있었다. 키리에는 그 신장 모양의 돌이 의지를 가지고 있고, 그 여의사를 뒤흔들고 싶어 하는 것이라고 했다.

쥰페이는 닷새 정도 외출하지 않고 그 신장 모양 돌 이야기에 몰두하여 작품을 완성했다. 쥰페이는 키리에가 그 소설을 읽고 싶어 할 것이라 생각하고 그녀에게 연락하지만,

 연락이 닿지 않았다. 그녀는 모습을 감춰 버린 것이었다. 그
렇게 되자 준페이는 키리에가 두 번째 여자였을지도 모른다
고 생각했다.

 그 뒤 준페이는 딱 한 번 라디오에서 키리에의 목소리를
들은 적이 있었다. 그가 택시를 타고 가다 들은 프로그램에
서 키리에가 인터뷰에 응하고 있었다. 그녀는 원래 증권 분
석가였는데, 지금은 시내에서 고층 빌딩 전문 청소 회사를
경영하고 있다고 했다.

 준페이는 반년 이상 키리에의 연락을 기다렸다. 하지만
그녀에게서는 아무 연락도 오지 않았다. 그해가 끝날 무렵,
준페이는 키리에를 두 번째 여자로 생각하기로 결심했다.

》 감상 포인트

「날마다 이동하는 신장처럼 생긴 돌」이라는 단편은 「벌꿀
파이」의 주인공이었던 준페이를 둘러싼 이야기이다. 「벌꿀
파이」의 이야기 속 현재는 1995년 2월로 준페이가 서른여섯
살이었지만, 「날마다 이동하는 신장처럼 생긴 돌」은 서른한
살의 준페이에게 일어난 사건을 그리고 있다.

 이 작품은 「벌꿀 파이」의 후일담이 아니기 때문에 속편은
아니다. 그렇다고 해서 주변 인물을 새로운 주인공으로 해

서 다른 세계관을 구축하려고 하는 스핀오프spinoff, 이전에 발표되었던 드라마, 영화, 책 등의 등장인물이나 상황에 기초하여 새로 다른 이야기를 만들어내는 것도 아니다. 우리들은 이 작품을 어떻게 위치 지워야 할 것인지 고민해 보아야 한다.

1Q84

한국어판 문학동네, 양윤옥 옮김, 'BOOK 1' : 2009년 8월
'BOOK 2' : 2009년 9월 'BOOK 3' : 2010년 7월

원전 초출 · 초판 : 'BOOK 1', 'BOOK 2' 신쵸샤, 2009년 5월
'BOOK 3' 신쵸샤, 2010년 4월

〉〉 줄거리

'BOOK 1' 4月 – 6月

• 아오마메 – 홀수 장

심각하게 정체된 고속도로 위의 택시에서 들은 야나체크의 '신포니에타'는 '아오마메靑豆'에게 뒤틀림에 가까운 기묘한 감각을 불러일으켰다. 시부야渋谷에서 약속이 있었던 그녀는 긴급 대피용 계단으로 지상에 내려가기로 했다.

지금은 1984년, 이제 곧 서른이 되는 아오마메는 자살한 친구 '오쓰카 다마키大塚環'를 떠올렸다. 지상에 내려와 산겐자야三軒茶屋 역으로 가는 길에 젊은 경찰 한 사람이 아오마메 곁을 지나갔다. 그때 그녀는 그 경찰의 옷차림과 권총이 늘

보던 것과 다르다는 것을 깨달았다. 시부야 역에 도착한 아오마메는 중급 시티 호텔 426호실로 가서 투숙객 '미야마深山'를 살해했다.

토요일 오후, 아오마메는 '버드나무 저택'을 방문하여, 경호원 '다마루田丸'의 안내로 큰 온실로 갔다. 그곳에서 아오마메는 70대 중반에 몸집이 작은 '노부인'을 만났다. 노부인은 아오마메에게 폭력의 흔적이 남아 있는 젊은 여성의 몸이 찍힌 일곱 장의 폴라로이드 사진을 보여 주며, "우리는 올바른 일을 했어요."라고 했다.

돌아갈 때, 아오마메는 다마루에게 경찰의 변화에 대해 물었다. 그는 그것이 1981년 10월 중순경의 모토스本栖 호수 근처에서 벌어진 야마나시山梨 경찰과 과격파 사이의 총격전 때문이라 대답했다. 아오마메는 집 근처 구립 도서관에 가서 1981년 9월부터 11월까지의 신문을 열람했다. 그녀에게는 7월의 찰스Charles Windsor 왕세자와 다이애나Diana Spencer 의 결혼, 폴란드에서 바웬사Lech Walesa 의장이 이끄는 '연대'의 활동, 10월의 이집트 사다트Anwar Sadat 대통령 암살은 이미 알고 있는 사건이었다. 하지만 10월에 일어난 도쿄 이타바시板橋 구에서 NHK 수금원에 의한 상해 사건, 홋카이도 유바리夕張 탄광에서 일어났던 큰 사고는 기억에 없었다. 야마나시 현에서 경찰과 과격파의 총격전 사건은 10월 19일에 일어나, 경찰이 세 명 사망했다.

그녀는 긴 생각 끝에 이상이 생긴 건 자신이 아니라 세계라고 결론지었다. 어느 시점에서 자신이 알고 있던 세계는 소멸하고, 레일 포인트가 바뀌듯이 다른 세계로 교체되었다고 생각했다. 아오마메는 이 새로운 세계를 1Q84년이라 부르기로 했다. Q는 question mark의 Q였다.

아오마메는 체육 대학을 나와 어느 회사의 여자 소프트볼 팀에서 에이스 투수이자 4번 타자로 활약했다. 그러나 절친한 친구 오쓰카 다마키가 죽은 다음 달에 퇴직하여, 소프트볼도 그만두고 히로오広尾에 있는 스포츠클럽의 강사가 되었다. 그곳에서 버드나무 저택의 노부인과 알게 되었고, 그녀의 개인 레슨을 부탁받았다.

어느 날 혼자 바에 간 아오마메에게 한 여자가 말을 걸어왔다. 그녀의 이름은 '나카노 아유미中野あゆみ', 스물여섯 살의 여자 경찰이었다. 가끔 아오마메처럼 남자를 찾으러 그 바에 온다고 했다. 그날 두 사람은 팀이 되어 두 명의 중년 남자에게 말을 걸었다.

잠에서 깼을 때, 아오마메는 꽤 심각한 숙취 때문에 아무것도 기억할 수 없었다. 그 대신 격렬한 섹스를 한 다음 날 아침에 느껴지는 감각이 하반신에 남아 있었다. 소지품을 보니, 지갑 속에 전화번호가 적힌 메모가 들어 있었다. 그것이 아유미의 번호라는 것을 그녀에게서 온 전화로 알았다.

아오마메는 아직도 오쓰카 다마키가 죽기 전후의 일을 똑똑히 기억했다. 처음에는 다마키의 권유로 소프트볼을 시작했는데, 그것이 아오마메에게는 사는 보람이 되었다. 아오마메는 초등학교 5학년 때 부모와 헤어져 외삼촌 집에 신세 지게 된 것을, 다마키는 부유하고 사회적 지위가 있는 가정에서 태어났지만 부모 사이가 나빴다는 것을, 서로 숨기지 않고 이야기했다. 고등학교를 나와 체육 대학에 진학한 아오마메와 달리, 다마키는 일류 사립대학 법학부에 진학하여 사법 시험을 목표로 했다. 하지만 다마키에게는 치명적이게도 남자를 보는 눈이 없었다. 대학 1학년 때 순결을 잃은 상대도, 그 후 사귀었던 몇몇 남자들도, 결혼한 상대도 모두 물렁한 얼굴의 실속 없는 남자들뿐이었다. 다마키는 스물네 살 때, 두 살 위의 남자와 결혼했다. 결혼과 동시에 그녀는 다니던 대학원을 그만두고, 법률 공부도 포기했다.

아오마메는 처음부터 그 상대가 마음에 들지 않았다. 결혼 후 두 사람은 좀처럼 만나지 못했고, 다마키는 스물여섯 살 생일 3일 전에 목을 매어 자살했다. 결혼 직후부터 계속

된 남편의 집요한 폭력이 원인이었지만, 사인은 분명히 자살이었다. 게다가 다마키가 죽었을 때 남편은 홋카이도 출장 중이었기 때문에, 그가 형사 처분 받을 일은 없었다. 다마키의 죽음을 알고서도 아오마메는 거의 놀라지 않았다. 아마도 예상하고 있었기 때문이었을 것이다. 아오마메는 다마키의 남편에게 제재를 가하기 위해 주도면밀하게 계획을 세웠고, 그것을 실행에 옮겼다.

아유미에게서 전화가 와서, 두 사람은 유명한 고급 프랑스 레스토랑에서 식사를 했다. 그날 밤 아유미는 아오마메의 방에 묵었다. 아유미가 잠든 뒤, 아오마메는 무심코 하늘을 바라보았다. 거기에는 눈에 익은 크고 노란 달과 함께 녹색의 작은 달이 떠 있었다. 다음 날 밤에도 달은 두 개였다.

그다음 날 아오마메가 스포츠클럽에 갔을 때, 연락을 바란다는 노부인의 메시지가 도착해 있었다. 아오마메는 노부인이 와 달라고 해서, 다음 날 그 집을 방문했다. 언제나처럼 개인 레슨을 마친 다음, 자신이 다마키의 남편을 살해했다는 비밀을 털어놓은 방에서 가벼운 식사를 했다. 그곳은 노부인이 비슷한 일을 하고 있다고 고백한 방이기도 했다. 노부인은 가정 폭력에 시달리는 여성들을 위한 사설 세이프하우스를 운영하고 있었다.

그날 노부인은 아오마메에게 ‘쓰바사っぱさ’라는 열 살짜리 소녀를 소개시켜 주었다. 쓰바사는 자궁이 파괴되어 평생 임신을 할 수 없는 상태였다. 쓰바사를 몇 번이나 강간해서 임신할 수 없는 몸으로 만든 것은 ‘선구さきがけ’의 교주였다. 아오마메는 ‘증인회証人会’에 속해 있던 어린 시절, 자신에게도 쓰바사와 비슷한 일이 일어났을지도 모른다고 입술을 깨물며 생각했다. 노부인은 가급적 빠른 시일 안에 선구의 교주를 없애야 한다는 결심을 아오마메에게 전했다. 아오마메가 노부인의 집을 나오자, 쓰바사와 노부인은 한방에서 잠들었다. 잠들어 있는 쓰바사의 입이 열리고, 다섯 명의 ‘리틀 피플little people’이 모습을 드러냈다.

아오마메는 지난번처럼 구립 도서관에서 신문 축쇄판을 읽으며, 3년 전에 일어났던 총격전에 대해 자세히 조사했다. 사건을 일으킨 ‘여명あけぼの’의 모체인 선구가 재빨리 성명을 내고, 경찰과 언론의 의혹을 단기간에 무마시킨 경위를 알게 되었다. 아오마메는 도서관에서 나와 아유미에게 연락해, 아동 성폭행의 가능성을 시사하고, 그녀에게 선구에 관한 정보 수집을 의뢰했다. 3일 뒤, 아유미는 전화로 선구가 예상보다 자금력이 있고, 야마나시 현뿐만 아니라 도쿄나 오사카에 토지와 건물을 소유하고 있다는 것과, 교단

내에 상당수의 아이가 있지만, 성장하면서 학교에 다니지 않는다는 것을 알려 주었다. 6월 끝 무렵, 아오마메와 아유미 콤비가 적당한 남자를 찾을 수 없었던 날이었다. 아유미는 선구에 관한 새로운 정보를 알려 주며, 자신이 성적으로 왜곡된 성장 과정을 거쳤다고 고백했다.

이틀 뒤, 다마루에게 연락이 왔다. 통화 중에 다마루는 집을 지키는 개가 죽었다는 얘기를 했다. 마치 배 속에서 폭탄이 터진 것처럼 산산조각이 나서 죽었다고 했다. 그러면서 무언가 미묘한 일이 일어나고 있으며, 이건 시작에 불과하다는 말을 덧붙였다.

• 덴고 – 짝수 장

'덴고天吾'의 첫 기억은 한 살 반 때의 것이었다. 어머니가 아버지가 아닌 남자에게 젖꼭지를 빨리고 있었다. 아기 침대에는 덴고 자신이라 여겨지는 아이가 하나 있었고, 그는 자신을 제3자로 바라보고 있었다. 시간으로 치면 10초 정도에 불과한 그 선명한 영상은 예고 없이 덴고를 덮치곤 했다.

평소보다 오랫동안 그 영상에 사로잡혀 발작을 일으켰을 때, 누군가가 "야, 덴고 군." 하고 불렀다. 덴고는 어느 가게에서, 업계에서는 나름대로 수완가로 유명한 편집자 '고마쓰

小松'와 '후카에리ふかえり'의 「공기 번데기」 이야기를 하고 있었다. 고마쓰는 덴고보다 열여섯 살 많은 마흔다섯 살이었다.

덴고가 고마쓰를 알게 된 것은 5년 전이다. 고마쓰가 편집자로 근무하던 문예지의 신인상에 응모하여 최종 심사에 올랐을 때였다. 고마쓰는 덴고를 불러, 수상은 힘들지만 개인적으로는 덴고의 작품이 마음에 드니까, 다음 작품이 완성되면 자기에게 읽게 해 달라고 했다. 그때 고마쓰가 덴고에 대해 궁금해하자, 덴고는 자신이 치바千葉 현 이치카와市川 시 태생이며, 어머니는 그가 태어난 뒤 얼마 안 있다 죽었고, 형제는 없다는 것, 아버지는 재혼하지 않고 NHK 수금원으로 일하면서 그를 키웠지만, 지금은 알츠하이머로 미나니보소南房総의 요양원에 입원해 있다는 것, 덴고 자신은 츠쿠바筑波 대학을 졸업한 다음 요요기에 있는 학원에서 수학 강사를 하면서 소설을 쓰고 있다는 것, 지금은 고엔지의 작은 아파트에서 살고 있다는 것 등을 가능한 한 솔직하게 말했다.

덩치가 커서 중학교부터 대학까지 줄곧 유도부의 중심 선수였던 덴고는, 문학청년으로도 수학 강사로도 보이지 않았다. 고마쓰는 그런 덴고에게 소설에 대해 한 수 가르쳐 주고, 글 쓰는 일을 맡기고, 문예지 신인상 원고를 미리 읽어 보는 일까지 하게 해 주었다. 그러나 그날 고마쓰가 말한 것은 열일곱 살짜리 고등학생 후카에리, 즉 후카다 에리코深田繪里子의 신인상 응모작 「공기 번데기」를 덴고가 다시 써서 아쿠타가와 상을 노려 보자는 사기극 같은 제안이었다.

덴고는 고마쓰의 지시로 후카에리와 다음 날 저녁 무렵 만났다. 약속은 6시였지만 후카에리는 6시 22분이 되어 겨우 나타났다. 그녀는 자그마한 몸집에 예쁜 얼굴을 하고 있었다. 그리고 무서우리만치 말이 없었다. 고마쓰와 덴고의 제안에 대해 그녀는 "좋을 대로 해도 돼요."라고 허락하지만, "만날 사람이 있어요." 하고 다른 제안을 한다. 덴고는 고마쓰의 지시로 워드 프로세서를 구입하여 「공기 번데기」를 고쳐 쓰기 시작했다.

「공기 번데기」의 주인공은 후카에리 자신이라고 여겨지는 열 살 소녀다. 그녀는 산속의 코뮌Commune에서 한 마리 눈먼 산양을 돌보는 일을 하고 있었는데, 잠깐 한눈파는 사이에 그만 산양이 죽어 버린다. 죽은 산양과 함께 소녀는 열흘간 완전히 격리된다. 하지만 그사이에 산양의 사체를 통해 리틀 피플들이 찾아와서, 그녀에게 공기 번데기 만드는 법을 가르쳐 준다.

「공기 번데기」의 첫머리를 고쳐 썼을 무렵, 덴고는 지금 사귀고 있는 유부녀 여자 친구로부터 만나지 못하게 되어 미안하다는 연락을 받았다. 그날 저녁 후카에리는 덴고에게 일요일 아침 9시에 신주쿠 역에서 만나자고 했다.

대부분의 사람들에게 일요일은 쉬는 날이었지만, 어린 시절의 덴고에게는 아버지와 함께 수금을 하는 날이었다. 전쟁이 끝나던 해에 만주에서 무일푼으로 돌아온 덴고의 아버지는, 타산적인 생각으로 일부러 어린 덴고를 일요일 수금에 데리고 다녔다.

덴고와 후카에리는 신주쿠 역에서 만났다. 덴고는 다카오高尾행 차 안에서 후카에리와 이야기하는 도중에, 그녀가 타고난 난독증dyslexia 환자라는 것을 알고 깜짝 놀랐다. 그렇다면 「공기 번데기」를 쓴 것이 후카에리가 아니기 때문이다.

다치카와立川 역에서 오메青梅 선으로 갈아타서, 후타마타오二俣尾 역에서 내렸다. 역 앞에서 택시를 타고 작은 산의 정상 부근에서 내렸다. 그곳에는 오래된 일본 가옥이 있었고, 덴고는 거기에서 60대 중반의 '에비스노戎野'라는 노인과 만났다. 에비스노 노인은 후카에리를 믿고 있으며, 그녀가 덴고에게 작품을 맡겨도 좋다고 했다면 자기로서는 그것을 인정할 수밖에 없다고 했다. 다만 알아 두어야 할 것이 있다면서, 후카에리의 과거를 말해 주었다. 후카에리의 아버지는 '후카다 다모쓰深田保'라는 학자로, 에비스노와 같은 대학

의 동료였다. 1970년 안보 조약에 맞서 학생 운동이 고조되기 시작했을 때, 먼저 에비스노가 대학을 그만두고, 2년 뒤에 후카다도 그 뒤를 이었다. 다만 후카다의 경우는 중국의 홍위병紅衛兵 비슷한 급진적인 학생 조직을 만들어 이끌었다고 해서 사실상 제적된 것이었다. 후카다는 그와 마찬가지로 대학에서 제적된 학생과 함께 '다카시마 학원タカシマ塾'이라는, 농업을 기반으로 하는 일종의 코뮌 조직에 몸을 담고, 다양한 노하우를 습득해서 독립했다. 후카다 조직은 생각지도 않게 그 수가 많아지자, 인구가 줄어들어 고민하는 야마나시 현의 산속 마을에서 농사를 시작했다. 그것이 1974년의 신생 코뮌 선구의 탄생이었다. 그러나 1970년대의 일본에서는 이미 혁명의 불가능성이 확실해졌고, 1976년이 되어 선구는 온건파와 무장 투쟁파 ― 이하 무투파 ― 로 분열되었다. 후카다 다모쓰는 온건파 선구의 리더를 맡으면서, 무투파의 고문 역할도 했다.

후카에리가 에비스노에게 온 것은 그 무렵이었고, 무투파를 여명이라고 일컫기 시작한 것도 같은 시기였다. 덴고는 여명이 경찰과 총격전을 일으킨 조직이라는 것을 알자, 예의 그 발작이 올 것 같은 기분에 휩싸였다.

후카에리가 에비스노에게 왔을 때, 그녀는 열 살이었는데도 전혀 말을 하지 못하는 상태였다. 에비스노는 후카다 부부에게 연락을 취하려고 했지만 닿지 않았고, 이후 7년간이나 소식이 끊어졌다. 그녀의 부모는 딸 후카에리의 행방을 찾으려고도 하지 않았다.

선구는 개방적인 코뮌에서 폐쇄적인 조직으로 변했고, 농업 이외의 무언가가 그곳에서 진행되었다. 후카에리는 학교에는 가지 않고, 에비스노의 딸 '아자미ㄱザミ'의 도움으로 같이 생활하게 되었다 그러면서 밤이 되면 아자미에게 「공기 번데기」 이야기를 들려주었다. 그것을 아자미가 메모나 테이프에 담아 두었다가, 워드 프로세서를 사용하여 문장으로 만들었다. 선구는 1979년에 단순한 농업 코뮌에서 종교 법인이 되었고, 그로부터 3년 후에 여명 사건이 일어났다.

덴고는 혼자 집으로 돌아갔다. 미타카 역에서 만난 엄마와 아이는 그가 어린 시절에 만난 어느 소녀를 생각나게 했다. 고마쓰와 덴고는 언제나 가는 신주쿠 역 근처의 찻집에서 만나기로 했다. 고마쓰는 덴고가 고쳐 쓴 「공기 번데기」 중에서 딱 한 곳, 리틀 피플이 공기 번데기를 완성했을 때 달이 두 개가 되는 장면을 다시 쓰라고 지시했다.

덴고는 환영 속에서 어머니의 젖꼭지를 빨고 있던 젊은 남자가 자신의 생물학적 아버지가 아닐까 하는 생각을 가지고 있었다. 자신의 아버지라고 되어 있는 NHK의 수금원과 자신이, 외형적·정신적인 자질과 성향, 그 어느 것도 비슷한 점이 없었기 때문이다. 초등학교 5학년 때, 덴고는 작정하고 일요일에 수금을 따라 다니는 것을 거부해 보았다. 그러자 아버지는 덴고에게 집을 나가라고 했고, 당시 담임 선생님이 겨우 아버지를 설득해 준 일도 있었다.

열흘에 걸쳐 「공기 번데기」를 고쳐 써서 고마쓰에게 넘긴 뒤, 덴고에게는 평온한 날들이 찾아왔고 4월이 끝났다. 그에게는 「공기 번데기」를 다시 쓰는 것이 자극이 되어, 작가로서의 자각 같은 것들이 생겨났다. 5월이 되자 고마쓰에게서 심사 위원 만장일치로 「공기 번데기」의 신인상 수상이 결정되었다는 연락이 왔다. 아울러 고마쓰는 덴고에게 5월 16일에 시상식과 기자 회견이 있으니, 그 경향과 대책을 후카에리에게 가르치라고 지시했다. 덴고가 거부했지만 받아들여지지 않아, 신주쿠의 그 찻집에서 후카에리를 만나게 되었다.

기자 회견 후, 고마쓰는 덴고에게 전화를 걸어 모든 것이 차질 없이 진행되었다고 알려 주며, 「공기 번데기」가 틀림없이 베스트셀러가 될 것이라고 예측했다. 단행본 출판 나흘 전에 덴고는 에비스노와 이야기를 하다가, 그가 「공기 번데기」를 고쳐 쓰는 것을 허락한 것은 작품이 베스트셀러가 되면 미디어가 반응하기 시작하고, 그것으로 선구 내부를 움직일 수 있을 것이라는 의도 때문이었음을 알게 되었다.

에비스노가 먼저 자리를 뜬 뒤에, 후카에리는 덴고의 아파트에 묵고 싶다고 했고, 덴고는 그녀를 아파트에 들였다. 덴고는 잠을 이루지 못하고, 부엌 테이블에서 보고서 용지에 볼펜으로 소설을 썼다. 사실 그는 밝을 때 소설 쓰는 것을 좋아했다. 밤에 소설을 쓰면 문장이 지나치게 농밀해져서, 낮에 고쳐 쓰는 일이 많았기 때문이었다.

새벽 2시경에 후카에리가 일어났다. 그녀의 요구에 따라 덴고는 안톤 체호프의 『사할린 섬』에 실린 길랴크 사람의 에피소드를 읽어 주었다. 그사이에 그녀는 잠들었고, 그도 잠이 들었다. 아침 8시 반에 덴고가 눈을 떴을 때, 후카에리는 이미 자취를 감춘 뒤였다. 그의 가슴속에 후카에리의 잠든 얼굴이 자리를 잡고 있었다. 덴고는 자신이 후카에리를 사랑하고 있는 것인가 하며 의아해했다.

「공기 번데기」는 출간 2주 만에 베스트셀러가 되었고, 3주째에는 문학 부문 톱으로 뛰어올랐다. 고마쓰에게서 전화가 왔다. 용건은 사흘 전부터 모습을 감추어 버린 후카에리의 행선지로 짐작이 가는 데가 있으면 가르쳐 달라는 것이었다. 덴고는 4주 전에 자신의 방에 그녀가 묵은 것을 고마쓰에게 알리고 싶지 않아, 아무것도 모른다고 거짓말을 했다. 후카에리가 덴고에게 연락한 것은 「공기 번데기」가 베스트셀러 리스트에 자리를 잡고 6주째를 맞이한 목요일이었다.

7월 중순의 목요일, 아침부터 비가 내리고 있었다. 점심 전에 장을 보러 나가다 덴고는 우편함에서 두꺼운 갈색 봉투를 발견했다. 내용물은 카세트테이프였고, 거기엔 후카에리의 메시지가 녹음되어 있었다. 내용은 그녀가 유괴된 것이 아니라는 것, 더 이상 책을 낼 생각이 없다는 것, 리틀 피플에게 신경을 쓸 것, 이 세 가지였다. 그날 밤 9시 무렵 고마쓰가 전화를 걸어, 에비스노가 후카에리의 수색원을 냈고, 매스컴이 움직이기 시작했으니 주의하라고 했다. 금요일에는 여자 친구가 찾아와서, 지금 쓰고 있는 소설의 내용을 가르쳐 달라고 졸랐다. 덴고는 두 개의 달이 떠 있고, '여기'에 존재하는 자신의 과거를 바꿔 쓸 수 있는 '여기가 아닌' 세계의 이야기를 쓰고 있다고 대답했다.

'BOOK 2' 7月 − 9月

• 아오마메 − 홀수 장

지정된 날에 아오마메는 아자부麻布의 버드나무 저택을 방문했다. 노부인은 대여섯 살이나 늙어 버린 것 같았다. 집 지키는 개가 이상한 죽음을 당한 다음 날, 이번에는 쓰바사가 없어졌기 때문이었다. 하지만 아오마메를 부른 용건은 쓰바사의 실종과는 직접 관계가 없었고, 선구의 리더 살해 계획에 관한 보고였다. 조사 결과 쓰바사는 리더의 네 번째 피해자였고, 첫 번째 피해자는 리더의 친딸이었다. 이번이 아오마메의 마지막 일이 될 것이고, 끝난 뒤에는 성형 수술도 해야 할 것이라고 했다. 아오마메에게 이의는 없었다. 저택에서 떠나기 전에 아오마메는 다마루에게 자살용 권총을 준비해 달라고 부탁했다.

7월 말의 어느 날 밤, 10시가 조금 안 된 시각, 다마루에게 전화가 왔다. 아오마메는 다음 날 버드나무 저택으로 호출되어 갔다. 노부인은 선구의 리더가 육체적인 문제를 안고 있으며, 야마나시 현에서 도쿄로 올라오는데, 이때 시내의 호텔에서 아오마메에게 스트레칭을 받을 계획이 마련되었다는 이야기를 들려주었다. 아오마메는 다마루에게 권총과 호출기를 건네받았다.

약 한 달이 지난 어느 날, 아오마메는 신문에서 아유미가 시부야의 어느 호텔 방에서 교살되었다는 것을 알게 되었다. 아유미가 죽었다는 것을 사실로 받아들이기로 하고 의

식의 조절 비슷한 작업이 일단락되자, 아오마메는 울기 시작했다. 오쓰카 다마키의 죽음 이후 처음이었다. 아오마메는 자기가 생각했던 것보다 훨씬 더 아유미를 좋아했다는 것을 깨달았다.

아유미가 죽은 지 닷새 뒤, 아침에 호출기가 울렸다. 표시된 전화번호로 연락하니, 다마루가 "오늘 7시, 호텔 오쿠라 로비에서 작업 준비를 하라."고 지시했다. 아오마메는 호텔 오쿠라 본관 로비에서 무언가를 예감했다. 지금이라도 늦지 않아, 여길 나가서 죄다 잊어버려 하고, 그 예감이 경고를 보내고 있었다. 하지만 그녀는 도망가지 못했다. 정각 7시가 되자 남자 둘이 나타나 7층의 스위트룸으로 데리고 갔다. 아오마메는 캄캄한 방으로 안내되었다.

방 안에는 40대 후반에서 50대 초반으로 보이는 거구의 남자가 있었다. 그는 자신이 어떤 병에 걸려 한 달에 한두 번 온몸의 근육이 경직되는데, 그러는 동안 내내 발기가 지속되고, 세 명의 여자와 관계한다는 사실을 털어놓았다. 아오마메는 여느 때와 같은 스트레칭을 시작했는데, 리더라 불리는 거구의 남자가 고통에 대해 신기할 정도의 인내심을 보여, 직업적인 존경심을 느꼈다.

그러나 막 살해하려는 순간에, 리더는 자신은 프레이저

James George Frazer의 『황금 가지』에 있는 그들 — 리틀 피플과 같은 존재 — 의 목소리를 듣는 자로서의 '왕'이며, 임기를 마치면 그들에게 살해될 운명이라고 말했다. 또한 지금 여기에서 자신이 죽으면 그들에게 공백이 생기니, 자신의 목숨을 앗아가 달라고 했다. 아오마메는 그것은 범죄자가 자신의 반사회적 행위를 정당화시키는 궤변에 불과하다고 반박했다. 그러자 리더는 아유미에 관한 일과, 예상치도 못했던 덴고에 관한 일, 그리고 아오마메밖에 모르는 1Q84년에 관한 이야기까지도 거론했다. 리더는 아오마메가 '1Q84년이란 평행 우주 같은 것이냐.'고 질문하자, 다음과 같이 대답했다.

1984년은 이미 어디에도 존재하지 않고, 1Q84년밖에 존재하지 않는다. 1Q84년은 달이 두 개 떠 있다. 그러나 이 세계가 레일의 포인트가 전환되는 것처럼, 1984년에서 1Q84년으로 바뀐 것을 아는 사람은 거의 없다. 그렇기 때문에 그들은 달이 두 개 있다는 것을 깨닫지 못하는 것이다.

이어서 아오마메는 리틀 피플에 대해 질문했다. 그것에 관해 리더는 다음과 같이 대답했다.

이 세계에는 리틀 피플이라는 것이 있는데, 그것이 언제나 형태와 이름을 갖는다고 할 수는 없다. 가장 중요한 것은 선과 악의 비율이 균형을 잡고 유지되고 있다는 것, 맨 처음 리틀 피플을 이끌고 온 것은 자신의 딸이라는 것, 딸은 퍼시버(=지각하는 자), 자신은 리시버(=받아들이는 자)로서 자신은 딸과 관계를 가졌다고 했다. 쓰바사에 관해서도 마찬가지로, 그녀는 관념의 모습이지 실체가 아니라고 했다. 마지막으로 리더는 아오마메에게 자신을 죽여 준다면, 아오마메의 목숨은 보장할 수 없지만 덴고의 목숨만은 구해 주겠다고 제안한다. 그녀는 그 제안을 받아들였다.

아오마메는 재빨리 호텔을 탈출했다. 리틀 피플이 불러온 뇌우 때문에 지하철이 멈춰 버렸다. 공중전화로 다마루에게 전화를 하자, 고엔지의 세이프 하우스로 가라는 지시를 받았다. 그곳은 새로 지은 6층짜리 맨션이었다. 텔레비전의 뉴스에서는 뇌우에 따른 아카사카미쓰케 역 구내의 침수에 대해서는 보도하고 있었지만, 선구 리더의 죽음에 대해서는 언급이 없었다. 오전 9시가 지나서 다마루가 전화를 해서, 끝까지 아오마메를 지켜 주겠다고 약속했다.

아오마메는 노부인에게 교단 선구의 리더가 모든 것을 알고 있었다는 것을 보고했다. 아오마메는 차를 마시면서 본 뉴스에서, 베스트셀러 「공기 번데기」의 저자인 열일곱 살 난 후카다 에리코라는 소녀가 행방불명이라는 사실을 알았다.

그 뒤 방 안의 물품을 점검하다가, 스무 권 정도의 신간이 준비되어 있는 것을 발견했다. 그중에는 「공기 번데기」도 포함되어 있었다. 그녀는 그것이 덴고의 손에 의해 다시 쓰였다는 리더의 말에 이끌려 읽기 시작했다.

「공기 번데기」는 환상적인 이야기 형식을 취하고 있었지만, 기본적으로 읽기 쉬운 소설이었다. 열일곱 살 소녀가 머릿속에서 만들어 낸 환상이 아니라, 그녀가 몸소 헤쳐 나온 현실이라는 것이 피부로 느껴졌다. 아오마메는 달을 보기 위해 베란다로 나갔다. 그리고 도로 맞은편 어린이공원 미끄럼틀 꼭대기에 젊은 남자 하나가 앉아 있다는 것을 깨달았다. 게다가 그가 자신과 마찬가지로 두 개의 달을 보고 있다는 것을 직관적으로 알게 되었다. 덴고였다. 아오마메는 잠시 망설이다가 비상계단을 뛰어 내려가 놀이터로 갔다. 하지만 그곳에 이미 덴고의 모습은 없었다.

아오마메는 택시를 잡아타고 일부러 멀리 돌아가, 정체가 확실한 수도 고속도로 3호선을 타고 이케지리池尻 출구 직전까지 가 달라고 했다. 운전사가 싫어했지만, 만 엔짜리를 슬쩍 보여 주고 반강제로 차를 몰게 했다. 예상대로 고속도로는 막혀 있었다. 겨우 '고마자와駒沢'라는 표시가 있는 곳까지 도착하자, 아오마메가 본 기억이 있는 에소エッソ 석유의 커다란 간판이 보였다.

이전과 마찬가지로 택시로 고속도로를 타고 가다가 같은 장소에서 내려, 아래로 내려가려고 비상계단을 찾았지만 없었다. 출구가 막혀 버린 것이었다. 그녀는 숄더백 속에서 권총을 꺼내 총구를 입안에 넣었다. 기도문은 생각할 필요도 없이 나왔다. 어린 시절엔 의미를 거의 이해할 수 없었지만, 그 말들이 뼛속까지 스며들었다. 아오마메는 '덴고.' 하고 불렀다. 그리고 방아쇠를 건 손가락에 힘을 주었다.

• 덴고 – 짝수 장

고등학생 때에 즉석 타악기 연주자로 야나체크의 '신포니에타'를 연주한 이래, 그 노래를 아침에 듣는 것이 덴고의 습관이 되었다. 그는 그 음악을 들으면서, 워드 프로세서 화면을 마주하고 앉아 일을 하고 있었다. 일을 마치고 역까지 산책을 하고 매점에서 신문을 샀는데, 사회면에 후카에리의 실종 기사가 나와 있었다.

학원 점심시간에 덴고는 '재단법인 신일본학술예술진흥회 상임이사'라는 명함을 가진 '우시카와 도시하루牛河利治'라는 정체를 알 수 없는 남자의 방문을 받았다. 그는 덴고와 후카에리의 관계를 알고 있다는 것을 넌지시 암시하였다.

덴고는 아오마메가 아직 증인회의 신자일까 하고 생각했다. 아오마메가 덴고의 손을 강하게 잡던 날, 그녀는 그의 일부를 가져가 버렸고, 그녀의 일부를 그의 몸속에 남기고 간 것 같은 느낌이 들었다.

그 후 얼마 동안, 덴고에게 아무도 연락하지 않았다. 어느 날 고마쓰로부터 「공기 번데기」의 서평을 복사한 것과 편지가 도착했다. 덴고는 고마쓰가 전화 대신 편지를 보낸 이유를 생각하다, 지난 금요일에 연상의 여자 친구가 아무 말도 없이 오지 않았다는 사실을 기억했다. 화요일 밤 9시가 지나 전화벨이 울렸다. 오랜만에 듣는 전화벨 소리였지만, 무언가 불길한 울림이 느껴졌다. 수화기를 들자 '야스다安田'라는 남자가 "집사람은 이제 그 집에 갈 수 없을 겁니다."라고 중립적인 목소리로 말했다. 덴고는 그 남자가 여자 친구인 '야스다 교코安田恭子'의 남편이라는 것을 알아차렸다.

덴고는 거의 즉흥적으로 2년 만에 지쿠라千倉에 있는 아버지에게 갔다. 가는 도중에 열차 안에서 덴고는 「고양이 마을」이라는 단편 소설을 연달아 두 번이나 읽었다. 아버지와 만나자, 아버지는 덴고에게 "당신은 아무것도 아니었고, 아무것도 아니고, 앞으로도 아무것도 아닐 거야."라고 말했다. 또한 "네 어머니는 공백空白과 관계해서 너를 낳았어. 내가 그 공백을 채웠어."라고도 했다.

6시 전에 덴고는 아버지에게 작별을 고했다. 덴고는 그때 이 남자가 진짜 아버지가 아니라는 확신을 얻게 되었으나, 어쨌든 어머니가 떠난 뒤에 자신을 키워 준 데 대한 감사 인사를 했다. "안녕히 계세요, 아버지. 가까운 시일 내에 또 올게요." 하고 뒤돌아보자, 아버지의 눈에서 한 줄기 눈물이 흐르고 있었다.

다음 날 아침, 덴고는 자신이 새로운 인간이 되었다는 것을 깨달았다. 2주 정도 평온한 날들이 계속되었다. 9월 어느 날 아침, 후카에리가 덴고의 방으로 찾아와, 선구 본부가 경찰의 수색을 받았다고 알려 주었다. 그날 덴고가 학원 수업을 마쳤을 때, 우시카와가 찾아와 자신들이 주겠다는 후원금에 대한 대답을 독촉했다. 덴고는 거부했다. 우시카와와 주고받은 대화 속에서, 그가 후카에리에 관한 일은 모르지만, 덴고의 어머니에 대해서는 뭔가 알고 있다는 것을 알게 되었다.

덴고는 자기 방에 있는 후카에리에게 전화를 하였다. 그녀는 리틀 피플이 마구 날뛰고 있는데, 그것은 뭔가 이변의 징조라며 빨리 돌아오라고 했다. 덴고는 비가 내리기 전에 집에 올 수 있었다. 덴고는 머리를 묶어서 드러난 후카에리의 목덜미와 귀에 크게 마음이 흔들렸다.

9시가 되자, 멀리서 희미하게 천둥소리가 들리는 것 같았다. "빨리 자는 게 좋을지 몰라요."라며, 후카에리는 잘 준비를 했다. 그녀는 지난번에 묵었을 때 입었던 덴고의 잠옷으로 갈아입고서, 덴고에게 책을 읽든지 이야기를 해 달라고 했다. 그는 열차에서 읽었던 「고양이 마을」 이야기를 들려주었다. 그 이야기를 듣고 후카에리는 자기는커녕 그에게 "액막이를 했냐."고 물었다.

"이리 와서 나를 안아요." 하고 후카에리가 말했다. 덴고는 그녀가 시키는 대로 침실 천장의 불을 껐다. 정신을 차리고 보니, 덴고도 후카에리도 알몸이 되어 있었다. 몸을 움직일 수 없었는데, 후카에리의 말대로 눈을 감자, 어느새 덴고는 열 살 소년이 되어 아오마메와 단 둘이 교실에 있었다. 그리고 덴고는 이제 막 생긴 것 같은 후카에리의 성기에 사정을 했다. "걱정할 것 없어요."라고 후카에리가 말했다. "나는 임신하지 않아요. 내게는 생리가 없으니까."라고 말을 이었다. 덴고는 아오마메를 만나야 한다고 생각했다.

다음 날 1시쯤 덴고는 고마쓰의 회사에 전화를 걸었다. 그러나 그는 일주일 전부터 회사에 나오지 않고 있었다.

덴고는 전날 결심한 대로 아오마메를 찾기로 했다. 별 뾨

족한 수가 없다고 생각하면서도, 덴고는 "나는 지금 어떤 사람을 찾고 있어." 하고 후카에리에게 말해 보았다. 후카에리는 잠시 뭔가를 생각하고는, 얼굴을 들고 사려 깊게 "그 사람, 바로 가까이에 있을지도 몰라요." 하고 말했다. 저녁 식사 후, 후카에리는 "그 사람에 대해 당신은 생각나는 게 몇 가지 있을 거예요. 그게 도움이 될지도 몰라요."라며 무언가 시사하는 듯이 말했다. 후카에리의 말을 따라 덴고는 아오마메에 대해 떠올리려고 노력했지만, 집중이 되지 않았다. 그는 어딘가 조용한 곳에 혼자 있을 필요가 있다고 생각하며 밖으로 나왔다.

역 앞의 무기아타마麦頭라는 가게에서 생맥주를 마시며 의식을 집중시켰다. 그 교실 안에서 무엇이 보였지? 그래, 그곳에는 달이 있었지. 덴고는 계산을 하고 가게를 나왔다. 하늘을 쳐다보았지만, 달은 보이지 않았다. 정처 없이 걷다가, 근처에 어린이공원이 있었던 게 기억났다. 공원에는 사람의 그림자도 없었다. 덴고는 미끄럼틀 위로 올라가, 거기에 서서 밤하늘을 올려다보았다. 공원 북쪽에는 6층짜리 새 맨션이 세워져 있었다. 덴고는 남서쪽 방향에서 달을 발견했다. 달은 4분의 3 크기였다. 20년 전에 보았던 달과 똑같다고 덴고는 생각했다. 그리고 그 달에서 조금 떨어진 하늘의 한 모퉁이에 또 하나의 달이 떠 있다는 것을 깨달았다. 틀림없이 달은 두 개 있었다. '이건 「공기 번데기」와 똑같잖아.' 하고 덴고는 생각했다.

새로운 달의 모양은 그가 생각해 낸 것과 거의 똑같았다. 두 달의 모습은 덴고에게 현기증 같은 가벼운 어지러움을 느끼게 했다. 동시에 그는 그 현기증 속에서 자신이 꽤 오랫동안 어머니의 환영에 시달리고 있지 않다는 것을 깨달았다. 바로 근처에 있을 '아오마메에게도 두 개의 달이 보이는 것일까? 틀림없이 보일 거야.' 하고 덴고는 생각했다. 덴고는 미끄럼틀을 내려와 정처 없이 거리를 걸었다.

그가 방으로 돌아오자, 후카에리가 지쿠라에서 전화가 왔었다고 했다. 요양소에 전화를 하자, 의사는 아버지가 혼수 상태에 빠졌다고 알려 주었다.

덴고는 요양소에 가서 '마치 열차가 조금씩 속도를 늦추며 멎으려는 것처럼' 인생의 마지막을 맞이하고 있는 아버지를 향해, 그가 지금까지 보내 온 인생의 대략적인 줄거리를 말하기 시작했다. 오후 몇 시간에 걸쳐 덴고가 이야기를 마친 저녁, 아버지는 검사실로 옮겨졌다. 덴고는 20분 정도 시간을 때우다 병실로 돌아왔지만, 아버지는 아직 돌아오지 않았다. 그 대신 아버지가 남기고 간 침대의 움푹 들어간 곳에는 지금까지 본 적이 없는 흰 물체가 놓여 있었다. 덴고는 퍼뜩 깨달았다. 공기 번데기였다.

번데기의 맨 윗부분에는 세로로 한 줄기 금이 가 있었다. 공기 번데기가 이제 막 둘로 갈라지려 하고 있었다. 번데기 속에는 도대체 무엇이 있는 것일까? 어떻게 해야 좋을지 몰라, 덴고는 의자에 오랫동안 앉아 있었다. 마침내 마음을 결정하고 갈라진 틈 사이로 손가락을 넣어 안에 있는 것이 무엇인지 확인해 보았다. 덴고가 거기에서 발견한 것은 아름다운 열 살 가량의 소녀였다. "아오마메." 하고 덴고는 말했다. 공기 번데기가 서서히 빛을 잃으면서 사라지자, 소녀 아오마메의 모습도 사라져 버렸다. '이제부터 이 세계에서 살아가는 거야.' 하고 덴고는 생각했다. 덴고는 아오마메를 찾아야겠다고 다시 마음먹었다. 무슨 일이 있건, 그리고 그녀가 누구이건.

'BOOK 3' 10月-12月

• 우시카와 − 1, 4, 7, 10, 13, 16, 19, 22, 25, 28장

우시카와는 선구의 리더 후카다 다모쓰의 보디가드인 키 작은 '스킨헤드'와 머리를 '포니테일'로 묶은 남자를 만나고 있었다. 리더가 죽고 이미 3주가 지났다. 온 조직이 아오마

메의 행방을 쫓았지만 성과를 얻지 못하자 우시카와의 차례가 된 것이었다. 우시카와는 리더와 개인적으로 관계가 있었고, 조직과는 다른 루트로 아오마메에 대해 조사를 하고 있었다. 그런 까닭에 온갖 수단과 방법을 다 동원한 보디가드가 그를 찾아온 것이었다.

선구는 우시카와에게 '리더 살해의 배후는 누구인가'와 '아오마메의 거처'에 대한 답을 요구하며 압박했다. 조사원으로서 우시카와는 예리한 후각과 강한 끈기가 재산이었다. 신변에 위협을 느낀 우시카와는 그 자질을 무기로 조사에 매달려 볼 수밖에 없었다. 그는 아오마메가 아자부에 있는 노부인의 도움을 받아서 어딘가에 숨어 있다고 하는 가설을 세우고 조사를 진행했다.

그러나 노부인에 관한 정보 수집이 생각 외로 어려움을 겪게 되자, 조사 방향을 바꾸지 않을 수 없었다. 우시카와는 아오마메가 치바 현 이치카와 시에서 초등학생 시절을 보냈다는 것을 알고, 덴고와의 접점을 찾아냈다. 실제로 이치카와까지 간 우시카와는 아오마메와 덴고가 2년간 같은 반이었다는 것을 확인했다.

우시카와에게는 병원을 운영하는 부모님과 의사가 된 형과 남동생, 그리고 동시통역을 하는 여동생이 있었다. 우시카와를 제외한 나머지 가족 모두가 날씬하고 키가 크며, 계란형의 준수한 얼굴을 하고 있었다. 우시카와만이 키가 작고 후쿠스케福助, 복을 가져다 준다는 인형. 큰 머리와 상투를 튼 헤어스타일이 특징으로, 머리가 큰 사람을 비유해서 말하기도 한다 머리에다가 얼굴도 못생겼는데, 친가 쪽에 똑같이 생긴 사람이 딱 한 사람 있었다.

그렇게 눈에 띄는 생김새를 지닌 우시카와였지만, 한때는 변호사로 활약하며 가정을 가졌던 행복한 시기도 있었다. 하지만 지금은 혼자 살고 있었고, 뒷 세계와 관련된 일을 하고 있다.

우시카와는 덴고가 사는 고엔지의 오래된 3층짜리 철근 아파트 1층에 빈집을 찾아내어, 그곳을 빌렸다. 그리고 망원렌즈가 달린 카메라로 현관을 감시하기 시작했다. 하지만 덴고의 모습은 전혀 보이지 않았다. 학원에 전화를 해 보니, 열흘 전부터 휴가를 내고 있었다.

우시카와는 망설였지만, 직감에 따라 아파트를 계속 감시하기로 했다. 그러자 2시 반경에 한 소녀의 모습이 눈에 띄었다. 그는 기억을 되살려, 그녀가 「공기 번데기」의 저자 후카다 에리코라는 것을 알아챘다. 그녀는 분명히 렌즈 너머로 우시카와의 존재를 인식하고 있었다. 우시카와는 미심쩍었다. 확실히 「공기 번데기」는 베스트셀러가 되었다. 비록 그것이 덴고에 의해 다시 쓰여졌다고 해도, 어디까지나 그는 보조적인 역할밖에 하지 않았다. 그럼에도 불구하고, 교단은 왠지 모르게 덴고에게 흥미를 갖고, 자신에게 그와의 연줄을 만들라고 명령했던 것이다. 그런 것을 생각하고 있던 우시카와는 갑자기 문을 두드리는 소리에 퍼뜩 정신이 들었다. 노크한 사람은 NHK의 수금원이었다. 물론 우시카와는 숨을 죽이고 내버려 두었다. 수금원은 포기했는지 일단 돌아갔다. 우시카와는 그 인물을 확인하려 아파트 현관을 지켜보았지만, 끝내 그 모습을 볼 수 없었다.

바람 없는 목요일 오전 11시, 후카다 에리코가 현관에 모습을 드러냈다. 그녀는 확실히 망원 렌즈 너머로 우시카와를 응시했다. 그는 그녀가 더 이상 여기로는 돌아오지 않으리라는 것을 알았다. 우시카와는 깊은 무력감에 휩싸였다.

덴고가 현관에 모습을 드러낸 것은 그날 오후 4시경이었다. 다시 나타난 것은 7시가 지나서였는데, 외출하는 것 같았다. 아오마메와 만날 가능성이 있었기 때문에, 우시카와는 뒤를 따라갔다. 그러나 덴고는 무기아타마라는 술집에 들어갔다가 35분 뒤에 혼자 나왔다. 그 후 덴고는 가까운 어린이공원으로 가서 미끄럼틀에 올랐다.

덴고가 떠난 뒤, 우시카와는 덴고가 미끄럼틀에 올라가

무엇을 하고 있었는지 확인하기 위해 자신도 똑같이 해 보고는 숨을 삼켰다. 하늘에 달이 두 개 떠 있었기 때문이다. 일요일 저녁에 우시카와는 외출하려는 덴고의 모습을 현관에서 확인했다. 그러나 우시카와는 덴고의 뒤를 쫓지 않았다. 공원의 미끄럼틀에 올라가 달을 볼 생각이었기 때문이었다. 역시 달은 두 개 있었다.

자기 방으로 돌아온 우시카와는 아파트 현관에서 처음 보는 여자의 모습을 발견했다. 체격으로 미루어, 그 인물이 아오마메일 가능성이 높았다. 10시가 지나도 덴고는 돌아오지 않았다. 우시카와는 드물게 피로를 느끼고는 깊이 잠들어버리고 말았다.

고마쓰와 만났던 덴고는 우시카와가 잠든 뒤에 집에 돌아와서, 새벽 2시에 아버지가 사망했다는 소식을 듣고는, 아침 일찍 지쿠라로 향했다. 우시카와가 일어난 것은 아침 8시가 지나서였다. 목이 빠지게 기다렸는데도 덴고가 나타나지 않자, 덴고가 일하는 학원에 전화를 걸었고, 덴고의 아버지가 죽었다는 것을 알게 되었다. 우시카와는 이제 덴고가 천애 고아 신세가 되었다고 생각했다. 덴고의 어머니가 젊은 남자와 도망간 곳에서 목 졸려 죽었다는 것을 이미 알고 있었기 때문이었다.

우시카와는 필름을 현상했다. 수수께끼의 여자가 찍힌 사진은 세 장 있었다. 보면 볼수록 그녀가 아오마메일 수밖에 없다고 생각했다. 계속 감시했지만, 수수께끼의 여자는 더 이상 나타나지 않았다.

우시카와가 눈을 떴을 때 주위는 깜깜했다. 누군가가 그의 목에 팔을 둘렀고 우시카와는 정신을 잃었다. 의식이 돌아온 것이 월요일인지 화요일인지 우시카와는 알 수 없었다. 등 뒤에서 우시카와가 맞는지 확인하는 소리가 들렸다. 우시카와가 잠자코 있자, 왼쪽 콩팥에 강한 일격이 가해졌다. 결국 알고 있는 것을 모조리 자백한 우시카와는 다마루에게 살해당하고 말았다. 다마루는 우시카와의 시체를 전해주기 위해, 그에게서 들은 선구의 연락처로 전화를 했다.

우시카와의 시신을 가지고 돌아온 스킨헤드와 포니테일은 교단의 간부에게 여러 가지를 추궁당하고, 한시라도 빨리 아오마메를 확보하라는 최후통첩을 받았다. 스킨헤드는 우시카와가 죽어 있던 아파트의 3층에 덴고가 살고 있다는 것을 알고 즉시 도쿄로 향했다.

아무것도 없는 방에 누워 있는 우시카와의 입에서 여섯 명의 리틀 피플이 모습을 드러냈고, 새로운 공기 번데기를 만들기 시작했다.

• 아오마메 – 2, 5, 8, 11, 14, 17, 20, 23, 26, 29장

주변이 어두워지자, 아오마메는 길 건너에 있는 어린이 공원을 바라봤다. 10시 반 무렵까지 미끄럼틀을 바라보다, 욕실에서 몸을 녹이고 침대에 들어가 잠을 청했다. 그녀는 권총의 방아쇠를 당기지 않았다. 먼 목소리를 들었기 때문이었다. 그리고 그 작은 공원에서 덴고와 다시 한 번 만나기 위해, 그녀는 하루도 쉬지 않고 감시를 계속했다. 자살할 생각을 단념한 그다음 날, 전화를 걸어 온 다마루에게 아오마메는 이름도 얼굴도 바꾸지 않고, 여기에서 움직이지도 않겠다고 말했다. 올 연말까지 만이라는 조건으로 계획 변경이 받아들여졌다.

원래 사교적이지 않았던 아오마메에게 은신처에서의 생활은 그다지 괴롭지 않았다. 낮에는 규칙적인 생활을 하고, 밤이 되면 감시를 계속했다. 10월의 어느 날 오후 3시, 맨션 입구의 벨이 울렸다. NHK 수금원이라는 남자가 집요하게 문을 열라고 요구했다. 아오마메는 숨을 죽이고 어떻게든 지나가려 했지만, 그 남자는 다시 방문하겠다는 말을 남기고 갔다. 그러고 나서 2주 정도는 화요일 오후에 찾아와 필요한 물품을 두고 가는 말 없는 보급 담당자 외에는 아무도 찾아오지 않았다.

아오마메는 별로 꿈을 꾸지 않는 편이었는데, 이 은신처에 살게 된 뒤부터는 매일 밤 생생한 꿈을 꾸게 되었다. 대략적으로 세 종류의 꿈이었다. 하나는 천둥이 치고, 어둠에 싸인 방 안에서 무언가가 돌아다니다가 나간다. 그녀가 벌거벗은 채 불을 켜고 살펴보면, 침대 맞은편에 구멍이 뚫려 있다. 무언가가 그 구멍으로 나간 것이다. 다른 하나는 고속도로의 갓길에 그녀가 벌거벗은 채 서 있는데, 월경이 당장 시작되려 하고 있다. 아오마메가 망연자실하고 있는데, 은색 메르세데스 쿠페에서 품위 있는 중년 여성이 내려, 그녀에게 딱 맞는 스프링코트를 입혀 주는 것이다. 세 번째는 단지 이동하고 있다는 감각만 느낄 수 있는, 말로는 제대로 표현할 수 없는 꿈이었다.

다마루에게서 NHK 수금원이 뭔가 착오로 방문한 것일 거라는 전화가 있었다. 아오마메는 임신 테스트 키트를 요구했다. 즉시 아자부의 노부인이 전화를 걸어 왔다. 아오마메는 생리가 3주 정도 늦어지고 있으며, 리더를 살해한 날에 성적인 교섭도 없이 임신이 되었음을 느끼고 있다고 말했다.

그날 다시 NHK 수금원이 왔다. 화요일, 도착한 테스트 키트로 아오마메는 자신이 임신했다는 것을 새삼 확인했다.

그러고 보니 그녀의 생리가 시작된 것은 초등학교 교실에서 덴고의 손을 잡은 몇 달 뒤부터였다. 어쩌면 덴고의 아이일지도 모른다고 아오마메는 생각했다. 그리고 수도 고속도로의 비상계단을 거꾸로 올라감으로써 원래의 세계로 돌아갈 수 있을지도 모른다는 것을 깨달았다.

아오마메는 덴고의 아이를 가졌다는 것을 확신하고 있었다. 그녀는 출산 직전의 자신이 스킨헤드와 포니테일이 지키는 하얀 방에 감금되어 있는 새로운 꿈을 꾸게 되었다. 노부인이 전화를 해서, 조금 전에 눈에 띄는 차림새의 수상한 남자가 아자부의 저택 주변에 나타났는데, 그 인물이 NHK 수금원과 같은 사람이 아닐까 하는 이야기를 했다.

전화벨이 울린 것은 바람이 강한 토요일이었다. 시간은 오후 8시 정도. 전화를 건 사람은 다마루였다. 전화를 끊고 베란다로 돌아온 아오마메는 놀이터를 빠져나가는 땅딸막한 아이의 모습을 순간 포착했다. 그것은 사실 아이가 아니라 우시카와였다.

바람조차 불지 않는 일요일 저녁, 그녀가 어린이공원을 감시하는 동안 세계는 완벽히 정지한 것처럼 고요했다. 아오마메는 평온한 하루를 마무리하려 하고 있었다. 세계가 정지하기를 멈춘 것은 8시 23분의 일이었다. 아오마메는 미끄럼틀 위에 한 남자가 있다는 것을 깨달았다. 반사적으로 덴고라고 생각했지만, 그는 아니었다. 어젯밤 보았던 아이였다. 아니, 아이가 아니었다. 다마루가 말한 버드나무 저택 주위를 배회하던 후쿠스케 머리였다. 하지만 그녀는 알리지 않았다. 그 후쿠스케 머리가 미끄럼틀 위에서 너무나 무방비한 모습을 드러내고 있었기 때문이었다.

후쿠스케 머리가 공원에서 일어나자, 아오마메는 그 뒤를 미행하여, 그가 살고 있는 아파트를 알아냈다. 아파트 현관에 설치된 우편함 속에서 '가와나川奈(덴고의 성姓)'라는 이름을 찾아내자, 아오마메의 주위에서 모든 소리가 사라졌다. 게다가 집 호수는 공교롭게도 그녀와 같은 303호였다. 망설임 끝에 벨을 눌렀지만 집주인은 없었다.

아오마메는 자신의 아파트로 돌아와 다마루에게 연락을 취했다. 날짜가 일요일에서 월요일로 바뀌었지만 잠을 잘 수가 없었기 때문에, 아오마메는 열 번은 읽은 「공기 번데기」를 다시 읽기 시작했다. 화요일 정오 지나서, 다마루의 전화로 후쿠스케 머리가 이제 그 아파트에 없다는 것을 알았다. 또한 선구가 더 이상 아오마메의 목숨을 노리고 있지 않다는 전갈을 들었다. 아오마메는 다마루에게 '어두워진 뒤에 미끄럼틀 위로 와 달라.'는 말을 덴고에게 전해 달라고 당부했다. 다음 날 오후 2시에 다마루로부터 오늘 밤 7시 정각에 덴고가 미끄럼틀에 올 거라는 연락이 있었다.

덴고와 아오마메는 미끄럼틀 위에서 재회했고, 아오마메는 "덴고, 눈을 떠."라고 말했다. 덴고는 그렇게 했다. 세계는 다시 시간이 흐르기 시작했다. 두 사람이 소리 없는 교감을 나눈 후에도, 하늘에는 달이 두 개 떠 있었다. 두 사람이 빠른 걸음으로 공원을 뒤로 할 때, 달들의 시선은 구름에 가려져 있었다.

• 덴고 − 3, 6, 9, 12, 15, 18, 21, 24, 27, 30장

덴고는 10월에 두 번, 휴일에 당일치기로 지쿠라에 있는 아버지의 요양소를 방문했다. 11월 중순을 지나, 친구에게 대리로 강의를 해 달라고 부탁하고, 휴가를 몰아서 얻었다. 후카에리를 아파트에 남겨 두고, 덴고는 지쿠라로 가서 여관에 머물며 매일 아버지의 병실에 갔다. 그는 침대 옆에 앉아 가져온 책이나 새로 쓰기 시작한 소설 원고를 아버지에게 읽어 주었다. 저녁이 되어 아버지가 검사를 위해 옮겨지면, 식당의 공중전화로 후카에리에게 전화를 걸었다. 그녀는 덴고에 대해 잘 알고 있다는 NHK 수금원이 찾아왔다고 했다.

고마쓰는 8월 말부터 3주 동안 행방불명 상태였지만, 다시 모습을 드러내었다. 그런 고마쓰와 덴고가 마지막으로 이야기를 나눈 것은 9월 말이었다. 그 이후로 그와는 연락이 없었다.

매일 병원에 오는 덴고에 대해 세 명의 간호사가 친밀감을 갖기 시작했다. 30대 중반의 '오무라大村', 포니테일 머리에 볼이 붉은 '아다치安達', 금테 안경을 쓴 중년의 '다무라田村'였다. 어느 날 덴고는 세 명의 간호사에 이끌려 함께 불고기를 먹고 노래방까지 갔다. 그 후 「공기 번데기」의 애독자인 아다치의 권유를 거절하지 못하고, 그녀의 방에서 해시시대마초를 농축한 물체로, 대마초보다 환각성이 강한 것으로 알려져 있음를 피웠다. 아다치는 자신이 한 번 죽었다가 다시 태어났다고 말하며, 덴고에게 아직 출구가 닫히지 않았을 때 여기를 나가라고 덧붙였다.

덴고가 2주 가까이 아버지의 병실에 간 목적은 간병이 아니었다. 다시 한 번 공기 번데기 속에서 잠든 아오마메를 보고 싶어서였다. 그렇지만 그것이 전혀 실현될 것 같지 않았기에 일단 도쿄로 돌아가기로 했다. 마지막으로 아버지의 병실을 방문한 덴고는, 자신의 집에 찾아오는 NHK 수금원이 아버지라는 생각이 든다며, 이제 문을 노크하지 말아 달라는 말을 남기고 떠났다.

아파트에 돌아와 보니 후카에리는 없었다. 대리 강의를 부탁한 친구에게 전화하니, 그가 후카에리의 편지를 보관하고 있다고 했다. 덴고는 황혼의 고엔지 거리를 방황했다. 정신을 차리고 보니 무기아타마 앞에 와 있었고, 거기서 식사를 했다. 그리고 어린이공원에 가서 미끄럼틀 위에서 달을 바라보았다.

다음 날 덴고는 학원에 나가서 후카에리의 편지를 읽었다. 거기에는 누군가 우리를 지켜보고 있기 때문에 나간다고 씌어 있었다.

덴고는 고마쓰에게 연락을 해서 저녁 7시에 만나기로 약속을 잡았다. 고마쓰는 덴고에게 8월 말부터 9월 중순에 걸쳐 자신이 감금되어 있었다는 사실을 털어놓았다. 창문 없는 좁은 방에 갇힌 고마쓰는 「공기 번데기」를 더 이상 출판하지 않을 것을 약속했고, 후카다 다모쓰와 그 아내의 죽음, 후카에리의 무녀 역할 소멸에 대해 들었다고 고백했다. 덴고는 자신이 「공기 번데기」의 세계를 이은 장편 소설을 쓰고 있다는 사실을 고마쓰에게 말하지 않았다.

전화벨 소리에 덴고가 일어났다. 시간은 월요일 새벽 2시 4분이었다. 아다치에게서 아버지의 사망 소식을 듣게 된 것이었다. 바닷가의 요양소에 도착한 것은 10시 반이었다. 아버지의 유품 속에 어머니의 사진이 있었다. 어머니는 어딘지 모르게 연상의 여자 친구 야스다 쿄코를 닮았다. 아다치는 아버지가 가끔 침대의 나무 테두리를 두드렸다는 것을 알려 주었다.

아버지는 아다치가 맡아 두고 있었던 NHK 수금원 제복에 싸여 화장되었다. 그리고 화장이 끝날 때까지 함께 있어 준 아다치에게서 이상한 이야기를 들었다. 그녀는 자신이 이미 한 번 죽었다 살아났으며, 자신을 목 졸라 죽인 상대의 얼굴을 기억하고 있어, 길에서 만나면 한눈에 알 수 있다고 했다.

수요일 아침, 덴고는 아오마메를 아는 사람이라고 밝힌 남자로부터 가져가고 싶은 소중한 것들을 챙겨서 미끄럼틀로 와 달라는 내용의 전화를 받았다. 그는 저녁 7시에 갈 수 있다고 대답하고는, 집필 중인 소설의 프린트물과 재산이라고 부를 만한 것들을 숄더백에 넣었다.

어린이공원에 도착한 것은 7시 7분 전이었다. 7시 3분이 되었을 때, 덴고는 눈을 감고 귀를 기울였다. 정신을 차리니, 누군가가 옆에서 그의 손을 잡고 있었다.

공원을 나온 두 사람은 택시를 잡아타고 산겐자야로 향했다. 차 안에서 아오마메는 9월 초 뇌우가 치던 날에 덴고의 아이를 임신했다고 고백했다. 덴고는 짐작 가는 바가 있다면서, 그것을 자연스럽게 받아들였다. "너희 둘은 아무에게도 넘겨주지 않아. 무슨 일이 있어도. 너도, 그 작은 것도."라고 덧붙여 말했다.

• 덴고와 아오마메 — 31장

덴고와 아오마메는 비상계단을 찾는다. 실제로는 계단이라기보다는 거의 사다리에 가까운 허술한 물건이다. 아오마메가 기억하고 있던 것보다 더 허술하고 위태로워 보였다. 9월 초에 고속도로 위에서 찾았을 때는 비상계단이 없었다. 그러나 아오마메가 예상했던 대로 위로 향하는 루트는 존재하고 있었던 것이다.

아오마메가 먼저, 그 뒤를 덴고가 이어서 지상으로 올라갔다. 고속도로는 전과 마찬가지로 심하게 정체되어 있었다. 아오마메는 에소의 광고 간판에 그려진 호랑이의 모습이 뒤집혀 있다는 것을 알아차렸다. 10분 정도 뒤에 그들은 그곳을 지나는 빈 택시를 잡아탔다.

두 사람은 그날 밤, 아카사카에 있는 고층 빌딩에 방을 잡았다. 그리고 아오마메와 덴고는 하나가 되었다.

>> 감상 포인트

『태엽 감는 새 연대기』 항목에서도 언급했듯이, 원형인 『태엽 감는 새 연대기』에는 『국경의 남쪽, 태양의 서쪽』의 요소가 각 부분에 포함되어 있다. 『국경의 남쪽, 태양의 서쪽』을 아주 간단히 요약하면, 주인공이 초등학생 시절에 만나 마음 깊은 곳에서 서로 통했던 추억이 있는 여성과 성장하고 나서 재회하지만, 그 존재를 잃고 만다는 이야기이다. 이야기의 패턴으로 볼 때, 『1Q84』의 아오마메와 덴고 이야기의 원형이 아닐까 하는 생각을 떨쳐 버리기 힘들다.

또한 『태엽 감는 새 연대기』 '제1부'는 1984년 6월부터 7월, '제2부'는 1984년 7월부터 10월의 이야기라고 분명히 밝혀져 있다. 『1Q84』 역시, 'BOOK 1'은 '4月 – 6月', 'BOOK 2'는 '7月 – 9月'이라고 부제가 붙어 있어, 두 작품 내의 현재 시점이 동일하다. 하지만 『1Q84』의 'BOOK 3'에는 '10月 – 12月'의 이야기 임이 밝혀져 있는데 반해, 『태엽 감는 새 연대기』 '제3부'에는 1부와 2부에 나타나는 연대기적 성격을 나타내는 구체적인 시점이 보이지 않아, 호기심을 불러일으킨다.

'제2부'로 작품이 완결됐다고 생각했기 때문에 작가조차 예상하지 못했던 '제3부'가 쓰여지게 된 『태엽 감는 새 연대기』 때와 마찬가지로, 『1Q84』 역시 이번에 'BOOK 3'가 쓰여지게 되었지만, 간행된 'BOOK 3'를 읽어 보았더니, 이야기는 여전히 끝나지 않은 것처럼 느껴졌다.

'BOOK 3'에서는 덴고와 아오마메가 20년 만에 재회를 하는데, 아오마메는 덴고를 만나기도 전에 그의 아이를 임신하고 있었다. 하지만 덴고는 그것을 믿고, "너희 둘은 아무에게도 넘겨주지 않아."라고 결심한다. 그 후에는 둘이서 1Q84년에서 1984년으로 돌아간 것처럼 보인다. 그러나 이 장면은 「벌꿀 파이」의 라스트를 재현하는 데 불과한 것은 아닐까?

작가 자신이 어디까지 의식적으로 집필했는지 모르지만, 덴고와 선구의 리더가 부자 관계일 가능성이 높아 보인다. 이 작품에서 주인공 덴고는 덩치가 커서 학창 시절 내내 유도부의 중심 선수였고 어렸을 때부터 사색적이어서, 아무리 생각해도 몸집이 작은 NHK 수금원이 생물학적 아버지가 아니라고 생각할 수밖에 없게 설정되어 있기 때문이다. 반면 선구의 리더는 원래 학자이지만, 일반적인 학자 이미지와 달리 거구라는 점이 반복적으로 등장한다는 점에서, 단순한 우연 이상의 뭔가가 있다고 생각된다.

그렇게 볼 때, 리더를 살해한 바로 그날에 아오마메는 덴고의 아이 – 리더의 후계자 – 를 수태한 것이다. 그렇게 생각해야 비로소, 리더가 개인적인 루트로 채용한 우시카와가 덴고의 신상 조사를 한 것이 설명된다. 또한 어느 시점을 경계로 '선구'가 리더를 살해한 범인 아오마메에 대한 보복 대신 목숨을 보증하는 움직임을 보이는 이유도 이해할 수 있다. 아오마메가 누군가에게 태아를 빼앗기는 꿈을 꾸는 것이 암시하는 것 역시 같은 맥락으로 받아들일 수 있다.

약간의 희망을 담아 말하자면, 혹 속편이 쓰여진다면, 그것은 아버지와 아들을 둘러싼 새로운 드라마가 되었으면 한다. 그것을 그리지 않고 하루키 문학은 새로운 경지를 개척할 수 없을 것이다. 그러나 『태엽 감는 새 연대기』 '제3부'가 쓰여진 후 일부에서 '제4부'의 출현을 기대했지만 배신당한 것처럼, 이번에도 또 여기서 중단될 가능성도 충분히 있을 것이다.

무라카미 하루키는 데뷔작 『바람의 노래를 들어라』 이후, 실종된 아내와 애인의 죽음을 계속해서 그려 왔다. 이것은 하루키 문학의 기층에 오르페우스 Orpheus 이야기가 존재하는 것은 아닐까 하는 생각이 들게 한다. 아니, 극단적으로 말하면, 무라카미 하루키라는 작가는 처녀작부터 최신작까지 반복적으로 동일한 패턴의 이야기밖에 그려 내지 못했던 것일지도 모르겠다.

예를 들어『태엽 감는 새 연대기』에서 '나'는 벽을 통과하여 실종된 아내 구미코를 데리고 나오려 한다. 이것은 오르페우스가 죽은 아내를 저승에서 데리고 나오려 하지만, 지상에 도착하기 직전에 뒤돌아봐서 아내는 죽음의 나라에 머물고 그 혼자만 돌아온다는 이야기와 똑같지 않은가.

그렇다면 최신작『1Q84』에서는 어떨까? 'BOOK 3'에서 덴고와 아오마메는 '1Q84년'에서는 탈출했지만, 그곳이 반드시 '1984년'이라고는 할 수 없을 것이다. 달은 하나밖에 없지만, 이번에는 에소의 간판에 그려진 호랑이의 모습이 뒤집혀 있기 때문이다. 'BOOK 1'에서 아오마메에게 비상계단의 존재를 가르쳐 준, 수상한 중년의 택시 운전사가 말하지 않았던가. "겉모습에 속지 않도록 하세요. 현실은 어디까지나 단 하나뿐입니다."라고. 그럼에도 불구하고 아오마메는 비상계단을 내려간 뒤 경찰의 옷차림이 다르다는 것을 인식해 버렸다. 그것 때문에 '1Q84년'으로 들어가 버린 것이다. 그리고 'BOOK 3'의 결말에서 아오마메는 에소 간판의 호랑이가 뒤집혀 있다는 것을 알아챘다. 그것은 이번에도 겉보기에 속았다는 것이 아닐까?

>> 비상계단은 발견된다. 실제로는 계단이라기보다는 거의 사다리에 가까운 허술한 물건이다. 아오마메가 기억하고 있던 것보다 더 허술하고 위태로워 보였다. <<

왜 여기서만 과거형이 아니라 현재형인 '발견된다'인 걸까? *그리고 왜 '기억하고 있던 것보다 더 허술하고 위태로워 보였던' 걸까? 그것은 이미 여기에서 레일 포인트가 또 바뀌었다는 걸 의미하는 것은 아닐까?

*번역자 주) 한국어판 『1Q84』에는 거의 모든 문장이 과거형으로 번역되어 있어, '비상계단을 찾았다.'로 되어 있지만, 원문은 현재형으로 되어 있다. 하루키는 시종 과거형으로 서술하다가 이 부분에서만 현재형을 썼고, 저자 히라노 씨는 이 부분의 시제에 주목하고 있다.

만약 하루키가 '1Q84'라는 세계관으로 또 작품을 쓴다고 하면, 그것은 'BOOK 4'가 아니라 'BOOK 0'가 되지 않을까. 'BOOK 4'라면 '1Q85'가 되어 버리고, 앞서 지적했듯이 'BOOK 3'의 마지막이 「벌꿀 파이」와 같다면, 그 5년 전 이야기 『날마다 이동하는 신장처럼 생긴 돌』이 이미 쓰여져 있었다는 전례를 떠올리지 않을 수 없기 때문이기도 하다. 그렇다면 그것은 덴고의 아버지 후카다 다모쓰가 선구의 리더로 변모해 가는 이야기가 되지 않을까. 마치 그것은 아이가 아버지를 극복해 나가는 일련의 이야기를 그린 다음, 그 아버지가 어떻게 해서 암흑세계의 주인이 되었는지를 과거로 거슬러 올라가 그린 영화, 〈스타워즈Star Wars〉처럼 되어 간다고도 할 수 있을 것이다.

사족이지만, 작품 속에서 덴고에게 사기 비슷하게 고쳐 쓰기를 부추기는 편집자 고마쓰는 분명히 야스하라 겐이 모델일 것이라고 생각된다. 그가 흔히 '야스켄'이라고 불리웠던 것처럼, 후카다 에리코도 후카에리로 불렸다는 것이 그것을 보강해 주고 있다.

무라카미 하루키 연보

1949년

1월 12일 무라카미 지아키·미유키 부부의 장남으로 교토 부 교토 시 후시미 구에서 출생. 그 후 아버지 일 관계로 효고 현 니시노미야 시 가와조에 쵸로 이사.

1955년 (6세)

니시노미야 시립 고로엔 초등학교 입학. 3, 4학년 무렵부터 책을 좋아하게 돼서 쥘 베른Jules Verne이나 뒤마Alexandre Dumas, 그리고 홈스나 루팡 시리즈를 읽음. 다른 오락거리가 없었기 때문에 아버지 손에 이끌려 자주 영화를 보러 다녔으나 서부극과 전쟁 영화뿐이었음.

1961년 (12세)

효고 현 아시야 시 우치데 니시구라 쵸로 이사. 4월에 아시야 시립 세도 중학교 입학. 이 무렵부터 국어 교사였던 아버지가 고전 문학을 가르치기 시작하는데, 그 반동으로 취미가 외국 문학 쪽으로 기움. 맨 처음 읽은 장편 소설은 숄로호프Michail Aleksandrovich Sholokhov의 『고요한 돈 강』. 음악에 관해서는 엘비스 프레슬리Elvis Aron Presley를 비롯한 팝송부터 들었으며 특히 비치 보이스The Beach Boys를 좋아함. 또한 재즈에도 흥미를 갖기 시작.

1964년 (15세)

효고 현립 고베 고등학교 입학. 신문부에 소속되어, 2학년 때 편집장이 됨. 재즈뿐만 아니라 클래식 음악도 자주 들었고, 고

베 산노미야 역 앞의 클래식 전문 레코드 가게 '마스다 명곡당
マスダ名曲堂'이 특히 좋아하는 가게였음.

**1968년
(19세)**

1년간의 재수 생활을 거쳐 와세다 대학 제1문학부에 입학. 메지
로目白에 있는 사립 기숙사 와케이주쿠에 들어감. 학원 분쟁으로
수업은 거의 없었고, 아침부터 영화관에서 영화를 보거나 연극
박물관에서 시나리오를 읽음. 와케이주쿠에서 나와, 네리마의 다
다미 3장짜리 하숙으로 이사.

**1969년
(20세)**

4월, 연극영화과로 진급. 「문제는 하나. 커뮤니케이션이 없는 거
야! – 1968년의 영화군에서」를 〈와세다〉에 게재. 미타카 시의 다
다미 6장짜리 아파트로 이사.

**1971년
(22세)**

10월, 다카하시 요코와 결혼. 분쿄 구 센고쿠에서 침구점을 하는
처갓집에서 지냄.

**1972년
(23세)**

재즈 카페 개업을 위해 낮에는 레코드 가게에서, 밤에는 찻집에
서 아르바이트를 함. 또한 일의 노하우를 배우기 위해 수이도바
시水道橋에 있었던 재즈 카페 '스윙スイング'에서도 일함.

**1974년
(25세)**

고쿠분지 역 근처에 재즈 카페 '피터 캣츠'를 개점. 실내는 스페
인 풍의 흰 벽에, 나무 테이블과 의자로 장식했고, 가게 이름은
미타카 시절부터 길러 온 고양이 이름에서 따옴.

1975년 (26세)

3월, 와세다 대학 제1문학부 연극영화과 졸업. 졸업 논문은 「미국 영화에 있어서의 여행의 사상」.

1977년 (28세)

재즈 카페 '피터 캣츠'를 센다가야로 이전.

1978년 (29세)

가게 근처 진구 구장에서 개막 시합을 보다가 갑자기 소설을 쓰겠다고 결심. 매일 밤 가게 문을 닫은 후 부엌 테이블에서 조금씩 집필해서 군조 신인 문학상에 응모.

1979년 (30세)

6월, 『바람의 노래를 들어라』로 제22회 군조 신인 문학상 수상.

7월, 『바람의 노래를 들어라』 고단샤에서 간행.

8월, 가와모토 자부로川本三郎와의 인터뷰 「나의 문학을 말한다」가 〈카이에カイエ〉에 게재.

9월, 『바람의 노래를 들어라』가 제81회 아쿠타가와 상 후보에 오르지만 낙선.

1980년 (31세)

피터 캣츠의 경영과 집필 활동을 겸함.

3월, 『1973년의 핀볼』을 〈군조〉에, 스콧 피츠제럴드의 「잃어버린 세 시간」 번역과 「아메리칸 호러의 대표 선수 – 스티븐 킹Stephen King을 읽다」를 〈happy end 통신〉에, 「부자 간의 세대 차이는 위험한 테마」를 〈키네마 순보キネマ旬報〉에 발표.

4월, 「중국행 슬로보트」를 〈우미〉에 발표.

6월, 『1973년의 핀볼』을 고단샤에서 간행.

7월, 「마이클 크라이튼John Michael Crichton의 소설을 읽고 있으면

「거짓말 하는 법」부터 「엔트로피의 감소」까지 곰곰이 생각하게
된다」를 〈happy end 통신〉에 발표.
8월, 「중년을 맞이하는 작가가 계속 써 나가는 일에 대한 선언이
『가아프가 본 세상』이다」와 스콧 피츠제럴드 작 「잃어버린 도시」
의 번역을 〈happy end 통신〉에 발표.
9월, 『1973의 핀볼』로 제83회 아쿠타가와 상 후보에 오르지만 낙
선. 「거리와, 그 불확실한 벽」을 〈군조〉에 발표.
12월, 「가난한 아주머니 이야기」를 〈신쵸〉에, 스콧 피츠제럴드 작
「잔화」, 「얼음 궁전」, 「알코올 속에서」의 번역을 〈우미〉에 발표.

1981년
(32세)

전업 작가가 되기로 결정. 가게를 양도하고, 지바 현 후나바시 시
로 이사.
3월, 「뉴욕 탄광의 비극」을 〈브루터스 BRUTUS〉에 발표.
4월, 「캥거루 날씨」를 〈트레플〉에 발표한 것을 시작으로, 이후 동
잡지에 83년 3월까지 단편을 게재.
5월, 『My lost city · 피츠제럴드 작품집』을 쥬오고론샤에서 간행.
7월, 무라카미 류와의 대담집 『walk don't run 무라카미 류 VS
무라카미 하루키』를 고단샤에서 간행. 「동시대로서의 미국 : 피
폐 속의 공포 – 스티븐 킹」을 〈우미〉에 발표.
9월, 「8월의 암자 – 나의 호쵸키 체험」을 〈타이요〉에, 「동시대로
서의 미국 2 : 과장된 상황론 – 베트남 전쟁을 둘러싼 작품군」을
〈우미〉에 발표.
11월, 「동시대로서의 미국 3 : 방법론으로서의 아나키즘 – 프랜시
스 코폴라 Francis Ford Coppola와 〈지옥의 묵시록〉」을 〈우미〉에 발표.

카피라이터 이토이 시게사토糸井重里와의 공저 『꿈에서 만나요』를 도쥬샤多樹社에서 간행. 「친구와 영구 운동의 끝」을 〈분가쿠카이文学界〉에 게재. 〈와세다분가쿠早稲田文学〉에 편집 위원으로 1년 반 참가. 중학교 3년 후배인 오모리 카즈키大森一樹 각본 · 감독으로 『바람의 노래를 들어라』 영화화.

1982년
(33세)

2월, 「아오야마 학원 대학 – 위기에 직면한 자치와 기독교 정신」을 〈아사히저널朝日ジャーナル〉에 발표. 「동시대로서의 미국 4 : 반현대의 현대성 – 존 어빙의 소설을 둘러싸고」를 〈우미〉에 발표.
5월, 「동시대로서의 미국 5 : 도시 소설의 성립과 전개 – 챈들러 이후」, 「동시대로서의 미국 6 : 준비된 희생자의 전설 – 짐 모리슨James Douglas Morrison/더 도어즈The Doors」를 〈우미〉에 발표.
8월, 『양을 둘러싼 모험』을 〈군조〉에, 「오후의 마지막 잔디밭」을 〈다카라지마宝島〉에 발표.
10월, 『양을 둘러싼 모험』을 고단샤에서 간행.
12월, 「시드니의 그린스트리트」를 〈코도모노우츄子供の宇宙〉〈우미〉 임시증간에 발표.

1983년
(34세)

첫 해외여행. 그리스에서 아테네 마라톤 코스를 독자적으로 완주, 호놀룰루 마라톤 코스를 달림.
1월, 인터뷰 시리즈 「동시대 작가에게 듣다 1 : 무라카미 하루키 편」이 〈도쇼신문図書新聞〉에 게재. 『양을 둘러싼 모험』으로 제4회 노마 문예 신인상 수상. 「반딧불이」〈쥬오고론〉, 「헛간을 태우다」〈신쵸〉 발표.

2월, 이쓰키 히로유키五木寛之와의 대담 '언의 세계와 어의 세계'가 〈쇼세츠겐다이小說現代〉에, 인터뷰 「대접근 일본인 제27회 무라카미 하루키」(취재 · 구성 : 우에다 가쓰미上田勝実)가 〈슈칸겐다이〉에 게재. 「〈E.T.〉를 E.T.적으로 보다」〈쥬오고론〉 발표.

4월, 인터뷰 「무라카미 하루키 : 양을 둘러싼 모험 – 우리들의 모던 판타지」가 〈겐소분가쿠〉에 게재. 에세이 「기호로서의 미국」〈군조〉을 발표.

5월, 지쿠시 데쓰야筑紫哲也와의 대담 '무라카미 하루키 – 젊은이들의 신'이 〈아사히저널〉에 게재. 단편집 『중국행 슬로보트』를 쥬오고론샤에서 간행. 「내가 전화를 거는 곳」 외 7편의 레이먼드 카버의 단편 번역을 〈쥬오고론〉에 발표.

「비치 보이스를 통과한 어른이 된 우리들」〈펜트하우스〉

6월, 「비긋기」〈IN.POCKET〉 발표. 이후 동 잡지에 다음 해 10월호까지 격월로 일상 스케치를 게재.

7월, 레이먼드 카버의 단편 번역집 『내가 전화를 거는 곳』을 쥬오고론샤에서 간행.

9월, 단편집 『캥거루 날씨』를 헤이본샤平凡社에서 간행. 『퍼니 퍼니 프레이브』(〈라틴아메리카 문학〉 16권 부록, 슈에이샤集英社)에 「퍼니 퍼니 푸익」 게재.

10월, 「풀 사이드」〈IN.POCKET〉 발표.

11월, 「제복을 입은 사람들에 대해서」〈군조〉 발표.

12월, 「장님 버드나무와 잠자는 여자」를 발표. 일러스트레이터 안자이 미즈마루安西水丸와의 공동 작업을 한 『코끼리 공장의 해피 엔드』(CBS소니슛판CBSソニ出版)를 간행.

**1984년
(35세)**

1월, 「춤추는 난쟁이」〈신쵸〉 발표.

2월, 「택시를 탄 남자」〈IN.POCKET〉 발표. 「무라카미 하루키의 페이퍼 백 라이프」를 〈혼야쿠노세카이翻訳の世界〉에 6월까지 게재.

3월, 사진작가 이나코시 고이치稲越功一와의 공저 『파도의 그림, 파도의 이야기』를 분게이슌주에서 간행.

4월, 「세 가지의 독일 환상」을 〈브루터스〉에, 「지금은 없는 공주를 위하여」를 〈IN.POCKET〉에 발표.

6월, 「헌팅 나이프」를 〈IN.POCKET〉에 발표.

7월, 『반딧불이 · 헛간을 태우다 · 그 밖의 단편』을 신쵸샤에서, 『무라카미 아사히도』를 와카바야시슛판키카쿠若林出版企画에서 간행. 〈쇼세츠신쵸〉 특별 증간 칼럼 「데니스 윌슨과 캘리포니아 신화의 완만한 죽음」을 발표.

10월, 가나가와 현 후지사와 시로 이사. 「구토 1979」〈IN.POCKET〉를 발표.

12월, 나카가미 겐지와 대담.

이 해 여름에 국무성 초빙으로 약 6주간 미국을 여행하며, 존 어빙, 레이먼드 카버를 만나고, 피츠제럴드와 관련된 지역과 사람을 방문.

**1985년
(36세)**

3월, 나카가미 겐지와의 대담 '작업의 현장에서'가 〈고쿠분가쿠国文學〉에 게재.

4월, 존 어빙 작 「곰을 풀어 놓다」 번역을 〈마리끌레르〉에 게재. 〈슈칸아사히〉에 『무라카미 아사히도』를 86년 4월까지 연재.

6월, 『세계의 끝과 하드보일드 원더랜드』(신쵸샤) 간행. 「무라카미 하루키 롱 인터뷰」(인터뷰 : 야스하라 켄)가 〈쇼세츠신쵸〉에 게재. 레이먼드 카버 작 『밤이 되면 연어는……』(쥬오고론샤) 번역, 간행. 트루먼 카포티의 「대머리 독수리」〈쇼세츠신쵸〉 번역, 발표. 「소설에 있어서의 제도」〈나미波〉를 발표.

8월, 「빵가게 재습격」〈마리끌레르〉, 「코끼리의 소멸」〈분가쿠카이〉을 발표. 「특별 인터뷰 : 이야기를 위한 모험」(인터뷰 : 가와모토 사부로)이 〈분가쿠카이〉에 게재.

9월, 크리스 반 알스버그Chris Van Allsburg의 그림책 『서풍호의 조난』을 번역하여 가와데쇼보신샤河出書房新社에서 간행.

10월, 『회전목마의 데드 히트』(고단샤)를 간행.

11월, 『세계의 끝과 하드보일드 원더랜드』로 제21회 다니자키 준이치로 상 수상. 일러스트레이터 사사키 마키佐々木マキ와의 공저 그림책 『양 사나이의 크리스마스』(고단샤) 발표.

12월, 『패밀리 어페어』〈LEE〉, 「쌍둥이가 침몰한 대륙」〈쇼세츠겐다이〉 별책, 가와모토 사부로와의 공저 『영화를 둘러싼 모험』(고단샤)를 간행.

1986년 (37세)

1월, 「로마 제국의 붕괴 · 1881년의 인디언 봉기 · 히틀러의 폴란드 침공 · 그리고 강풍 세계」〈겟칸 카도카와月刊カドカワ〉, 「태엽 감는 새와 화요일의 여자들」〈신쵸〉 발표.

2월, 가나가와 현 오이소 쵸로 이사.

3월, 아스카 히나마츠리 마라톤 참가.

4월, 『빵가게 재습격』(분게이슌주) 간행.

5월, 존 어빙의 『곰을 풀어 놓다』(쥬오고론샤) 번역, 간행.

6월, 에세이집 『무라카미 아사히도의 역습』(아사히신문사) 간행.

10월, 로마, 그리스 여행 시작.

11월 『랑게르한스 섬의 오후』(고분샤光文社) 간행. 『서풍호의 조난』으로 제9회 일본 그림책 상 특별상 수상.

1987년
(38세)

1월, 이탈리아의 시실리 섬으로 옮김.

2월, 『THE SCRAP 추억의 1980년대』(분게이슌주) 간행. 2월부터 6월까지 이탈리아의 볼로냐, 그리스의 미코노스, 크레타 등을 여행.

4월, 논픽션 『해 뜨는 나라의 공장』(헤이본샤) 간행. 「어쨌든 그리스로 가자」〈WINDS〉를 발표.

6월, 일본에 일시 귀국.

7월, 폴 서루Paul Theroux 작 『세계의 끝』(분게이슌주) 번역, 간행.

9월, 로마로 돌아옴. 『노르웨이의 숲』 상, 하권(고단샤) 간행, 베스트셀러가 됨. 「「October light」가 발하는 빛」〈세아슌토도쿠쇼青春と読書〉을 발표.

10월, 국제 아테네 평화 마라톤에 참가.

11월, C. D. B 브라이언Courtlandt Dixon Barnes Bryan의 『위대한 데스 리프』(신쵸샤) 번역, 간행.

12월, 크리스 반 알스버그의 그림책 『폴라 익스프레스』(가와데쇼보신샤) 번역, 간행

1988년
(39세)

2월, 「로마여, 로마, 우리들은 겨울을 지낼 준비를 하지 않으면 안 된다」〈신쵸〉를 발표.

3월, 런던에 체재. 트루먼 카포티의 『할아버지에 대한 추억』(분게이슌주)을 번역, 간행.

4월, 귀국하여 『더 스콧 피츠제럴드 북』(TBS브리태니커TBSブリタニカ)을 간행. 자동차 면허 취득.

8월, 로마로 돌아가 마쓰무라 에이조松村映三와 그리스, 터키 취재 여행. 1990년 1, 2월에 〈03〉에 게재했다가 대폭 가필하여 『우천 염천』(신쵸샤, 1990년 8월)으로 간행.

9월, W. P. 킨셀라William Patrick Kinsella의 『모카신 통신』, W. 키트리지William Kittredge의 『서른네 번째 겨울』, R.수케닉Ronald Sukenick의 『너의 소설』, 그레이스 페일리Grace Palry의 「사무엘」, 「산다는 것」의 번역을 담은 공동 번역서 『And Other Stories, 소중한 미국 소설 12편』(분게이슌주) 간행.

10월, 『댄스 댄스 댄스』(고단샤) 간행.

1989년 (40세)

4월, 「무라카미 하루키 대 인터뷰 『노르웨이의 숲』의 비밀」이 〈분게이슌주〉에 게재. 「레이먼드 카버의 이른 죽음」〈신쵸〉을 발표. 레이먼드 카버의 『사소하지만 도움이 되는 일』(쥬오고론샤) 번역, 간행.

5월, 그리스, 로도스를 여행. 『무라카미 아사히도 하이호』(분카슛판교쿠文化出版局) 간행.

6월, 「TV 피플의 역습」〈PARAVION〉, 「비행기」〈유레카ユリイカ〉, 「『스페이스십호』의 빛과 그림자」를 『핀볼 그라피티』(니혼소프트뱅크日本ソフトバンク)에 게재.

7월, 독일 남부, 오스트리아를 자동차로 여행.

8월, 크리스 반 알스버그의 번역 그림책 『이름 없는 사람』(가와 데쇼보신샤) 간행.

10월, 귀국하자마자 바로 뉴욕으로 감. 팀 오브라이언 작 『뉴클리어 에이지』를 번역, 간행. 「우리들의 시대의 민속학」〈SWITCH〉, 「고도의 변화구」, 폴 오스터의 『유령들』을 〈신쵸〉에 발표.

11월, 「졸음」〈분가쿠카이〉을 발표.

12월, 후지오야마 20킬로 레이스에 참가. 트루먼 카포티의 『어느 크리스마스』(분게이슌주) 번역, 간행. 『노르웨이의 숲』의 한국어판이 『상실의 시대』라는 제목으로 출간되어 베스트셀러가 됨.

1990년 (41세)

1월, 귀국. 『TV 피플』(분게이슌주)을 간행. 그리스, 터키 여행기 「신의 정원의 트레킹」, 「차와 군대와 헤엄치는 고양이」를 〈03〉에 발표.

2월, 오우메 마라톤 참가.

3월, 오다와라 하프 마라톤 참가.

4월, 도날드 바셀미Donald Barthelme의 『재즈의 왕』 번역과 「친구여, 아니야, 이 『도드린』이 아니야」를 〈에스콰이어エスクァイア〉일본판 별책에 발표. 오가사·가케가와 풀 마라톤 참가.

5월, 『무라카미 하루키 전집(1979~1989)』 전8권을 고단샤에서 간행 개시. 번역서 『레이먼드 카버 전집 3 대성당』(쥬오고론샤) 간행. 「잭 런던의 틀니 − 갑자기 찾아오는 개인적 교훈」〈아사히신문〉을 발표.

6월, 그리스, 이탈리아에서의 체험을 요코 부인의 사진과 함께 수록한 기행문 『먼 북소리』(고단샤)를 간행. 「토니 타키타니」

(분게이슌주)를 발표. 「명사들의 제3의 모퉁이」를 다시 수록한 『Paparazzi』를 사쿠힌샤作品社에서 간행.

8월, 『우천염천』(신쵸샤) 간행, 『레이먼드 카버 전집 2 사랑에 대해 말할 때 우리들이 하는 말』을 쥬오고론샤에서 번역, 간행. 야마구치 현의 무인도에서 캠프.

10월, 팀 오브라이언 작 『진짜 전쟁 얘기를 하자』(분게이슌주) 번역, 간행.

11월, 트루먼 카포티 작 「크리스마스의 추억」〈분게이슌주〉를 번역, 발표, 크리스 반 알스버그의 그림책 『해리스 버딕의 미스터리』(가와데쇼보신샤)를 번역, 간행.

12월, 후지오야마 20킬로 레이스 참가.

**1991년
(42세)**

2월, 걸프 전쟁 중에 도미하여 뉴저지 주의 프린스턴 대학에 객원 연구원(실제는 대학 거주 작가)으로 재적. 이후 4년 반에 이르는 미국 생활이 시작됨.

2월, 『레이먼드 카버 전집 1 부탁이니까 조용히 해 줘』(쥬오고론샤) 번역, 간행.

4월, 「청취록 무라카미 하루키 최근 10년 1979년~1988년」이 게재된 〈무라카미 하루키 북村上春樹ブック〉〈분가쿠카이〉 임시증간에 「녹색 괴물」과 「얼음 남자」를 발표. 보스톤 마라톤 참가.

11월, 뉴욕 시티 마라톤 참가. 마쓰무라 에이조와 이스트햄프턴 Easthampton을 방문.

12월, 크리스 반 알스버그의 그림책 『백조호』(가와데쇼보신샤) 번역, 간행.

**1992년
(43세)**

1월, 체류 기간 연장을 위해 프린스턴 대학 대학원에서 현대 일본 문학 세미나를 담당하고, '제3의 신인'에 대한 수업을 93년 8월까지 진행. 요코타 플로스트 바이드 로드 레이스 참가.

7월, 약 한 달간 멕시코를 여행. 전반에는 단독으로 버스를 이용했고, 후반에는 차로 사진가 마쓰무라 에이조, 알프레드 비른바움Alfred Birnbaum과 같이 여행함.

9월, 『레이먼드 카버 전집 4 불꽃』(쥬오고론샤) 간행.

10월, 『태엽 감는 새 연대기』'제1부'를 〈신쵸〉에 연재 개시, 『국경의 남쪽, 태양의 서쪽』을 고단샤에서 간행.

**1993년
(44세)**

1월, 「훌륭할 것 같지 않은 소설의 성립 – 레이먼드 카버와의 10년간」〈아사히신문〉을 발표.

3월, 어슐러 K. 르 귄Ursula Kroeber Le Guin의 『날고양이들』(고단샤) 번역, 간행

6월, 크리스 반 알스버그의 그림책 『빗자루의 보은』(가와데쇼보신샤) 번역, 간행.

7월, 매사추세츠 주 캠브리지 대학으로 이적.

11월, 어슐러 K. 르 귄의 『돌아온 날고양이들』(고단샤) 번역, 간행.

12월, 후지오야마 20킬로 레이스 참가.

**1994년
(45세)**

2월, 『슬픈 외국어』(고단샤) 간행.

3월, 『레이먼드 카버 전집 6 코끼리/폭포에의 새로운 작은 길』(쥬오고론샤) 번역, 간행. 뉴 베드포드 하프 마라톤 참가. 보스턴 마라톤 참가.

4월 『태엽 감는 새 연대기』 '제1부 도둑까치 편' '제2부 예언하는 새 편'(신쵸샤) 간행.

5월, 프린스턴 대학에서 가와이 하야오와 '현대 일본에 있어서의 이야기의 의미에 대해'라는 제목 하에 공개 대담. 보스턴 마라톤 참가.

6월, 몽고와 중국 내몽고 자치구 취재 여행. 대련에서 하얼빈, 중국 쪽 노몬한, 나아가 몽골의 울란바토르부터 하루하 강 동쪽의 전쟁터 취재.

7월, 부부 동반으로 지바 현 지구라 쵸 여행. 그 지방 출신 안자이 미즈마루와 동행.

9월, 6월의 중국 및 몽골 여행기를 「노몬한의 철의 묘지」라는 제목으로 〈마르코폴로〉에 발표. 크리스 반 알스버그의 그림책 『세상에서 가장 맛있는 무화과』(가와데쇼보신샤) 번역, 간행.

12월, 사진가 이나코시 고이치와의 공저 『쓸모없는 풍경』(아사히 슛판샤朝日出版社) 발행. 「동물원 습격」〈신쵸〉을 발표.

**1995년
(46세)**

3월, 일시 귀국, 가나가와 현 오이소의 자택에서 지하철 사린가스 사건을 알게 됨.

6월, 『무라카미 하루키도 초단편소설 밤의 거미원숭이』를 헤이본샤에서 간행.

8월, 『태엽 감는 새 연대기』 '제3부 새 잡는 남자'(신쵸샤) 간행.

6월 마쓰무라 에이조와 자동차로 미대륙 횡단 여행. 하와이 카우아이 섬에서 한 달 반 체류 후에 귀국.

9월, 고베와 아시야에서 자작 낭독회를 개최.

11월, 『『태엽 감는 새 연대기』 만들기』가 〈신쵸〉에 게재. 가와이 하야오와 이틀 밤에 걸쳐 대담. 「장님 버드나무와 잠자는 여자」 〈분가쿠카이〉를 발표. 구니타치 로드레이스 10킬로 참가.

● **1996년
(47세)**

1월, 지하철 사린가스 사건의 피해자 62명의 인터뷰 시작

1월, 빌 크로우Bill Crow의 『안녕 버드랜드 – 어느 재즈 뮤지션의 회상』(신쵸샤) 번역, 간행. 다테야마 · 와카시오 풀 마라톤 참가.

2월, 『태엽 감는 새 연대기』로 제47회 요미우리 문학상 수상. 「요미우리 문학상 수상자 2 – 소설상 무라카미 하루키 『태엽 감는 새 연대기』」가 〈요미우리신문〉에 게재. 「7번째 남자」를 〈분게이슌주〉에 발표.

3월, 『더 스콧 피츠제럴드 북 2 – 바빌론에 돌아가다』(쥬오고론샤) 간행.

4월, 크리스 반 알스버그의 그림책 『벤의 꿈』(가와데쇼보신샤) 번역, 간행. 오가사 · 가케가와 풀 마라톤 참가.

5월, 『무라카미 아사히도 저널 – 소용돌이 고양이를 찾는 법』(신쵸샤) 간행.

6월, 인터넷 상의 '무라카미 아사히도 홈페이지'에서 일반 독자와 이메일로 교류 시작. 사로마호 100킬로 울트라 마라톤 완주.

10월, 마이클 길모어의 『내 심장을 향해 쏴라』(이와나미쇼텐) 번역, 간행.

11월, 단편집 『렉싱턴의 유령』(쥬오고론샤) 간행.

12월, 『무라카미 하루키, 가와이 하야오를 만나러 가다』(이와나미쇼텐) 간행. 크리스마스 마라톤 참가.

**1997년
(48세)**

1월, 다테야마 · 와카시오 풀 마라톤 참가.

3월, 지하철 사린가스 사건의 피해자 인터뷰를 모은 논픽션 『언더그라운드』(고단샤) 간행.

4월, 호놀룰루 15킬로 레이스, 보스턴 마라톤 참가.

5월, 니시노미야에서 고베까지 걷다.

6월, 『무라카미 아사히도는 어떻게 해서 단련되었나』(아사히신문사), 어슐러 K. 르 귄의 『멋진 알렉산더와 날고양이 친구들』(고단샤) 번역, 간행.

9월, 무라카미 국제 트라이 애슬론 대회 참가.

10월, 『젊은 독자를 위한 단편 소설 안내』(분게이슌주) 간행.

12월, 『재즈의 초상』(신쵸샤) 간행.

**1998년
(49세)**

4월, 『근경 · 변경』(신쵸샤) 간행.

4월, 기행집 『근경 · 변경 사진 편』(사진 : 마쓰무라 에이조) 신쵸샤에서 간행.

6월, 「무라카미 하루키 연대기」가 〈신쵸 무크 – 와야 할 작가들〉에 게재. 맹인 마라톤 호놀룰루 15킬로 레이스에 동반자로 참가. 그림책 『푹신푹신』(그림 : 안자이 미즈마루)을 고단샤에서 간행.

7월, 『CD–ROM판 무라카미 아사히도 – 꿈의 서프 시티』를 아사히신문사에서 간행. 하와이 틴맨 트라이애슬론 참가.

10월 고도모노 쿠니 역전 마라톤 참가. 마크 스트랜드Mark Strand의 『개의 인생』(쥬오고론샤) 번역, 간행.

11월, 『약속된 장소에서』(분게이슌주) 간행. 뉴욕 시티 마라톤 참가.

1999년
(50세)

2월, 『신판 코끼리 공장의 해피엔드』(그림 : 안자이 미즈마루)를 고단샤에서 간행.

3월, 호놀룰루 바이애슬론 참가.

4월, 『스푸트니크의 연인』(고단샤) 간행. 코펜하겐, 오슬로, 스톡홀름, 코펜하겐의 코스로 2주간 북유럽 여행.

5월, 그레이스 페일리의 『마지막 순간의 굉장히 큰 변화』(분게이 슌주) 번역, 간행. 『약속된 장소에서』로 제2회 구와바라 다케오 학예상 수상.

7월, 단편 소설 세 작품 집필. 발리Bally로 휴가를 갔다가 귀국하여 다시 두 작품을 완성.

8월, 연작 「지진 후에」를 〈신쵸〉에 12월까지 연재. 『만약 우리들의 말이 위스키였다면』(헤이본샤) 간행.

2000년
(51세)

1월, 오이소 내에서 이사.

2월, 「지진 후에」 연작에 6번째 단편 「벌꿀 파이」를 추가하여, 연작 단편집 『신의 아이들은 모두 춤춘다』(신쵸샤)를 간행.

3월, 「이메일 인터뷰, 말이라는 심한 무기」(인터뷰 : 오가 카즈마사大鋸一正)가 〈유레카〉임시증간에 게재.

5월, 빌 크로우의 『재즈 일화』(신쵸샤)를 번역, 간행.

8월 『마타타비 아비타 타마』(분게이슌주) 간행.

9월, 레이먼드 카버의 『필요하면 전화해』(쥬오고론신샤)를 번역, 간행. 『번역 일화』(분게이슌주) 간행.

2001년
(52세)

1월, 시드니 올림픽 관전을 제재로 한 『시드니!』(분게이슌주) 간행. 에세이 「진구 구장의 외야석에서」를 〈마이니치신문〉에 발표.

4월, 『CD-ROM판 무라카미 아사히도 - 스멜쟈코프 대 오다노부나가 가신단』(아사히신문샤), 『재즈의 초상2』(그림 : 와다 마코토和田誠, 신쵸샤) 간행.

2002년
(53세)

6월, 트루먼 카포티의 『생일의 아이들』(분게이슌주) 번역, 간행.

7월, 『레이몬드 카버 전집 7 영웅을 구가하지 않으리』(쥬오고론신샤) 간행.

9월, 『해변의 카프카』(신쵸샤) 간행. 9월 24일부터 17일간 미국과 독일을 여행.

11월, 『무라카미 하루키 전집(1990~2000)』 전7권을 고단샤에서 간행.

12월, 'birthday girl'을 『birthday stories』(쥬오고론신샤)에 발표.

2003년
(54세)

『의미가 없으면 스윙은 없다』(〈스테레오 사운드〉 03년 봄호~05년 여름호)를 발표.

4월, J.D.샐린저Jerome David Salinger의 『호밀밭의 파수꾼』의 새로운 번역 『The Catcher in the Rye』를 하쿠수이샤白水社에서 간행. 호놀룰루 마라톤 참가. 「무라카미 하루키 롱 인터뷰 『해변의 카프카』를 말하다」(인터뷰 : 고야마 테쏘로湯川豊 · 유카와 유타카小山鉄郎)가 〈분가쿠카이〉에 게재.

7월, 초순에 사할린 취재. 『번역 일화 2 샐린저 전기』(분게이슌주) 간행.

11월, 크리스 반 알스버그의 『가엾은 돌』(가와데쇼보신샤) 번역, 간행.

2004년
(55세)

3월, 팀 오브라이언 『세계의 모든 7월』(분게이슌주) 번역, 간행.

8월, 『레이먼드 카버 전집 8 필요하면 전화해』(쥬오고론신샤) 번역, 간행.

9월, 『애프터 다크』(고단샤), 크리스 반 알스버그의 『장난꾸러기 개미 두 마리』(아스나로쇼보あすなろ書房) 간행. 「Day 12 무라카미 하루키」(인터뷰 : 니모토 료이치新元良一)가 수록된 『혼야쿠분가쿠 북 카페翻訳文学ブックカフェ』가 혼노잣시샤本の雑誌社에서 간행.

2005년
(56세)

2월, 그림책 『이상한 도서관』(그림 : 사사키 마키佐々木マキ, 고단샤) 간행.

3월, 연작 「도쿄 기담집」을 〈신쵸〉에 6월까지 게재.

6월, 그레이스 페일리의 『인생의 사소한 번민』(분게이슌주) 번역, 간행.

9월, 5번째 단편 「시나가와 원숭이」를 추가한 『도쿄 기담집』(신쵸샤) 간행. 『해변의 카프카』의 영어판 『Kafka on the shore』가 〈뉴욕 타임즈〉의 '2005년의 베스트 북 10(The Ten Best Books of 2005)'으로 선정.

2006년
(57세)

1월, 『무라카미 하루키 번역 라이브러리』(쥬오고론신샤) 간행.

4월, 에세이 「어느 편집자의 삶과 죽음 − 야스하라 켄에 관하여」를 〈분게이슌주〉에 발표.

11월, 스콧 피츠제럴드의 『위대한 개츠비』(쥬오고론신샤) 번역, 간행. 『어디 한번 무라카미씨로 해 볼까 – 세상 사람들이 무라카미 하루키에게 던지는 490가지의 질문에 과연 무라카미 씨는 제대로 답할 수 있을까』(아사히신문사) 간행.

12월, 『첫 문학 무라카미 하루키』(분게이슌주) 간행. 프란츠 카프카 상, 프랭크 오코너 국제 단편상 수상.

2007년
(58세)

1월, 2006년도 아사히 상 수상. 벨기에의 리에쥬 대학에서 명예 박사 학위 수여.

3월, 『무라카미 카루타』(그림 : 안자이 미즈마루, 분게이슌주) 간행. 레이먼드 챈들러Raymond Chandler의 『long goodbye』(하야카와 쇼보早川書房) 번역, 간행.

9월, 제1회 와세다 대학 쓰보우치쇼요坪内逍遥 대상 수상

10월, 『달리기를 말할 때 내가 하고 싶은 이야기』(분게이슌주) 간행.

12월, 크리스 반 알스버그의 『자, 개가 되는 거야!』(가와데쇼보신샤) 번역, 간행, 와다 마코토와의 공저 『무라카미 songs』(쥬오고론신샤) 간행.

2008년
(59세)

2월, 짐 플리지Jim Fusilli의 『pet sounds』, 트루먼 카포티의 『티파니에서 아침을』 번역서를 신쵸샤에서 간행.

3월·4월, 세 차례에 걸쳐 각 지방지에 「무라카미 하루키 인터뷰 : 이야기는 세계의 공통 언어」가 게재. 이후 매주 일요일에 인터뷰 「바람의 노래, 무라카미 하루키의 이야기 세계」(인터뷰 : 고야

마 테쓰로)가 연재.

6월, 프린스턴 대학에서 명예 학위 수여.

7월, 『노르웨이의 숲』의 영화화 결정(감독 : 트란 안 홍Tran Anh Hung).

11월, 『무라카미 하루키 하이브리드』(ALC PRESS)를 번역, 편집하여 간행.

2009년 (60세)

1월, 이스라엘의 유력지 〈하알렛츠haaretz〉가 이스라엘 최고의 문학상, 예루살렘 상의 무라카미 하루키 수상을 발표. 수상식 출석을 둘러싼 논란이 일어남.

2월, 예루살렘 상 수상식에 참석. 수상 소감 연설로 '벽과 계란' 발표.

4월, 「나는 왜 이스라엘에 갔나 – 상을 거부하라는 목소리, 그래도 전하고 싶었던 말」을 〈분게이슌주〉에 기고. 레이먼드 챈들러의 『안녕, 사랑하는 사람』(하야카와쇼보)을 번역, 간행.

5월, 7년 만의 신작 장편 소설 『1Q84』 'BOOK 1', 'BOOK 2'(신쵸샤)를 간행.

8월, 아버지 무라카미 자아키 타계. 고단샤에서 『노르웨이의 숲』의 발행 부수가 누계 1,000만 부를 돌파했음을 발표.

9월, 「문화 무라카미 하루키 『1Q84』를 말한다」(인터뷰 : 오오이 코이치大井浩一)가 〈마이니치신문〉에 게재.

11월, 『1Q84』 'BOOK 1', 'BOOK 2'로 제63회 마이니치 출판 문화상 수상.

12월, 스페인 정부로부터 예술 문학 훈장 받음.

2010년
(61세)

1월 1일자 아사히신문에 『1Q84』 'BOOK 3'의 간행일이 4월 16일이라고 발표.

1월, 뉴욕의 오프 브로드웨이Off Broadway에서 『태엽 감는 새 연대기』(오하이오 극장The Ohio Theatre)가 무대화됨.

3월, 도쿄 및 오사카에서 산토리サントリー 음악재단 창설 40주년 기념 공연으로 『빵가게 습격』, 『빵가게 재습격』을 원작으로 한 오페라 『빵가게 대습격』(독일어 상연, 자막)이 상연됨.

4월, 『1Q84』 'BOOK 3' 발매. 발매일이였던 16일 오전 12시에는 심야 영업 서점에 사람들이 긴 행렬을 이루었고, 한 달도 안 돼서 100만 부가 판매되었음.

7월, 「무라카미 하루키 롱 인터뷰」(인터뷰 : 마쓰이에 마사시松家仁之)를 〈캉가에루히토考える人〉에 게재.

8월, 노르웨이 오슬로Oslo에 있는 '문학의 집litteraturhuset'에서 「무라카미 하루키 페스티벌」, 덴마크의 코펜하겐 남쪽에 있는 뮌 섬møn island에서 열린 「세계의 문학」 이벤트에 참가.

9월, 『꿈을 꾸기 위해 매일 나는 잠에서 깹니다 – 무라카미 하루키 인터뷰집 1997~2009』을 분게이슌주에서 간행.

12월, 영화 『노르웨이의 숲』이 도호東宝 계열 극장에서 공개.

개인적인 일이라 지면을 할애하는 것에 약간 죄송한 마음이 들지만, 이 책을 출간하는 데 있어 꼭 남겨 두고 싶은 일이 몇 가지 있습니다.

처음에 이 책에 관한 이야기를 들었던 것이 언제였는지는 확실치 않지만, 정식 집필 의뢰서가 도착한 것은 2007년 12월 25일이었던 것으로 기억합니다. 그날이 아버님 기일이었기 때문입니다.

그리고 이 책을 탈고한 날은, 여러 훌륭한 무라카미 하루키 연구자 중에 저를 이 책의 집필자로 추천해 주신 故 이마니시 간이치 선생님의 1주기였습니다. 이 모든 일이 어제처럼 생생합니다.

교정 작업 중에는, 근래 여러모로 화제가 되고 있는 하루키의 아버지 지아키 씨에 관해 귀중한 정보를 제공해 주신 마쓰바라 히로키 씨가 서거하신 것을 알게 되었습니다. 저의 태만함으로 이 책의 간행이 늦어진 것이 후회스럽기 그지없습니다.

그러나 쓸데없이 교정에 시간이 들었던 것은 아닙니다. 『1Q84』 붐 속에 여러 가지 무라카미 하루키 관련 서적이나 잡지의 간행이 이어지면서, 그때까지 알려지지 않았던 사실이 소개되거나, 하루키 자신이 털어놓거나 했습니다. 교정 작업과 아울러 그 자료들을 다 담지는 못하더라도 최대한 반영하려고 노력했습니다.

그런 의미에서 벤세이출판사의 오카다 린타로 씨에게 감사드리고 싶습니다. 본래의 교정과는 너무나 거리가 먼, 제 멋대로 하는 수정을 곁에서 묵묵히 참아 주셔서 정말로 죄송하게 생각합니다. 마지막으로 마쓰바라 히로키 씨를 소개시켜 주시고, 「교토대학 국문학회 회원명부」의 관련 부분의 열람을 흔쾌히 허락해 주신 마쓰모토 모리히데 선생님께 감사의 뜻을 표하고 싶습니다.

2010년 섣달

히라노 요시노부

　일본의 출판사로부터 이 책의 집필을 의뢰받았을 때, 사실 저는 꽤 망설였습니다. 왜냐하면 일본판 서문에서도 언급했지만, 작가가 생존해 있을 때 쓰인 평전이란 모순된 존재일 수밖에 없기 때문입니다. 그럼에도 집필을 수락한 이유는 하루키의 작품을 연구하는 과정에서 싹트기 시작한 소박한 의문을 그때까지의 방법으로는 도저히 해결할 수 없었기 때문입니다.

　이제와 고백하지만, 언제부터인지 무라카미 하루키의 작품을 읽으면서 이렇게 구제도, 치유도 안 되는 이야기를 읽는 건 그만둬야겠다는 생각이 들었습니다. 그런데 이상하게도 그의 신작이 발표되면 뭔가에 홀린 듯 다시 읽게 되는 것이었습니다. 여기엔 도대체 어떤 이유가 있는 걸까? 그것을 찾기 위해서는 새로운 방법이 필요할 것 같았습니다. 이제까지의 논문을 위해 해 오던 분석 스타일로는 아무래도 놓치는 것이 있는 게 아닐까 하는 생각이 들었습니다.

　그런 딜레마에 빠져 꼼짝도 하지 못하던 바로 그때에 집필 의뢰가 왔습니다. 지금껏 제가 시도해 보지 않았던 작가 연구라는 과제가 뭔가를 가져다주지 않을까. 그런 실낱 같은 희망을 담은 작업이었습니다. 지금 생각하면 그 결정은 일종의 도박이었습니다. 저는 그 도박에 이긴 걸까요? 하루키의 단편 소설 「개구리 군 도쿄를 구하다」에 등장하는 '개구리 군'의 말을 빌리자면 '대답은 예스이자 노입니다.'

　다만 한 가지 말씀드릴 수 있는 것은 불충분하나마 평전에 준하는 것을 쓴 지금의 저에게는 이전과 전혀 다른 풍경이 보인다는 것입니다. 바로, 무라카미 하루키라는 작가가 우리의 상상 이상으로 가혹한 상황에서 소설을 써 왔다는 사실입니다. 이 책을 읽어 주시는 분들에게 조금이나마 그것이 전달될 수 있을지요.

　이 책이 일본에서 간행된 것은 2011년 3월 31일입니다. 일 년이 조금 넘는 근소한 간격으로 이웃 나라 한국에서도 출간되게 되었습니다. 한국과 일본은 오랫동안 가깝고도 먼 나라라고 여겨져 왔으며, 불행한 과거를 함께 겪었습니다. 그러나 이 책이 일본에서 출판된 다음 해에는 한국에서도 번역된다는 사실은 조금씩이나마 그 거리가 좁혀지고 있다는 증거가 되지 않을까요.

　물론 그것을 해빙이라고 표현하기는 망설여지지만 이번과 같은 일이 앞으로도 계속됨으로써 한국과 일본 사이의 마음의 거리가 한층 더 좁혀지기를 소망합니다.

　마지막으로 저와 지학사 사이에서 중개자 역할을 해 주시고 번역을 맡아 주신 조주희 선생님께 감사드립니다. 조 선생님께는 귀중한 사진도 제공받았습니다. 마찬가지로 사진의 게재를 허락해 준 「도쿄 구레나이단東京紅団」과 이 책의 출판을 흔쾌히 승낙해 주신 지학사 권준구 사장님과 강현철 이사님, 김연정 씨와 편집부 여러분께 깊은 감사 말씀 올립니다.

히라노 인시노부

화려한 수식어 뒤에 숨겨진 삶 그리고 문학

2011년 1월 11일, 나는 오사카에서 신칸센을 타고 도쿄로 향했다. 그날 오후에 도쿄외국어대학에서 열리는 '무라카미 하루키 심포지엄'에 참가하기 위해서였다. 마침 그날은 하루키의 원작소설을 영화화 한 〈노르웨이의 숲〉이 개봉되는 날이기도 했다. 다음 날, 영화를 보고 난 후 히라노 선생님을 만났다. 선생님이 집필하고 계시는 무라카미 하루키의 평전 이야기를 듣고는, 한국에서도 번역 출간했으면 좋겠다고 말씀드렸더니 기꺼이 내게 번역을 맡기셨다. 그런 소중한 기회를 주신 히라노 선생님께 다시 한 번 감사드린다.

이 책은 지금까지 알려지지 않은 하루키라는 작가의 사적인 영역, 즉 개인사를 담고 있는 만큼 흥미로운 내용들이 실려 있다. 굳이 하루키 마니아가 아니라도 가벼운 기분으로 읽을 수 있는 분량과 내용을 담고 있지만, 집필 과정은 절대 녹록치 않았으며, 저자는 집필에 있어 두 가지 부분에 심혈을 기울였다.

첫째는 이 책에서 밝혀낸 것들이 저자의 추측이 아니라 어딘가에 게재된 하루키의 인터뷰나 수필 등의 글에 바탕을 두고 있다는 점이다. 이것은 대단히 중요한 사실이다. 왜냐하면 우리나라도 그렇겠지만, 일본 내에서 생존 작가의 평전을 내는 일은 그리 쉬운 일이 아니기 때문이다. 더구나 저자가 서문에서도 언급하고 있듯이, 하루키는 프라이버시 보호에 철저하고, 고집스런 성격이다. 저작권 관리는 부인이 하는 것으로 알려져 있지만, 부인과 하루키의 소속 출판사 역시 그 점에 있어 매우 강경하기 때문에 그의 신상에 관한 이야기를 쓰는 것은 굉장히 어려운 일이다.

몇 년 전에 하루키 작품의 무대와 그의 개인사를 연관 지어 언급한 도서를 출간한 작가가 이후 그 이름으로는 활동하지 못하게 되었다는 에피소드는 유명한 일화이다. 그 작가는 『노르웨이의 숲』에 등장하는 두 여주인공 나오코와 미도리의 모델이, 하루키의 고베 고등학교 시절 여자 친구인 K씨와 부인 요코 씨가 아닐까 하는 추측성 글을 썼다. 사정이 이쯤 되고 보니, 저자도 이 책을 집필함에 있어 엄청난 주의를 기울일 수밖에 없었다. 오히려 이런 핸디캡이 이 책이 가진 가장 큰 장점인 '오로지 사실에 근거한 평가'의 토대가 되었지만, 아쉽게도 이런 이유로 독자들이 가장 궁금해하는 하루키의 가족사, 특히 부인에 관한 이야기는 전혀 게재할 수가 없었다.

둘째는 이 책의 작품 해제 부분인데, 이 또한 우리에게는 조금 낯선 스타일이다. 소개된 책 역시 우리나라에서 인기가 높았던 작품과는 거리가 먼 것들도 있다. 그리고 그 내용 또한 지나치리만큼 길고 자세하게 정리되어 있는데, 다른 입문서와 달리 작품을 다 읽지 않아도 그 내용을 전부 파악할 수 있도록 한다는 취지이다. 또한 주로 1부에서 언급되었던 작품들을 소개함으로써, 작품과 작가의 전기적 사실이 밀접한 관계가 있다는 것을 알 수 있도록 구성되었다. 장편 소설의 경우 줄거리를 읽는 데 다소 지루한 감이 없지 않지만, 저자의 의도를 충분히 이해한다면 다 읽고 난 후에는 하루키의 작품을 몇 개나 완독한 듯한 뿌듯함으로 가슴이 충만해질 것이다.

하루키 문학이 우리나라에 소개된 지 30여 년이 됐고, 한국은 전 세계에서 그의 작품이 가장 많이 번역, 출간되고 있는 나라이지만 그 흔한 사인회 한 번 하러 오지 않는 것을 보면 이 작가가 얼마나 자신을 노출하고 싶어 하지 않는지를 간접적으로 알 수 있다. 나는 번역을 하는 내내 이런 하루키의 고집스러운 성격과 지적 저작권에 민감한 일본 출판계의 상황 속에서 오로지 사실만을 바탕으로 하루키를 이만큼 분석해 낸 저자의 노고에 박수와 감탄을 아끼지 않았다. 나 또한 개인적으로 무라카미 하루키를 전공한 연구자이지만, 그가 이렇게 힘들고 어렵게 작가 생활을 지속해 왔다는 것은 새로운 정보였다.

하루키라는 작가에 대한 일반적인 인식이라고 하면, 작가치고는 비교적 늦은 나이인 29살에 데뷔했지만 순탄하게 작가 생활을 하면서, '운 좋게' 성공을 거머쥔 작가라는 것이 대부분이다. 그리고 그의 문학이 쿨하고 가볍듯이 그의 인생 또한 그럴 것이라고 생각하는 사람들이 많은 것도 사실이다. 그러나 이 책을 읽고 나면 화려한 숫자로 장식된 작품 판매량과 유력한 노벨 문학상 후보라는 거창한 수식어 뒤에 숨겨진, 길고도 지난한 역경의 세월과 그 무게가 이 작가에게 얼마나 버거운 것이었는지를 느낄 수 있을 것이다. 더불어 그의 인생이 작품에 그대로 묻어 나오고 있다는 사실을 알고 나면, 지금까지와는 전혀 다른 시각으로 그의 작품을 보게 될 것이다. 나 역시 이 책을 번역하며 무라카미 하루키라는 작가를 다시 보게 됐고, 쉼 없이 달리고 있는 이 작가의 끈기와 인내심에 감탄했다. 하루키 문학이 세계적인 명성을 확보하게 된 이유는 물론 여러 가지가 있겠지만, 이러한 굳건한 정신력과 작가적 책임감이야말로 오늘날의 그를 있게 해 준 받침대가 되고 있다는 사실만은 확실한 것 같다.

이 책은 무라카미 하루키라는 작가의 인생에 관한 것이지만, 그것은 동시에 그의 작품의 역사이기도 하다. 이 책을 읽고 나면 하루키와 그의 작품에 다시금 빠져들게 될 것이다. 나도 다시 그의 데뷔작을 읽기 시작했다. 그가 말하는 '바람의 노래'를 들으려고.

2012년 4월

조주희

하루키의 인생, 하루키의 문학

하루키, 하루키

1판 1쇄 인쇄 2012년 10월 12일 │ **1판 1쇄 발행** 2012년 10월 22일

글 히라노 요시노부 │ **옮김** 조주희

펴낸이 권병일 권준구 │ **펴낸곳** (주)지학사

편집이사 강현철 │ **편집** 김은영 문지연 김연정 │ **디자인** 이혜리

제작 권용익 김현정 이진형 │ **마케팅** 송성만 손정빈

등록 2010년 1월 29일(제313-2010-24호) │ **주소** 서울시 마포구 신촌로 6길 5

전화 02.330.5297 │ **팩스** 02.3141.4488 │ **전자우편** lovemybear@naver.com

ISBN 978-89-94700-40-3 03830

잘못된 책은 구입하신 곳에서 바꿔 드립니다.

árbol은 (주)지학사가 만든 단행본 출판 이름입니다.

사진 출처

고베 고등학교(23p), 아시야 시립 도서관(26p), 진구 구장 외야석(36p), 〈군조〉
표지(41p) 이미지의 저작권은 도쿄 구레나이단東京紅団에 있으며, 숲(91p), 마라토너
(173p) 이미지의 저작권은 Shutter stock에, 한신 · 아와지 대지진(122p) 이미지의
저작권은 연합뉴스에 있습니다.